想像台灣 04

朱西甯短篇小說精選

現在幾點鐘

朱西甯

編輯前言

新感覺、新語言、新思維

陳芳明

想像力的勃發，創造了二十世紀台灣文學的盛況。作家想像力的自我挖掘過程，與台灣社會從封閉到開放的發展是同步前進的。在壓抑的年代，作家依賴想像尋找文學的出路。在多元的時代，作家透過想像追求更高的藝術。從五〇年代到世紀之交，台灣文學在壓縮的時間與空間裡，以各種變貌展現出來。既有懷鄉文學，也有鄉土文學；既有現代主義文學，也有後現代主義文學。縱然穿越過權力高度干涉的階段，並不能阻遏作家的文學生產力。在想像世界裡，作家就是一個政府，就是一個王國。在那樣的國度，所有道德規範與傳統力量都無法給予任何限制。

六〇年代現代主義的崛起，正是台灣作家想像力的一次開花結果。台灣文學發展，因現代文學的崛起而改道。作家展開前所未有的挑戰，放膽挖掘歷史無意識與政治無意識。現代主義運動第一次向台灣社會呈現裸裎的內心世界。卑賤的、頹廢的、官能的黑暗面，籠罩在現代文學作品的字裡行間。這種書寫策略，既偏離五四文學的傳統，也偏離台灣文學的軌跡。正是由於有如此龐大文學運動的衝擊，新感覺、新語言、新思維終於成為日後文學所追求的指標。

「想像台灣」系列叢書的構想，在於展示新感覺、新語言、新思維崛起之後的台灣文學真貌。在歷史轉型的時期，許多重要作家的作品日益散佚，或呈絕版狀態。在台灣文學研究漸臻高潮的今天，文本的整理與出版是無可忽視的輔助工作。這套叢書編輯的目的，在於承認台灣作家的藝術成就，也在於肯定現代文學的想像世界。重新探訪，重新閱讀，當可使已經產生的想像力再度產生想像力。

編輯前言

想像台灣，經典文學

王德威

現代台灣文學在光復以後，形成自覺的傳統。這一傳統涵納了中國大陸的歷史，文學，語言資源，日本殖民時期的文化手采，西方浪漫、寫實、現代及後現代主義的影響，還有無所不在的本土情懷，浩浩蕩蕩，早已發展出各色各樣的作品與論述。放眼世界文壇，台灣文學在數十年內所顯現的複雜議題與多變風格，也堪稱特殊。

現代台灣文學與歷史的相互印證，歷歷可見。三、四十年代的殖民及反殖民寫作，五十年代的反共懷鄉文學，六十及七十年代的鄉土與現代文學的爭議，還有八十年代以來種種眾聲喧嘩的現象，無不反射，也反省，我們所曾共同度過的經驗。但文學不必只是歷史。文學的重要性更在於藉文字力量，想像現實內外的各種可能與不可能。國族的，個人的，義憤的，笑虐的，悲情的，色情的，外來的，在地的，過去的，未來的，林林總總，絕不定於一尊。這正是台灣文化的活力所在。

想像台灣，經典文學：透過一個新的系列，我們期望介紹多年來台灣所累積的文學資產。郭松棻、施明正、李永平、施叔青……多少作家，因緣際會，曾為我們留下可讚可嘆的傑作。這些作家有的生於斯，逝於斯，有的移往海外，有的自海外移來。無論背景如何，這座島嶼刺激了他們的靈感，成為他們筆下永遠的原鄉。就算他們不寫台灣時，也還是為台灣而寫。台灣文學之能成其大，成其久遠，應自此開始。在新世紀裡，重新認識台灣文學的傳統，珍惜它的現代意義，是我們開創台灣未來最重要的人文工程。

目次

序

朱西甯的現代主義轉折

陳芳明

朱西甯是一位難以歸檔並難以詮釋的作家。所謂不易歸檔，指的是他文學生涯與思維模式的曲折矛盾。他的產量豐富，創作壽命又特別長，任何簡單的定義都難以概括他的文學真貌。輕易把他劃歸為懷鄉作家或現代主義作家，都會發生偏頗。他既堅持中國民族主義的立場，卻又與「漢奸文人」胡蘭成過從甚密，他既虔誠信奉基督教，同時又強調中國文化的本位。各種價值觀念錯綜交織在一起，構成了他繁複而難解的文學想像，也造就了他迷人而又惱人的奇異文體。

在他的藝術追求過程，一個重要的議題便是對現代主義的回應與接受。張大春在兩篇紀念的文字中，提到朱西甯的「新小說」時期。在第一篇文章〈朱先生的性情・風範與終極目標〉，張大春指出，「一九六七年前後，從〈哭的過程〉朱先生開始了他的『新小說時期』」。[1]不過，在第二篇文章〈被忘卻的記憶者〉，張大春說：「我曾在一篇論文〈那個現在幾點鐘〉裏指出：從民國五十七年（一九六八）起，朱西甯先生的寫作進入了一個不同往昔的階段，借用現成的術語來形容，可謂朱先生的『新小說時期』」。[2]這兩種說法都是可以成立的，因為朱西甯對於語言的運用特別敏感，幾乎常常處在求變的狀態之中。倘然「新小說時期」可以用來概括朱西甯在六〇年代後半期的創作風格，則在此之前他的風格又是如何？

在龐沛的六〇年代現代主義運動裏，朱西甯與同時代的現代主義者似乎並不走在同樣的道路上。白先勇、陳映真、歐陽子由於是接受學院外文系的訓練，可以比同時期的知識青年更容易觸碰現代主義的思潮。坊間的歷史解釋認為外文系所傳播的現代主義顯然與當時的美援文化有著密不可分的關係。不過，在到達「新小說時期」之前的朱西甯，已經在語言與技巧方面帶有濃厚的現代主義色彩。他並未有台灣的學院訓練，更未有外文系的經驗，竟然能夠與現代主義運動銜接在一起，確實是台灣文學史上的一個異數。

精確一點來說，朱西甯的現代主義轉折，絕對不能套用美援文化論的歷史解釋。畢竟現代主義運動的展開，是透過各種不同的管道滲入五〇——六〇年代的台灣文壇。在美援文化還未臻於成熟境界之前，紀弦的「現代派」就已經在介紹法國的象徵主義。同樣的，林亨泰的早期詩論也是以法國象徵主義為理論基礎。這些事實，足以說明台灣現代主義的傳播並不必然與「美帝國主義」緊密聯繫起來。朱西甯的現代主義，不能以如此簡單的歷史想像來推論。較為正確的說法是，朱西甯小說是以他獨創的實驗技巧，匯入了台灣現代主義的潮流之中。因為有他的介入，現代主義運動的格局更形壯闊。從這個角度來檢討朱西甯文學，他的歷史意義才能彰顯出來。

現代性與現代主義的思維

謝材俊在一篇懷念的文字中提到，朱西甯的現代主義應該不是從張大春所說的「新小說時期」才開始的，而可以再稍稍往前追溯。[3]也就是說朱西甯的現代主義美學應該是發軔於六〇年代中葉的「鐵漿時期」。所謂鐵漿時期，指的是他出版的三冊短篇小說集《鐵漿》、《狼》與《破曉時分》。[4]這些小說都是傳統敘事性很強的作品，如何能與現代主義拉上關係？何況，坊間論者往往把這段時期的朱西甯文學定位為「懷鄉小說」。[5]

對於如此一位複雜的小說家，要討論有關他的現代主義問題自然也特別複雜。在前述的謝材俊文字中，有過這樣的見解：「老師（朱西甯）一輩子傾慕張愛玲、談張愛玲，但劉大任講得對，老師的小說尤其是『鐵漿時期』，卻是魯迅的。」這種說法頗具見地。如果要探索朱西甯的現代主義根源，就不能不從魯迅與張愛玲文學中的現代性去聯想。魯迅從現代化的觀點，看到中國社會的幽暗面，因此有「國民性改造」之說。張愛玲則是從現代主義的觀點，挖掘中國人的人性黑暗，從而創造了《傳奇》的一系列短篇小說。

朱西甯對於自己的文學淵源，已經有過公開的承認：「……魯迅在小說的象徵手法方面也給予我莫大的影響，其他在形象的掌握，人物的塑造和詞藻運用方面給予我重大的影響的也許是張愛玲。」[6]他甚至在一篇自述與張愛玲的文學關係時也說，「張愛玲給了我小說的啟蒙」。[7]早期的自我文學教育，誠然對朱西甯後來的審美道路有了明確指引。從這個觀點來看，他從魯迅與張愛玲的小說吸收到現代主義思維，並不令人訝異。

確切地說，朱西甯所走的道路，似乎是企圖在魯迅與張愛玲之間取得一個平衡點。一九七七年鄉土文學論戰發生時，有太多論者把現代主義與鄉土文學視為對立相悖的兩種美學。對於如此的爭議，朱西甯有他自己的看法：「所謂現代主義文藝與鄉土文學文藝，一是太過貪圖外求，一又失之於緊縮創作世界，而過分保守。或許可以喻為一是太平天國，一是義和團，俱有缺憾。」[8]張愛玲式的思維若是過於極端化，似乎就是像太平天國那樣，企圖藉用西方文化來改造中國社會。而魯迅式的思維如果受到無限膨脹，就有可能像義和團那樣，淪於盲目的排外而閉關自守。他的比喻也許值得商榷，卻也相當生動。

因此，朱西甯在「鐵漿時期」創作的短篇小說，與其說是在於懷舊，倒不如說是以批判的態度來看待舊社會。他批判精神的基礎，顯然是魯迅的現代性思考。受過日本現代化教育的魯迅，早已指出中國民族性的停滯、倒退與封閉。阿Q人格的愚昧無知與盲目自大，造成中國文化在近代文明競賽中的挫敗。魯迅期待中國民族性能夠進行一次徹底改造。然而，他的小說又是那樣悲觀而憤懣。他看到一個精神分裂式的國度，自卑與自負，榮耀與污辱，抵抗與屈服，解放與桎梏等等雙重價值的矛盾與衝突。當他描繪一個盲昧的人物，其實就是在影射整個民族。當他在抨擊迷信的風俗，毋寧就是在批判整個傳統。這種對古老社會的挖掘，完全不是出自懷舊，而是希望喚醒封建陰影下的百姓。

同樣的，朱西甯從魯迅那裏學習到如何去透視舊社會的墮落與腐敗。對於舊社會的批判，朱西甯也許沒有魯迅那樣冷酷而絕情，但是，「鐵漿時期」的小說誠然掩飾不了他內心的悲憤與沉痛。他的剖析能力，並不稍遜於魯迅筆法。具體言之，這種對中國封建文化的深挖，牽涉到現代主義的技藝。因為，魯迅要批判的對象並不止於已然逝去的社會，也還觸及同時代統治階級中封建文化的餘孽。魯迅小說之所以充滿象徵性格，既在影射傳統社會，也在影射權力當局。也就是說，魯迅的現代主義書寫，其實就是在探索壓抑在內心底層的歷史無意識（historical unconsciousness）與政治無意識（political unconsciousness）。當他揭露舊社會的落後與醜惡時，其實就是暴露他所處社會的政治黑暗面。

如果朱西甯受到魯迅象徵手法的影響，則他的「懷鄉小說」就不能只是從文化鄉愁的層面來理解，而應該進一步看他在「懷鄉小說」中所展示的批判力道。在接受蘇玄玄的訪問時，朱西甯做了如此的回答：「在基本的態度上，鄉土小說也可以說是對舊時代的一種批評和破壞，所以處理的態度上並不是出諸懷古、鄉愁的情緒。」[9]顯然，在批判舊社會封建文化之餘，朱西甯當也有他的言外之意吧。他小說中所暗藏的微言大義，無非也就是被壓抑的「歷史無意識」與「政治無意識」所透露出來的聲音。長期以來，朱西甯對於加諸於他身上的各種標籤，如「軍中作家」、「反共作家」、「懷鄉作家」等等，頗表不滿。因為，這些稱呼簡化了他小說創作的用心所在。如果說他是軍中作家，他的小說並不能單純概括坊間所謂的「戰鬥文藝」。如果說他是反共作家，他的美學思維也並不全然配合當時的官方文藝政策。如果說他是懷鄉作家，他的創作技巧卻又帶有強烈的現代主義傾向。定義他是如此複雜而困難，原因就在於他所處的五〇、六〇年代也是同樣複雜而困難。

朱西甯在一九九一年對於自己的艱難處境，曾有極為沉痛的自白，指出當初來台的前面三十年，亦即從一九四九到一九七九年，創作自由的空間極為狹隘，「半是被管制，半是良知克制」。[10]在這篇文字裏，他承認曾經受到妒忌、壞心的「愛國者」之誣告，以致構成作家的捆鎖與殘害。軍中作家與反共作家的帽子，彷彿是在暗示他們的立場與官方文藝政策是一致的。然而，在自由度甚低的軍中，作家所承受的政策管制與良知克制，絕不亞於戒嚴時期的民間作家。在雙重的制約下，有多少欲望、記憶、情感、想像都被壓抑到內心世界的底層。因此，就像魯迅小說的企圖那樣，既在透視歷史的黑暗面，也在揭露政治的黑暗面。朱西甯的思考方式，也具有魯迅式的雙重視角。他所說的「良知克制」，無非就是指自我克制。表面上，他不能露骨而直接挑戰官方政策；骨子裏卻有千言萬語不停騷動。現代主義的接受與追求，恰如其分地為他提供了一條思考的出路。

現代性的到來，是伴隨西方帝國主義的侵略而發生的。所謂現代化或現代文明，並不是從中國社會內部孕育出來。因此，它所帶來的科學技術與進步觀念，立即與東方的迷信風俗與閉關自守的傳統價值產生激烈的衝突。從小就在基督教家庭成長的朱西甯，可能較諸同世代的讀書人還更具理解「現代」之為何物。

對於第三世界的知識分子而言，現代性一方面帶來了解放，一方面也帶來了枷鎖。就解放的意義而言，現代化使他們認識了封建社會的愚昧與迷惘，從而亟思如何掙脫腐朽的文化牢籠。然而，弔詭的是，現代化也使他們輕易崇拜科技文明，並且更輕易喪失自我認同與文化主體，終而淪落成為西方文化的禁臠。攜著流亡心情來到台灣的朱西甯，非常可以理解自己的命運與中國近代史的挫折有著密切的聯繫。在現代化的進程上，由於文化的凝滯不前，終而造成了國破人亡的命運。這種濃厚的歷史意識，逐漸形成他文學思考中的焦慮。因此，在他早期的小說中，大量描繪中國農村社會的困頓與掙扎。就像司馬中原所說的：「他筆下的人物，代表著民族傳統的兩面：一是躍動向前的，一面是停滯僵化的；這兩者觀念的衝突，成為民族悲劇的主要導線。」[11]顯然，朱西甯確實看到了中國社會在現代與傳統之間的拉扯關係。他樂於見證信仰裏的中國是持續往前邁進的，但他更樂於目睹中國在前進的道路上不致喪失文化自信。但是這種理想的圖像從來就沒有浮現過，否則，他不至於嚐盡流亡漂泊的滋味。從現代的觀點，他開始挖掘被壓抑的歷史記憶，以及被壓抑的政治欲望。這雙重的挖掘，都未嘗偏離現代主義的技巧。

「鐵漿時期」作品的再閱讀

如果以現代主義風格來概括鐵漿時期的作品特質是可以接受的，則他在這段時期所使用的語言、技巧、題材都是相當引人矚目。自鄉土文學論戰以來，現代主義通常都被拿來對照寫實主義，彷彿這兩種美學是敵對的，無可融合的。這種對立的製造並不符合台灣文學發展史的實相。至少朱西甯的小說，就足以拆解這種對立的虛構性。他的技巧是現代主義，但是他的題材卻相當寫實。尤其他大量使用中國北方的口語，使小說充滿了一種難以形容的迷人韻味。

對台灣在地讀者而言，閱讀他的作品是一種困難，也是一種自我挑戰。然而，除去對話之中所使用的鄉間俚語，朱西甯的散文是一種絕美的白話文。在〈小翠與大黑牛〉（一九六〇）的故事裏，他運用如此活潑的文字來形容貪睡的年輕新郎：「成親沒滿月的新郎怎麼能叫他不懶？又是這樣迷人的時令，杏花剛落敗，桃花嬌死了人，春風吹軟年輕人的身子，吹紅了年輕人的臉。樹要這樣綠，草要這樣青，年輕人忍不住要做點什麼。」[12]這種俏皮的描述，寫活了體內的欲望。又是花，又是樹，又是草，都是充滿生機的象徵，卻沒有一個字準確觸及到淫欲邪念。朱西甯的東拉西扯，非常寫實，卻又非常現代主義。

朱西甯的這篇小說很少受到討論，但是將之置放於六〇年代的短篇小說藝術造詣中，絕對是傑出的。整個故事集中敘述新婚的表弟，仍然對來家裏幫忙婚事的表姊有著愛欲交織的幻想，心思全不在新娘身上。朱西甯反覆採取「歡愉的遲延」（delay of pleasure）的手法，使表弟與表姊之間的情愫似有若無地懸宕著。但是，表姊執意要讓新郎與新娘成其好事，而堅拒表弟的求歡。故事的結局是，在暴雨的夜晚，表弟陰錯陽差地與新娘終於成就了歡愛。兩人在激情中不禁喊出愛人的名字，新郎低呼著「小翠」，新娘則暗喚「大黑牛」。然而，故事如此寫著：「小翠是那位表姊的小名兒，新郎可並不叫作大黑牛。」[13]原來新娘內心深處，也有她自己的夢中情人。小說的命名〈小翠與大黑牛〉，是一種惡意的誤導；故事的愛情，則是一種錯誤的安排。整篇故事讀來，既是喜劇，也是悲劇。遠在王禎和營造「悲憫的笑紋」的藝術時，朱西甯就已經開闢了這樣的想像與可能。不過，敘述的節奏，想像的跳躍，朱西甯來得明快多了。

同樣是寫實題材的小說〈生活線下〉（一九五八），也是以惡作劇的形式演出。三輪車伕丁長發，在途中拾到一筆不大不小的鈔票一千一百五十塊錢。究竟是要暗自私吞，還是物歸原主，故事遂在天人交戰中展開。他的本性純樸善良，內心卻也充滿七情六欲。朱西甯以自問自答的獨白體，洩漏丁長發潛意識裏的高貴與醜惡。良知拉住了三輪車伕，但是金錢與女色則又在誘惑他。對於這種小人物，朱西甯以著出人意表的結局來處理。丁長發的良知終於戰勝了私欲，但醜惡的現實卻徹底扭曲了他的人格。當報紙刊出他拾金不昧的消息時，朋友卻藉用他的身分證，在同版新聞下欄刊登大幅「醫我陽痿」的鳴謝廣告。社會的險惡，較諸個人內心的邪惡還要巨大。

朱西甯小說中的人物，大多是以「反英雄」的角色出現。這些尋常百姓絕對製造不出轟轟烈烈的事件，但有時會使些小奸小壞，猶如張愛玲筆下的男女。但是，朱西甯寫不出張愛玲那種冷酷絕情，只是手勢同樣是蒼涼的。張愛玲擅長帶引讀者「一級一級走入沒有光的所在」，朱西甯總會有意無意之間在小說的不知什麼地方投射一絲人性的曙光。他酷嗜學習張愛玲去挖掘人性的黑暗。然而，作為基督徒，他多少還是存有救贖的希望。張愛玲的小說，到處可以發現沉淪、墮落。人性的廢墟，人格的荒地，是她文學信仰的歸宿。朱西甯在這點上絕對是學不來的，縱然他對張愛玲的崇敬已到無以復加的地步。[14]無論如何，他終究還是相信人性保有昇華的空間。同樣都是屬於現代主義者，張愛玲的世界裏確實是看不到任何微光。這是因為她從來不想與社會主流價值結合在一起。這條主流放在中國近代史來考察，全然就是父權文化與民族主義的同義詞。張愛玲寧可與這樣的主流保持疏離的關係，她甚至是甘於自我邊緣化。

相形之下，朱西甯後來就不曾偏離歷史的主流，而努力向中國近代史的軸線靠攏。這種靠攏，並不是對權力的憧憬，而是他仍然抱持改造社會的理想。歷史洪流把他沖刷到這個島上時，漂泊的命運使他產生救贖的焦慮。身處歷史轉型時期，他並不袖手旁觀，而是投身介入。他的小說書寫，便是投入的最佳姿態；而他的技巧策略，便是重新挖掘歷史記憶。因此，在他早期小說中，充滿了沉重的民族情感，並不令人感到意外。受張愛玲影響的朱西甯，在這個議題上就與張愛玲有了區隔。民族主義與基督教義，使他相信人性中還是存有光明的一面。這樣說，似乎是屬於非常老掉牙的寫實主義美學。不過，這並不影響他對現代主義的追求。

在他早期的短篇故事中，〈鐵漿〉與〈狼〉已是公認的經典之作。前者關切的是現代化的問題，後者則是探索欲望的問題。〈鐵漿〉是朱西甯作品裏唯一發表在《現代文學》的小說，是他與學院派現代主義運動僅有的一次銜接。[15]但是，這篇小說引起的討論卻極為廣泛。雖然小說描述的是孟、沈二家爭包鹽槽的恩怨情仇，實際上是在象徵中國農村社會傳統文化力量的頑強。傳統家族的尊嚴與地位，乃是依賴利益、金錢來支撐。面對龐大收入的鹽槽權，孟家為了完全壟斷利益，不惜以性命換取。整個故事以鐵路鋪設為時代背景，以火車的到來隱喻現代化的無可抗拒。新的時代隨著火車轟然穿越小鎮時，以著血氣來維護經濟利益的手法已是非常落伍了。縱然孟家終於從鹽的買賣攫取龐大金錢，但對於現代化趨勢的無可抵擋竟渾然不覺。

小說的張力表現在孟、沈兩家以自殘方式展示爭奪鹽權的意志與勇氣。兩個家族的刀光血影似乎贏得了尊敬與面子，反而暴露傳統保守精神的愚勇與愚傲。故事最為驚心動魄的場面，莫過於孟家喝下燒紅的鐵漿，終獲鹽槽。就在喝下的剎那，人們似乎聽到最後一聲尖叫。「可那是火車的汽笛在長鳴，響亮的，長長的一聲」。[16]這種熟練的手法，頗得畫龍點睛之妙。響亮的那聲音，既喻現代的到來，又喻傳統的倒下。歷史的起承轉合，時代的抑揚頓挫，以一聲長笛就交代得乾脆俐落。

朱西甯當然還有更為深長的意義企圖表達出來。任何想要壟斷權力的人，在時代考驗下是不可能取得合法性的。閉門自稱老大的時代畢竟一去不復返，即使掙得了面子與位子，都將在歷史巨輪下碾壓得支離破碎。火車在小說中不只是現代化力量的象徵，也是外國勢力入侵的象徵。朱西甯小說技藝的迷人處，就在於他能夠從鄉土生活中找到現代性的詮釋。生動的語言，緊湊的節奏，使人物的演出特別靈活。在這篇小說中，朱西甯並不流露對舊社會的眷戀，然而也並不對傳統文化表現出絲毫鄙夷。他只在傳達一個信息，中國社會已經是需要變革的時候。這種精神的呈現，絕對是魯迅式的，但比起魯迅還要來得強悍有力。

短篇小說〈狼〉的出現，更能印證朱西甯想像力的豐富。這是一篇有關人性與獸性相互頡頏的故事，也是對於封建文化中落後的嫡系血統論的有力批判。藉由一位喪失雙親的小孩經驗，透視了一個成人世界的欲望及其自私殘忍。寄養在二叔家的「我」，由於是庶出，時時受到嬸嬸的歧視虐待。二嬸希望懷有自己的孩子，遂不惜與家中長工私通。整篇小說以捕狼的過程，隱喻著二嬸的私情如何被發現。這是朱西甯最為擅長的手法，往往以雙軌故事的平行發展，相互投射複雜的信息與意義。狼是潛伏在羊圈裏，情欲則是隱藏在女人的體內。「我」這位小孩，目睹受雇的大轂轆如何宰殺被吊起來的狼。但是，在小孩的潛意識卻幻化成另一景象：「……望著大轂轆把母狼吊到麥場邊兒的馬樁上，望著他進去找刀子。我不該那樣想，有一天那上面吊的是二嬸，進去找刀子的是我二叔。」[17]受盡二嬸虐待的「我」，在狼身上也投射了無可言喻的報復情結。

故事突兀的地方是，就在尾聲處二嬸的姦情被大轂轆發覺。護衛著小孩「我」的這位僱工，以守住祕密作為交易籌碼，要求二嬸從此疼愛寄養的孤兒：「只要妳疼惜這孩子，大轂轆不把這事情張揚給二人。要是妳存心養漢子，慢說我這個外四路的，就是歐二爺（二叔）也管不周全。妳放心！」[18]這種交易不見得有多高明，但是在恰當的地方讓溫暖的人性釋放出來，正是朱西甯小說的高明處。二嬸終於不能不俯首認錯，擁住孩子失聲大哭。獸性褪盡，人性復現。被宰殺的狼讓大轂轆拖走了，災難也跟著遠離家中。

肉欲與占有欲的氾濫，在小說中隱而未見。然而，從狼入羊群的情節中，可以讓讀者強烈感覺到一股欲望在字裏行間流竄。二孀的私通，無非是為了懷有自己的孩子。這種養育子嗣的焦慮，乃是宗法社會與父權文化造成的。朱西甯的企圖，絲毫沒有批判父權文化的意味。不過，他已經表達了一個信息，嫡系血統並不必然就是具有合法的基礎。尤其是透過私通方式來取得合法的血統論，更是暴露了傳統文化的荒謬與虛偽。血統無非是用來奪取繼承權的一個依據，因此嫡系觀念的建構過程中，滲透了太多腐敗、黑暗的思想。獸性之所以能滲透人性，猶如狼之潛入羊群之中。合法的價值摻雜太多非法的手段，這是朱西甯現代理性觀念的又一次發揮。

朱西甯的現代主義轉折，夾帶著許多人性的思考。同樣是探索情欲的問題，若是由張愛玲來處理，絕對不可能寫出人性的昇華。在情欲的牽引之下，人只有不斷墜入黑暗的深淵。朱西甯相信人性的救贖，仍然堅持人是可以改造的。不過，他並不像寫實主義者那樣，必須對情欲進行嚴厲的譴責。在故事中，安排二孀對「我」的接納，就足夠表達懺悔與救贖。

然而，朱西甯撰寫這些小說時，仍然還有另一層挖掘政治無意識的企圖。為了揭去「反共作家」的標籤，他對鐵漿時期的作品有更為露骨的詮釋：

〈鐵漿〉的直指家天下的不得善終，不識潮流者不唯傷及己身，尤其禍延子孫。〈狼〉的直指執迷於嫡系己出之愚，乃至內鬥內行，外鬥外行之蠢；試請你就所知或許不詳的孫案拿來對照一下看看。〈白墳〉不止是直寫孫案，多少只是不很受形式或隨規所拘束的忠貞之士，倍受逼迫乃至死而後仍不已的悲情。又如〈紅燈籠〉和權侵奪公權，誤人誤國誤文明。19

在反共口號高漲的年代，誠然有太多的想像與情緒受到政治環境的壓抑。文中提到的「孫案」，指的是孫立人冤案。朱西甯對於這種政治冤屈，顯然心中存有不滿。在那樣背景下，去創造〈鐵漿〉與〈狼〉的故事，顯然在於表明當時他內心的挫折與憤懣。在政治領域中所難以言者，藉小說形式抒發胸中塊壘，應是可以理解的。然而，作者必須現身為其作品辯護，也可說明他長期以來承受過多的誤解。從這個角度來看，朱西甯的現代主義手法，誠然暗藏了高度的政治意義。

語言技藝的高度營造

如果朱西甯文學生涯中出現過所謂的「新小說時期」，那應該是指六〇年代中期以後，他開始注意到如何挖掘文字深處潛藏的歧義性。早在經營〈狼〉與〈鐵漿〉，他就已經顯露出對文字的高度敏感。他的「新小說」特別迷人之處，乃是他把文字敘述當作一種獨立的藝術來處理。這並不意味他放棄了小說背後的思想與關懷，相反的，正是為了使故事中被壓抑的欲望與想像釋放出來，他更集中於藉用文字鍛鑄的技巧，讓敘述本身散發出無可抗拒的吸引力。

在後設小說技巧尚未蔚為風氣的年代，朱西甯就已經比其他同時期的作家更勇於挑戰不同的書寫策略。在文字運用方面，讀者當會訝異於他的敘述手法。例如〈哭之過程〉的第一段句子：「算是離亂後的和平——似乎也容或是和平後的離亂，這都說很不清楚。」這種語法，顯然是要給讀者有一種時代錯置的感覺。然而，他並不就此罷手，緊接又在下一段反覆申論：「說不很清楚的離亂與和平的方位，何者在前，何者在後，以及兩者之間的界線何在。那是紋身在我們民族的年代上和版圖上的兩片水彩，然後濕到一起，找著找著，來不及的就渾糊了。」[20]不這樣說，就不足以道盡他的時空倒錯。而那種倒錯的感覺，竟然是以顏色來描摹抽象的時間與歷史，頗為鮮明傳神。朱西甯對於色彩總是抱持著過於常人的敏感。

利用顏色的變化，刻畫小說人物的身分與心情，在更早的短篇小說〈福成白鐵號〉便嘗試過。小說開頭的敘述，立即使讀者進入狀況：「街燈總嫌亮得早了些，當城市的太陽似落未落的時候。福成白鐵號那塊亞鐵底子黑漆字的橫招牌，便在這夕陽和街燈的爭執裏，似明又似暗的拿不定是一種什麼色氣了。」[21]以「爭執」一詞來隱喻夕陽與街燈的頡頏抗衡，襯托整篇小說中傳統與現代之間的緊張關係。在那樣早期的文學發展中，朱西甯就已經意識到使用四種不同人物的敘述方式來構造一個家族沒落的故事。全篇小說分成「老的」、「男的」、「女的」、「少的」四個部分，從老的「父親」，男的「丈夫」，女的「媳婦」，以及少的「次子」的內心獨白，窺探到一個新的時代已然到來。他們對於新社會的挑戰頗覺束手無策，在困頓中更加自我囚禁在黯淡的時光裏。夕陽隱喻著沒落的傳統，街燈影射著輝煌的現代，形成一個時代交替之際家族的尷尬景象。自始至終，全篇小說沒有對話，也沒有人物互動。朱西甯完全依賴他生動的敘述技巧，以及意義繁複的文字，而終於組合成一個時代轉型期的歷史場景。那種書寫方式，對於後設小說成為時尚的今天而言，可能不是稀罕的事。但是，回溯到六〇年代初期，各種實驗技巧還停留在嘗試階段之際，朱西甯就展現了如此上乘的演出，誠然令人訝異。

這種多角經營的技巧，開闢了一個想像豐富的時代。與其說朱西甯為台灣文學攜來了訝異，倒不如說他創造了驚喜。他的勇於實驗，改造台灣小說的敘述策略，也為後來的創作者開啟無窮的暗示。那種膽識，似乎是六〇年代小說家中相當罕見的。朱西甯以寫劇本的方式創造了一篇小說，或者反過來說，他以寫小說的方式編寫了一齣劇本。他刻意挑戰小說與戲劇之間的界線，全然依賴對白的形式來呈現故事的發展。他的短篇小說〈橋〉，是再回應當時另一位小說家舒暢的作品〈符咒與手術刀〉而完成的變體故事。[22]完成於一九六九年的〈橋〉，依照朱西甯的說法，乃是「以小說批評小說」。這種書寫策略，對於臻於高潮的現代主義運動而言，可謂具有高度的突破。這篇小說在形式上最值得注意之處，便是使用舞台同步演出的手法，讓故事一分為二。上欄是父親與女兒的對話，下欄是母親與兒子的對話，如此比並排列，成功地讓故事以雙軌同步的節奏去發展。這種雙軌式的書寫，乃在於克服文字所無法解決的時間先後問題。僅就這個實驗技巧來說，就可看出朱西甯的匠心獨具。

最引人注目並引發議論的另一篇小說〈冶金者〉，也同樣為後來的後設小說技巧開啟全新的嘗試。[23]朱西甯並沒有為這篇小說安排確切的結局，小說中的貪婪、自私與說謊，最能呈現人性極為幽暗的一面。正因為人性是渾沌未明的，所以小說人物創造出來的故事也是似是而非。朱西甯的小說在於指出，人們太過於相信自己的智慧與判斷，從而對於任何可能發生的事件都採取一定的成見。然而，朱西甯卻故意挑戰坊間人物的智慧與判斷，為小說創造了三個可能的結局。這種開放式的結局（open-ending），既能觸探人性的脆弱，也能挖掘出事件的各種可能。從這些實驗，可以理解到朱西甯的膽識與勇氣。在六〇年代，縱然他不是嚴格定義下的現代主義者，他的前衛精神（avant-garde）置於同世代作家中絕對毫不遜色。

前衛精神與語言鍛鑄，是現代主義者的兩大特色。前者基本上是屬於形式技巧，後者則在於開發無意識世界裏的新感覺。朱西甯在語言鍛鑄方面之異於常人，並不在於切斷語法或改造句型，更不是採取西化的句子來替代既有的白話。他的迷人之處，是運用他自己熟悉的方言、俚語與白話文，提煉出一種特殊風味的敘述方式。他在置放每一個漢字時，總會考慮到每一個文字的暗示、影射、隱喻與象徵。換句話說，六〇年代的現代主義者普遍抱怨中國文字過於腐敗或貧乏之時，朱西甯反而使這些文字起死回生。因為，他依賴的不只是文字而已，而是訴諸故事敘述的多重意義。

寫於一九五八年的〈偶〉，是不可多得的佳品。[24]從題目開始，他就展開了豐富的暗示。偶，代表雙軌之意，亦即故事本身是沿著兩條軌跡在發展。在故事裏，裁縫師是一位喪偶的男子，來店裏訂製旗袍的一對夫婦卻是怨偶。在喪偶的男子與怨偶的女人之間，傳遞著一種無可言喻的情欲。裁縫師在為這位女人量身時，肢體上的接觸透露了內心壓抑許久的欲望。

但是，那種欲言又止的欲望又不能表現出來。裁縫師只能把許多過剩的想像投射在櫥窗裏的女性木偶。「偶」所帶來的種種歧義，幾乎鑑照了隱藏在社會底層的各種怨偶、喪偶與木偶的內心世界。這篇小說篇幅不大，卻拉開了五〇年代台灣社會的巨大苦悶。

直到他寫出〈現在幾點鐘〉時，朱西甯又一次把男性在情欲上的自我壓抑書寫得更為透澈。[25]為了逼真地寫出內心的焦躁與煎熬，他故意把句子寫得特別冗長而繁蕪，使讀者在閱讀時也產生反覆的折磨。這篇小說完成於一九六九年，台灣社會正逐步擺脫傳統農村生活，而都會生活正漸臻繁華的階段。台灣女性在性觀念慢慢解放之際，男性仍停留在故步自封的保守思想中。小說結尾的對話，顯得尤其生動。男主角問：「現在幾點鐘？」女主角回答：「二十世紀，七十年代……」。朱西甯利用迂迴、曲折、暗示的文字敘述，細緻地鏤刻女性心理的篤定安詳，同時也反襯男性在社會轉型期的不安與騷動。

探討六〇年代現代主義運動的風潮時，一般論者過於把注意力集中在美援文化對台灣文學的影響。朱西甯的軍旅生活，並沒有使他有機會與外界的西化思潮密切的接觸。如果他的小說具備了現代性，那絕對不能以簡單的推論來詮釋。這位每顆細胞都在說故事的小說家，完全憑藉他敏銳的觀察，以及他深層的思索而造就了現代主義式的作品。

正是有「鐵漿時期」的作品為基礎，才有他日後的〈冶金者〉、〈現在幾點鐘〉等等新小說的誕生。在後設小說盛行的今天，朱西甯遠在五〇年代末期，六〇年代之初就已經在實驗雙軌式或多軸式的敘事技巧。尤其像〈冶金者〉以多種可能的發展作為故事的結局，更是當時小說家裏罕見的大膽實驗。在現代主義運動到了必須重新評價的階段，朱西甯的小說技藝也應該提升到再閱讀、再詮釋的日程表上。朱西甯小說中的北方語言，晦澀而耐人尋味。這樣的聲音透過他的小說而在島上流動，使台灣文學能夠因此而獲得意外的想像。在那樣有限的篇幅裏，他以著精悍、巧思的語言創造了豐富的想像。把他的作品放回蒼白的戒嚴時期，文字魅力更加能夠放射出來。朱西甯式的語言，不易模仿，不易複製。他離去後，也帶走了獨門技藝。他的語言，他的風格，成為台灣文學的絕響。

1 張大春〈朱先生的性情・風範與終極目標〉，《聯合報・聯合副刊》，一九九八年三月二十三日，第四一版。根據張推測，朱西甯可能是因為他妻子劉慕沙翻譯日本現代作品，而間接受到法國新小說的洗禮。

2 張大春〈被忘卻的記憶者——朱西甯的小說語言與知識企圖〉，《中國時報・開卷週報》，一九九八年三月二十六日，第四三版。文中特別強調，所謂新小說時期有兩種意義：一是形容朱先生作品反情節、去故事、創語言的技巧，有類於法國新小說的技術特質，一是指朱先生自覺求變之異於舊作。

3 謝材俊〈返鄉之路〉，《聯合文學》一九卷五期（二〇〇三年三月），頁一六。

4 朱西甯這三部小說的初版日期，分別為《鐵漿》（台北：文星，一九六三）；《狼》（高雄：大葉，一九六三）；《破曉時分》（台北：皇冠，一九六七）。

5 持這種見解者，可以參閱楊政源〈家，太遠了——朱西甯懷鄉小說研究〉（台南：國立成功大學中國文學研究所碩士論文，一九九七年六月）。

6 蘇玄玄（曹又方），〈朱西甯——一個精誠的文學開墾者〉，原載《幼獅文藝》三一卷三期（一九六九年九月）；後收入張默、管管主編《從真摯出發：現代作家訪問記》（台中：普天，一九七五），頁七二。

7 朱西甯〈一朝風月二十八年——記啟蒙我和提升我的張愛玲先生〉，《朱西甯隨筆》（台北：水芙蓉，一九七五），頁八。

8 朱西甯〈中國的禮樂香火——論中國政治文學〉，《日月長新花長生》（台北：皇冠，一九七八），頁一四六。此文後來改題為〈我們的政治文學在那裏？〉，收入故鄉出版社編輯部編《民族文學的再出發》（台北：故鄉，一九七九），頁二八五—三一六。

9 蘇玄玄〈朱西甯〉，頁七七。

10 朱西甯〈被告辯白〉，《中央日報・中央副刊》，一九九一年四月十二日，第一六版。

11 司馬中原〈試論朱西甯〉，朱西甯《狼》（台北：三三，一九八九），頁二五九。

12 朱西甯〈小翠與大黑牛〉，《狼》，頁三一。

13 同前註，頁四二。

14 朱西甯對張愛玲的「英雄崇拜」，具體地表現在寫給張的書信。參閱朱西甯〈遲覆已夠無理——致張愛玲先生〉，《日月長新花長生》，頁一一一—一二四。

15 朱西甯曾經提起〈鐵漿〉遭到《寶島文藝》的退稿，因為該刊編輯懷疑那是「抄襲」之作。他認為，《現代文學》敢於發表之作，是「頗有識力和決斷」。見朱西甯〈絕無僅有的一點小緣〉，《現文因緣》，現文出版社編輯部編（台北：現文，一九九一），頁一一二—一一四。

16 朱西甯〈鐵漿〉，《鐵漿》，頁二四一。

17 朱西甯〈狼〉，《狼》，頁二三〇。

18 同前註，頁二五五。

19 朱西甯〈豈與夏蟲語冰？〉，《中國時報・人間副刊》，一九九四年一月三日，第三九版。

20 朱西甯〈哭之過程〉，《冶金者》（台北：三三，一九八六），頁一一。
21 朱西甯〈福成白鐵號〉，《破曉時分》（台北：皇冠，一九六七），頁二四二。
22 朱西甯〈橋〉，《冶金者》，頁四一—六八。
23 朱西甯〈冶金者〉，《冶金者》，頁一六七—九六。
24 朱西甯〈偶〉，《朱西甯自選集》（台北：黎明文化，一九七五），頁四三—五六。
25 朱西甯〈現在幾點鐘〉，《新墳》（香港：文藝風，一九八七），頁六〇—九七。

代序

背後的風景

劉慕沙

荒野三劍客時期

苗栗縣西湖老家的劉家祠堂裏，早年供的有一根扁擔，據稱是第一代來台祖賴以成家立業的吃飯傢伙。我決定離家出走，投奔朱西甯之際，曾思及是否該帶根扁擔以赴。之所以會有這種想法，乃因西甯前後百把封厚厚的來信中所勾畫的願景，讓你不由不浪漫且悲壯的認為等著你攜手一起去開墾的，是一片包括文學生活在內的廣闊荒野。

當時，西甯正與一夥文友籌辦文學雜誌——《荒野文學》。此計畫未了胎死腹中，主要是籌不到經費。大夥兒只得化整為零各自打仗，各寫各的小說，分頭投稿，多篇文章見報後，遂與司馬中原、段彩華同被稱為鳳山三劍客。

而夥伴們並沒有忘記拓荒大夢，司馬中原雖家計沉重，仍經常與段彩華、舒暢等文友到我倆以砲彈箱為桌椅、厚紙箱為衣櫃、幾可稱家徒四壁的陋居來，大談辦文學雜誌，甚至到大西北拓荒辦學校的美夢，而我們能拿出來的最好的食物，便是酸菜肉末配彩華口中的戀愛餅（烙餅，因麵皮桿著桿著就成了心形）。

也難怪，成家之初，因申報的眷糧尚未核下，一百四十八塊上尉餉去掉一百三房租，除了拉一位好友老裴來家搭伙，三人吃兩人糧食外，只得靠西甯積存下來的繪圖費和零星稿費維持生計。那當兒老裴不時到教堂去領來美援黃油和脫脂奶粉補充營養。此種情形直到我應考任職高雄縣救國團文宣幹事，西甯又開始在香港《祖國》週刊、香港《中國學生周報》、香港《中外雜誌》、香港《大學生活》上發表作品之後，始有了改善。

民國四十五年和四十七年，天文、天心二女相繼出生。我們請了一位大陳義胞翁媽媽幫忙照顧姊兒倆並打理家事。家累雖然加重，卻也是西甯作品頗為豐盛的時期。斯時林海音、聶華苓，和香港的黃思騁分別掌管《聯副》、《自由中國》小說版，和香港《祖國》週刊，尤其聯副的星期小說往往一次刊完一篇近萬字的作品，讀者看得過癮，作者亦覺寫得酣暢，不愁沒地方發表，可以說豐饒的園地間接刺激了作者的創作欲。

西甯的寫作時間多半在下班後的夜晚。夏季的鳳山本就炎熱，陸軍官校附近租來的違章建築矮小悶熱，那當兒買不起電扇，只得拉長電線把燈泡裝到屋外的芒果樹下，洗衣板擔到僅有的一張籐椅把手上，蚊香裊裊中埋首書寫。偏巧我們家的翁媽媽是個天生的公關人才，熱心且急公好義，儼然村子裏各家大陳籍幫傭的領班，一干婆婆媽媽每晚必來聚會，嗓門之大，抵得上一台戲。生性包容的西甯，不能趕人，只得請眾娘子放低音量。便是在這樣的環境中寫下了〈列寧街頭〉（香港《祖國》週刊）、〈騾車上〉（《自由中國》）、〈祖父的農莊〉

（《文學雜誌》）、〈劊子手〉（《自由中國》）、〈偶〉（《聯副》）、〈再見，火車的輪聲〉（《自由中國》）、〈生活線下〉和〈大布袋戲〉（《聯副》）、〈新墳〉和〈捶帖〉（《自由中國》）。

後來雷震的《自由中國》遭到查禁，西甯也受到軍方三不五時的關切。每年六月十六日是陸軍官校校慶，按例老蔣總統必親臨主持慶典，或許是軍方不放心西甯罷，每年此日便放他假在家休息。於他，是因禍得福，又可以好好寫上一天的幸福時光。

不久，西甯服務的訓練中心換了位新主管楊寶政將軍。楊將軍是位惜才的讀書人，藉整理大批古籍之名，將西甯調到將軍辦公室當幕僚，事實上是讓他避免軍方的干擾下多讀書，專心寫作。對於抗戰期間當過流亡學生，復因軍旅生涯錯失深造機會的西甯來說，這可成了充實自己的好機會，因而他對楊將軍的知遇之恩，始終念念不忘。

遷徙時期

民國四十八年，西甯調職國防部，因分配到的眷舍在高雄縣大寮鄉，妻女只得暫住苗栗銅鑼娘家，這樣將近兩年。

鄉親裏有人問到這個外省女婿，母親總說他在「總統府」上班。記得有次他自台北回來，剛進門來不及脫掉中校軍裝，十個多月大的二女兒鬧著要如廁，做媽媽的正在診所的藥房幫忙，做爸爸的只好蹲下來為女兒把屎，我家司藥阿宏見了，忍不住打趣：「中華民國兩朵梅花的怎麼這麼不值錢。」

那是我們共同生活以來分離最久的一段時日，對於原就與母親無緣，又曾豪言「放心，我們就是啃石頭，也不會回來麻煩您二老」的我而言，是段挫折的日子。忘不了每個星期天傍晚，送西甯上火車，一人牽一個，肚子裏還懷一個。偌大的老式月台上往往就只有我們一家五口，蕭瑟的冷風中，兩人坐在候車棚下的木板長凳上，無語看著小姊妹倆用瓦片在水泥地上畫雞蛋和麵條。該說的已在每隔一天一封的魚雁裏說盡了，當北上的火車出現在視野的時候，他還是叮嚀了一句：「該休息的時候就休息，該吃的時候就多吃，一人吃兩人補，別怕胖。」而我明白重然諾的他想說的其實是：「委屈妳啦，我會盡快想辦法爭取眷舍。」隨著火車開動，淚眼裏揮別的影子由大而小，而變成一個點，終於消失。

民國四十九年，么女天衣出生後，我們終於在桃園市與大溪之間的僑愛新村配到了眷舍，那是屬於我們自己的第一幢房子。記得搬家——其實家計已由西甯化整為零遷妥——那天，在桃園下了火車後，他為母女四人雇了三輪車，自己則騎那部自鳳山帶來的破腳踏車跟隨著向新居進發。那時，八德鄉一帶是未經開發的一片高崗曠野，地老天荒，寒風中除了啪啪作響的車篷，似可聽見路邊木麻黃枝葉的嘶嗚。想到背後頂著冷風踩車輪的那人，看看倉皇臉蜷縮一旁的兩女，感受著襁褓裏感冒發燒的么女體溫，只覺前途茫茫。

記憶裏永遠走不完的這段行程，搭乘客運，其實只需半小時不到。任職軍中電台的這段期間，西甯由於辦慶生會多次錯過末班客運，為了想省幾個錢，不止一次從桃園火車站走回僑愛新村，直到凌晨抵家。後來終得機會與人調換房子，搬離每逢下大雨就得戴斗笠炒菜的住屋，遷往比較近台北市的板橋浮洲里婦聯一村。

遷入新居，吾家仍是一干大兵叔叔伯伯們的聚會中心。他們一共七個，在孫立人將軍「十萬青年十萬軍」的號召下，聚到了一條船上，來台後被編入台南旭町營房（成大舊址）入伍生總隊。由於志趣相投，雖不曾拈香拜把子，卻也按照年齡大小以大哥二哥五弟六弟相稱。哥兒們當中第一個成家的我倆，遂成了他們口中的三爺三姊，眾爺們也順理成章把我們家當作了自己的家。

有一年除夕，人多床少，只得拆門板當床鋪，先去棉被店租被褥應急，加上三個小蘿蔔頭同時出麻疹，把個因燒煤球害上哮喘的媽媽折騰得人仰馬翻。

民國五十二年九月，葛樂禮颱風帶來豪雨，石門水庫洩洪，滾滾洪流淹至窗台。一開始，孩子們high翻天，放意外假，又可玩水，等到快淹上床鋪了，但見平日看似無縛雞之力的西甯，居然將兩個人合力匆匆打包的行李和裝有寶貴文稿資料的皮箱，一一推上屋頂的樑柱上。一家五口帶愛犬Lucky分別疏散到左鄰右舍的閣樓，度過最長的一夜。

次晨大水開始退後，闔家疏散到北投復興崗附近的六爺家。幾天後回得家來，全村滿目瘡痍，盈尺的淤泥中還挖出大張著碧綠眼眸的仔貓死屍。而我們從銅鑼帶來的那隻大土雞，居然站在煤球爐上，溜動著眼睛看我們，兩隻腳被牢牢封死在厚厚的泥土中無法動彈。

七爺帶著現削竹子做成的大扁擔第一個趕來幫忙。末了，還是軍方發動大批國軍協助之下，得以重建家園。災後，每戶災民都分到了一堆那年頭難得一見的美援罐頭，前來探望的老同學，進門看到堆放地上的各式罐頭，訝異大叫：「怎麼，你們準備開油漆行呀？」

在此節骨眼，皇冠的平鑫濤先生扮演了及時雨的角色。他是為了作家們能夠在經濟上無後顧之憂，安心寫作，第一個簽基本作家合約的出版商。記得除了西甯以外，另有瓊瑤、司馬中原、尼洛、段彩華、季季、張菱菱、桑品載等人。葛樂禮水災之後，平先生匯來兩萬元，西甯為了早日還債，開始著手寫醞釀多時的第一部長篇小說《貓》，並於次年在《皇冠》上連載。我亦在《聯副》連載第一部長篇譯作，陳舜臣的《黑色喜馬拉雅山》。這麼一來總算結束了不時得變賣下個月眷糧券貼補家用的日子。

民國五十四年七月，全村遷往內湖一村新眷舍，第一次有了戶用自來水和衛生間。一家五口外加一隻大黃貓「黃帝」，和Lucky失蹤後菜市場買來的小靈犬阿狼。阿狼因其聰慧乖巧、和善，成了全村的人氣王，當我們搭乘載有家什的最後一批軍用大卡車抵達新居時，先到的鄰家孩子們一擁而上，個個大嚷「阿狼到囉！阿狼到囉！」

這樣打從鳳山而銅鑼、而桃園僑愛、而板橋、而內湖，這段南北遷徙的歲月裏，西甯寫了〈小翠與大黑牛〉、〈狼〉、〈鎖殼門〉、〈鐵漿〉、〈白墳〉、〈偷穀賊〉、〈春去也〉、〈破曉時分〉等短篇代表作及中篇小說〈鬧房〉、長篇小說《貓》，又開始著手另一長篇《八二三注》。

三家村時期

文友們戲稱包括內湖一村及海軍影劇五村在內的眷區叫三家村，因為前者住有小說朱家，後者除了詩人洛夫和瘂弦，有畫家馮鍾睿，而內湖街上還有盧克彰和心岱夫婦。洛夫夫人瓊芳和瘂弦夫人橋橋，都好客又燒得一手好菜，他們的家便跟我等當年一樣，成為當時大多還單身的詩人聚餐織夢的地方。我們因此認識了鄭愁予、管管、楚戈、辛鬱、羅馬、梅新、張默、大荒、沙牧、菩提、張拓蕪。詩人們年少輕狂，忘不了三杯下肚之後，辛鬱唱著民謠味十足的〈小路〉，管管聲淚俱下的激情朗誦。沙牧是每喝必醉，每醉必飆，總落得被大夥兒強行抬回家的下場。他租居洛夫隔鄰，無固定工作，瓊芳得三不五時替他到村子裏向小店去付清伙食與香菸的賒帳。多年後，沙牧死於車禍，也是詩人朋友替他辦的後事。

那些年西甯負責推展國軍新文藝運動，並主編《新文藝月刊》，籌設黎明文化公司並擔任總編輯。每年十月，國軍文藝大會一起動，他就拉來一干義務幫忙的文友住進國軍英雄館，忙得竟月不歸。再就是救國團的外務。當時負責救國團文藝工作的朱橋，也是《幼獅文藝》的總編輯，是個工作狂，滿腦子如何把《幼獅文藝》辦得有聲有色，半夜裏想到什麼好點子，就能夠從大直跑到內湖來敲門。他安排西甯到文藝營上課，為發掘造就更多年輕作家，又安排和司馬中原去全國各地巡迴演講，還結合各路作家組文藝沙龍，巴望能夠鼓動文藝風潮。

那段日子是我等參與文藝活動最積極，亦是與各方文友互動最頻繁的時期。訪客川流不息，包括一些遠道而來的讀者。我每週至少做兩次大餐，自喻為常受北越游擊隊突擊的「西貢」。有次來了兩位誤了用餐時間的文友，心直口快的女主人竟然脫口說：「沒關係，還有狗飯。」意思是還有剩飯可以炒來吃。尤其在春節，從除夕到初三，朋友們不管有家沒家的，全都殺到三家村來，輪流各家吃春酒。

眷村附近的農家上方有座小山，灌木叢夾雜著一片相思樹林，吾等管那兒叫「石門水庫」，是因當時一有外賓來訪，政府官員便帶往參觀落成不久的這座大壩。我們則每逢來客，由於屋小人稠，只好帶去逛山，群犬夥同著開道，那當兒畜口已增加到六犬三貓。

我們在眷舍後面的空地上加蓋了廚房和一間書房兼臥室，算是有夫妻倆自己的空間。那一陣子，除了於鄰旁的精忠新村租屋而居的季季帶著兒子小蔚經常來玩之外，跑得最勤的是已退去軍職的老友舒暢。晚飯後，孩子們在前廳做功課、嬉耍，我等三個大人就在後面的書房兼臥室說話。他兩人分坐面對面的兩張書桌，我則倚牆坐在床上，聊過午夜，錯過了末班公車，舒暢就搭所謂「11路」公車——徒步——花上一個多小時走到南松山或者大直，再搭一程計程車，回到他長春路的老營房大雜院。

漫長的文學路上，西甯一路求新求變，擅長分析血型的舒暢戲稱為B型人的喜新厭舊。舒暢寫小說怪點子恁多，他倆常在小說構思和技巧上互相切磋，我矇矓瞌睡中，聽西甯有意把舒暢那篇小說〈符咒與手術刀〉，以雙舞台的方式做一番負負得正的技巧實驗，這就是後來收入「仙人掌文庫本」的短篇小說〈橋〉。而〈冶金者〉、〈現在幾點鐘〉、〈貳〉及〈貳的完結篇〉等被評論者稱為新小說的一連串短篇，便是這個時期的作品。

鼎食時期

民國六十一年我們從內湖搬到景美，也是我們最後一次搬家。

當時兩人瘋狂查閱報上的售屋廣告，從永和到深坑，頂著烈日四處去看房子，要不是得一次交個幾十萬現款，就是交通不便，遠非手上僅有數萬元的我等能負擔。回程公車上，我們試著列舉有可能告貸的友人名單，這個不行，因為最近生病住院，那個嘛雖然得了獎，可正準備結婚……幾經刪除，只剩下娘家二老。末了，是以十五年分期付款訂下了現在這幢兩層樓房。

搬家那日，載家具的卡車半途遺失了一支床腳，住進新居頭一夜，與西甯打地舖，望著簇新的天花板，止不住感慨這個家不折不扣是用一張張稿紙鋪蓋起來的。

此時，西甯已卸去軍職，專事寫作，並一度在文化大學和東吳大學夜間部擔任教席，乃至在小教堂證道。而文藝營的孩子們幾乎隔週就成群結隊殺上門來，女主人稱之為「售後服務」。每有人相約採訪，總答以下午來罷，聊不完就在這裏吃晚飯。

到得胡蘭成先生住進隔壁鄰家，授課開講，辦起「三三」後，此種情形更甚。日常一家五口之外，多了四、五個人吃飯，每逢週末胡先生開講，晚餐和宵夜是少不了的，人數多達十幾二十個。冬日吃起火鍋來，將十六公斤瓦斯筒搬進屋裏，一夥以拿破崙方陣的方式，一排人上桌涮，涮好了退下來吃，換一批人上去，周而復始，可以吃上幾小時。豬、牛肉片以人頭論斤買，宵夜往往是一大水桶的玉米或者一大鍋湯麵，眾人互相激盪之下，個個成了大胃王。

胡先生說過學問是仙緣，在這一點上，家人心目中的我這個阿難（釋迦最愚鈍的弟子）與胡先生無緣。聖經上有對姊妹馬大和馬利亞，一次耶穌到她們家做客，妹妹馬利亞只顧與其他人一起偎在耶穌腳前聽道，任由姊姊馬大一人在廚房張羅大夥的餐飲。馬大內心不平，向耶穌抱怨，耶穌答以馬大為事忙亂，做妹妹的卻選擇了上好的福分。我曾以「馬大廚房」自喻，因自知欠缺馬利亞的福分。胡先生諸多著作我涉獵甚少，常擔心掉隊。孩子們戲封我為「後勤總司令」，但或許「革命煮飯婆」更貼切。

同樣，我亦化外於胡先生的高情大觀園。我能明白胡先生的寬大包容讓他能夠看出每一個女子的好，西甯曾以耶穌的五餅二魚解讀胡先生的博愛，我卻認為那是僭越。

這段時日，每夜到背後的煤礦山溜狗，遙望每個房間燈光裏為趕文學獎埋首創作的幾個剪影，只覺真是氣勢很旺的一座小說工廠，彷彿看到裊裊上升的一股股靈煙，欣慰之外，亦有一絲化外之民的落寞。

回顧這段鼎食期，不免懷疑何以沒有被吃垮，遂想到成家之初，教會友人送給兩人的小鏡框，上面有句祝詞「主的恩典夠你用的」，西甯亦屢屢提及「先求祂的國和祂的義，這些東西都要加給你們」。

娘家當中，母親拜媽祖拜天公，父親嗤為迷信。他自己不信任何宗教，卻讀函授的四福音書。大哥新竹中學時因參加讀書會而被捕送去綠島，父親還將手邊的袖珍本約翰福音寄給他。我受西甯影響成了朱家第三十九個基督徒。台大醫學院畢業的么弟後來改讀神學，做了神父。么妹一度想進修院當修女，第一次發願，我與西甯以及娘家上上下下所有的人都前往那座白茶花盛開的修女院參加了盛會。而與妹妹同時發願的另一位準修女，卻是完全不受到家人的支持和祝福。西甯有感而發，寫下了〈昨日‧白六角〉。

迴游時期

民國七十六年二月，我們旅遊印度、尼泊爾，回程停留香港，與來自南京的六姊相見。長西甯九歲的六姊由在中學裏擔任總務的次子陪同前來。睽違四十載姊弟重逢，恍如隔世。留港的十天，老姊弟倆足不出戶，從早聊到晚。

六姊師範學校出身，二十開外就從蘇北宿遷老家嫁到南京，在包括大房二房在內的大戶人家當起家來。六姊不到四十歲就喪偶，於同她一樣迷張愛玲、任職銀行、終身未嫁的小姑協助下把五個兒子拉拔大。西甯常說要不是六姊回娘家，把當時躲戰亂成了鄉下野孩子的他帶往南京念書，恐怕就沒有後來的他了。

一期一會，多少記憶如散落的珍珠串連起來了，這促使西甯回台之後，決意重寫已經幾易其稿的《華太平家傳》。

猶記得羅湖車站道別時，皆一把年紀的姊弟倆，都當作是此生的訣別，萬萬沒想到第二年就開放探親了。此後到他過世的十年之間，近十次的探親，足跡遍及南京、上海、西安、重慶、廈門等地，發現小輩裏文筆不錯的，便請他們把家鄉和兒時的點點滴滴寫成文章寄來，按這邊的計價付他們稿酬，當作收集資料。而定期寫長信影印分寄各地親戚之外，他且日日剪報，按著各人的喜好需要分別郵寄。

此時西甯亦經常受邀於瑞安街小教堂證道，為打破國人信了基督教就不能拜祖先的迷思，特地開課講授祭祖。

晚年的他，女兒曾經十分文學性的描寫過他像是《百年孤寂》裏埋首打造小金魚的奧瑞里亞諾•布恩迪亞上校，而我只覺他毋寧成了一個聆聽者。聆聽小孫女天真奇拔的童語，聆聽飯桌上年輕一輩銳利的言談。以及漫長的午後，在客廳沙發一角書寫中，不時得忍受參加合唱團的另一半周而復始旋律如念經的女低音練唱。

在這樣的生活情境裏，西甯孜孜不倦的書寫著《華太平家傳》，帝力於我何有哉，他終於帶著未完成的巨作迴游到他文學的原鄉，迴游到天家，與爹娘補綴多年的空白去了。

民國九十三年九月十六日於景美

朱西甯短篇小說精選

現在幾點鐘

1965．台北．內湖書房（朱天文提供）

偶

狼（台北：皇冠，1966）

裁縫舖子的老老闆——這是說，他的兒子已經做老闆——打著呵欠準備打烊的時候，已經一瘸一拐的上妥兩塊門板，又來了顧客，而且是老顧客。

老老闆皺皺眉。

這一對夫婦不管哪一天光顧，總是伉儷連袂而來。不過先生可沒有在這裏訂做過一件衣服。

老顧客的老程度，可以使老老闆也好，少老闆也好，一口就能說出她腰身幾尺幾寸，肩寬幾寸幾分，等等。

「不行，這次要重新量過。」女的掐著細腰嚷嚷：「瘦多啦，老闆！」

「好好好，重量重量。」

老老闆還沒有戴老花鏡的年歲，可是做裁縫是一種傷眼睛的行業，他戴上鏡子，在還沒有去拿皮尺之前，他知道，先生需要一份報紙，不一定限於當天的。

老老闆是個健壯的瘸子，瘸的方式是一俯一仰顯得很匆忙的大動作。所以屋裏只他一個人走動——當他在找尋報紙、筆頭、尺寸本子等等的時候，屋裏就像不只一個人在走動，三盞低低的電燈，還有穿衣鏡裏的反光，四壁上就顯得人影幢幢了。

氈案上一共是三件衣料。瘸子拿著皮尺走近來，在他正當一仰之後，應該一俯的時候，便正好俯到一堆衣料上面，有一種機械的趣味。

最上面是件黑底橘黃大菊花的織錦料子，老老闆試了試，從花鏡上面翻著眼睛，微微在額骨上表示一絲笑意：「做夾旗袍？」他發現下面是件鴨蛋綠的裏子綢料。

「你們去年做的那件夾旗袍呀，氣死我了，總共沒穿過兩次；腰身太靠下啦，屁股像打掉一樣，墜著。」

「去年那樣子時興，太太！」

老老闆兩手理著皮尺，想就動手量。他已經憋住一個呵欠沒有打了，顎骨瘈瘈的。這位太太就是那樣，量一件衣服不讓她磨上半個鐘頭，便認為人家一開始就想在她身上偷工減料。

老裁縫理著皮尺在等。夫婦倆趕著這時候才商量該做什麼式樣。其實說是商量，倒不如說是這一個決定了，讓那一個一一追認而已。太太比劃著小腿肚：

「你看，底擺到這裏呢？」

「嗯，很合適。」

「我看，再加那麼半寸，你說呢？」

「也好；天涼，長點兒倒暖和。」

先生不單完全追認，還找出充分的補充理由。要是太太萬一又撤回原意，認為還是不要再加長半寸，先生仍會對答如流的：「短點倒好，行動便利點兒。」先生是無好無不好，只看那一身料子也不算太退板的中山裝，穿得那麼窩囊，就該有一副好脾氣——兩隻褲筒好像才淌過水，捲上去又放下來的，從上到下盡是橫褶皺。

瘸子腳骨幾乎都站瘈了，才得開始量。

「老闆，是不是瘦多了？」這女人的腔調往往失去控制似的，尖銳得使人不安，好像老裁縫量她的腰身，發生什麼非禮舉動了。

「也沒瘦多少，半寸出入罷！」

「瘦多了！鞋不差分，衣不差寸，差半寸還不夠瘦的！」

瘦瘦瘦！瘦落一把骨頭架子啦！稱心了吧！老老闆心裏頭沒好氣兒的直想頂撞。光穿衣服不喫飯，哪有不瘦的道理！

說真的，老頭子跟自己咕咕：這先生如果不靠借債給太太添行頭，就只有癟著肚子捱餓了。

先生是黃皮刮瘦型的奇窄奇長的臉，淨是皺紋，看上去那張臉就同腳後跟很相近。老裁縫因為不滿的偷看了那先生一眼，手底下便失去一點兒輕重，觸到太太胸上了。軟軟的，但比觀念裏的似乎硬一點點。再看那太太坦然望著天花板，毫無所動。老老闆想，那是塑膠海綿的，沒錯。他自己鋪子裏也做那種帶口袋的褻衣。

要說是觀念，確實只是觀念了。老裁縫是沒回憶的，太長了，三十四年老鰥夫，誰能有那份好記性呢？三十四年，自己是正經人，沒拈過花，惹過草。所以縱是碰上塑膠海綿，也似乎有些沉不住氣了。

門前，最後一班公共汽車在狹隘的單行道裏擠過去，櫥窗玻璃給震得直打顫。老老闆似乎覺得這動靜也許還不夠，這太太如果為了衣著可以廢寢忘食，那末班公共汽車的班次更可不在乎了。他決定提醒一下，望著那座玻璃罩上滿是蒼蠅屎的掛鐘：「十一點了。晚上，真過得快！」接著又怕話說得太露骨，得罪老主顧，連忙趕著打開尺寸簿子，取下架在耳朵上的鉛筆頭，十分用心的記尺寸。

「噯！廈門街有幢房子廉讓！」先生大概在讀報紙上的分類廣告。「二房一廳，美、潔、水電齊全、交便，校菜近，二萬七。」

「哪一帶有什麼好房子？瞎吹瞎吹的！」太太雙手支著臉，伏在案角上看老裁縫匠記尺寸，許是老裁縫筆下太熟練了，反惹人疑心。「靠得住嗎，老闆，——你記得這麼些尺寸？」

老裁縫不作聲。能聞見這女人才燙的頭髮上說不出的衝鼻子的藥味。那個男人一定頂熟悉這個味道。他跟自己說，筆底下不由的打了個頓兒。

「重量下罷！」太太不放心，提醒他。頭髮上的藥味之外，又噴過來一陣口紅的香氣和冒火造成的口臭。但老闆不理會，鉛筆尖遲疑的繞繞圈子，還是落筆了。

這太太是不愛用腦筋的，所以不懂得腦袋瓜子裏頭怎麼一下子裝進那許多數目字。平常多半都是少老闆給她量尺寸，比較能使她放心，量一下，記一下，在量與記之間，嘴裏還唧唧咕咕唸叨個不停。

「來，重新量過，老老闆！」太太拿過那本小簿子：「我們來對一對別攪錯了。」

「錯不了呀，太太！」

瘸子陪笑著，往後退，他那樣一俯一仰的退著，好像是十分開心，笑成那樣子。

「錯不就晚啦！來，你量，我來對。」女的張著手，小簿子擎在頭頂，等著人去抱她一傢伙的架勢。

老裁縫不能不應付一下，可是心裏頭直說髒話，嚕嚕嘛嘛說出一大堆。那些髒話是不會影響他那張笑迷迷的老臉的。

「唷！這架電冰箱倒是便宜極了！」做丈夫的大概購買欲很強，指頭點著報紙，腳後跟似的瘦長臉上面透出一片難得的紅潤。也許因為許多欲望經常都被壓抑著，所以對那些小廣告就特別有興趣：「一定是回國的老美急脫手……」

「哪兒有那麼便宜貨等你撿？衣裳都穿不周全了！」

聽聽，都成衣服架子了，她還……老老闆跟自己咧咧嘴：那是心理上的動作，別人休想看得出來。

鐘鳴兩響，其實是十二點。

老裁縫存心是應付，那一套尺寸，他記的清楚得很，老奸巨猾的比劃了一陣，報報尺碼，反正打馬虎眼，那樣，太太就可以放心睡頓覺了。

夫婦倆又開始商討下一件衣裳的式樣，老裁縫嘆口氣坐下來，他把皮尺掛到脖子上，那裏有顆暗紫的大痣，他就摸弄那上面的幾根黑毛，神態岸然，彷彿忙上這一陣子，現在才得空兒辦理這樁重要的事。

然而這位太太忽又那樣沒有控制的尖叫起來：「我看那個式樣倒別緻！這半天我都沒注意到呢！真該死！」女人指的是櫥窗裏那木質模特兒身上的一套秋季洋裝。

「你看式樣怎麼樣?該死，我怎麼沒注意到呢!」聽那自艾自怨著急的口氣，彷彿已經錯過了一個機會了。

做丈夫的丟開報紙，打著呵欠，身子在竹躺椅上挺得直直的伸懶腰。

「你瞧你，過來看看嘛，哪輩子沒睡夠的!」

先生打著長長的呵欠，話好像從嘴裏嚼出來的:「好好好，我來看看。」

櫥窗裏的木質女人長年微笑著。彷彿街上來往行人都使它那樣滿意，那麼上了門板之後，它的微笑又表示什麼呢?是個瘦長身材的女人，梳著道士髻，面孔與汽水廣告的美人差不多是同類型的，平平板板，無知無識的，你不能指責它不美，也沒辦法恭維它美，就是那麼一個只負責穿上外衣展覽的木頭女人!合於小市民的欣賞水準。

老老闆遵命把木人從狹小的玻璃窗裏抱出來，扒下新裝給這位老顧客試穿。可是面對面這樣一個被扒得精光的女人形體，老老闆有些犯嫌疑的心虛起來，覺得自己真的是把它當做個女人在扒，人家一定要疑心他怎樣怎樣。他倒想扯過一件衣料給披上去，遮遮醜——那是奇怪事情，因為情況不同而決定的美與醜——但不能那樣招惹嫌疑，有什麼辦法呢?自己是個正經人。老裁縫一想到自己是個正經人，就不由人的為他這後半輩子抱屈。

「死人，你也幫我一下!」

這使老裁縫從羞惡懊惱中醒過來。太太像是耍獅子似的，鑽在套頭的洋裝裏面，嚷著，奮鬥著，找不到出頭的地方。她先生則無能為力的站在一旁，不知從何下手。

「怎麼這麼難穿？」女人直埋怨，整整一件衣裳蒙在頭上，能看見她的嘴巴在裏面動。

「那不成，妳裏面穿了衣服了！」瘸子歪歪斜斜搶過去，把橫在後牆鐵絲上的布拉下來，請這太太到後面去更衣。

木頭人雖然被剝得精光，依舊微笑著。扒衣裳時，把兩隻膀臂扯到背後，身子向前挺著，準備跳水的姿勢。瘸子搓著手，不安的來回拐著，又止不住老是偷瞟一眼。赤裸的女人形體存在那兒，使得他站也不是，坐也不是。

布簾不時被那後面的女人撐出一些清清楚楚的形狀，像肘彎，像手，乃至輪廓異常顯明的圓臀。現在也許跟木頭女人差不多一樣的裸露，脫得很醜了。老老闆心想。

那一對海綿可不要掉了，從布簾下面滾出來呀。老裁縫望一眼布簾底緣露出的一隻高跟鞋的鞋尖。誰去撿起來呢？果真滾出來的話，他問自己，鄙夷的瞧了那位先生一眼。你這個窩囊廢，反正你會搶著去撿。

先生已經不看報了，在照鏡子。

窩囊廢！瘸子重新一瘸一拐的來回走動，到底忍不住，做出一種純粹職業性的漠然，把木人拖到牆角落裏。而為證明只把它當做一段木頭看待，讓它不穩定的臉向下，橫歪在那裏。然後慌促的離開，像是急急離開一處是非之地一樣。

「好穿罷？不要著了涼！」

先生對著鏡子照牙齒，咧著嘴巴。他妻子還在裏頭磨蹭，大概無暇理會他在說什麼。

有得穿還怕受涼？命送掉都不含糊……老裁縫心裏嚕著，一轉身的時候，怔住了。木頭女人腳底下是個圓盤，自動的轉了過來，仰臉朝上，比方才站在那裏還要刺眼。老老闆像準備捱一棒子似的把眼睛閉上。妖精！裁縫苦惱的咒詛著，又重複的怨恨自己是個正經人。自然，他不肯正告自己，除掉正經人，他還是個殘廢。他真正怨恨自己的，是這個。殘廢注定了老裁縫的正經。殘廢裁縫，殘廢一點也不妨礙裁縫，殘廢裁縫，殘廢裁縫……唸著唸著，也分不清是殘廢裁縫，還是裁縫殘廢，有點像唸拗口令。他經常質詢自己：我有家嗎？老老闆經常都不用正眼看他唯一的兒子，而是不滿的睞他的兒子。他吃的是媳婦從家裏送來的飯菜。穿的是媳婦洗漿的衣服。但是我有家嗎？世界上不只有飯館子和洗衣店的。這個甩兒子！踏針車的時候，熨壓邊的時候，以及不管做什麼的時候，就會時不時抬起頭來，睞他兒子一眼：這個甩兒子！

試裝的女子總算磨夠了，站在落地穿衣鏡前左右顧盼，女的最遺憾的應當是後腦勺上沒有三隻眼睛，不時的探問：「後面行嗎？長短呢？」

「這衣服簡直是給妳做的，太太。」老老闆例行的恭維著。做丈夫的是一頭呵欠，一頭附和。這是見效的。女的非常滿意她能同那具木頭人的身架一樣，完全合乎標準。她這麼一滿意，竟使得老裁縫和她先生沒敢妄想的提早結束了這件苦差事。

「完全照這件剪裁，領口略小一點。」

「略小一點，行。」老老闆職業性的和氣之外，還流露了一些真心的快慰。他知道，那領口淺淺的，使這個瘦女人凸起的鎖骨露出了一點。

不管老老闆怎麼樂，還沉得住氣，那先生就不然了，如同巴望下課鈴響的小學生，忙不迭的拉架子就要走，忘掉他太太還須換衣服，還須在工錢和交活日期上下一番工夫。

自鳴鐘打了一下。

「實在沒人手，太太總共一位師傅，又下鄉奔喪去了，就我爺兒倆四隻手在忙。」瘸裁縫確是真心的打著躬。他打躬時，等於以他的瘸腿原地踏腳，一俯一仰的。

「星期二到底不行啊？」

「一定，放心，太太，下星期三，誤不了。」

老老闆雙手搓著屁股慢慢停止他的原地踏腳。

有風的秋夜，街道很早就空落了，店家全部打烊。那女人靠在他先生的身上，緩緩的遠去，好像害怕被街風吹倒了。裁縫鋪的斜對面，一輛賣蜜餞的推車停在街燈下。那人蹲在車底下修電瓶，車上的燈泡一陣子亮了，一陣子又暗了。滿車亮晶晶的蜜餞食品，中間安一枝小煙囪，熱熱鬧鬧冒著煙，似乎那些橄欖、梅子、棗子、五斂子什麼的，都該是熱烘烘的，在這樣蕭瑟頗有寒意的深夜，那是引誘。

其實都是冰涼冰涼的！老裁縫帶著看穿一切的輕蔑，同自己唧咕，開始上最後一塊門板。

常是這樣，每當這位孤獨的老老闆把自己閉鎖在這間不滿七坪大的小店鋪以後，就有一種說不出的迷失與困惱，彷彿是中了什麼妖術，往往就弄不清身置何方，有一種乒乒乓乓搥打一陣的衝動。而那張原是紅潤的健康色的臉孔，幾乎瞬息間會變成另一種樣子，成為扼緊咽喉，漲出發黑發暗的瘀血的紅色。

氈案就是老裁縫的床榻，他把上面散亂的東西一件件分移到兩架縫紉機上。可他做這些，總好像少心無魂，遲疑著，最簡單的舉動總是弄得很錯亂。他望著牆上一對追逐的壁虎，嘴裏囁嚅著：「他們住離這兒不遠，該到家了。」他手裏提著隻熨斗，一時的迷亂，不知該放到什麼地方。「他們這會子在做什麼？」熨斗放到縫紉機上，又神經過敏的試試熨斗熱不熱。女的一定一下子就躺到床上了。他望一眼仰臉朝上懸空臥在那裏的木頭人。那個窩囊廢！要是警察不禁止光屁股，他可以那樣，完全省下來給他女人。

四壁上橫三豎四都是他深淺不同的影子，交疊著，有的摺過來，貼到天花板上，隱進燈罩投射上去的陰影裏頭。老裁縫從櫃裏取出一小捆蓋捲，往案子上攤開。那木頭女人望著天花板上微笑，彷彿她可以預知就要有的事，才那樣奸巧，且又裝做一無所知毫不在乎的神情。

老老闆傴僂著伏在案子上，抱住腦袋，努力想逃避或者抗拒什麼似的。被搗住的耳朵裏響著雜音，像一堆上漿的布料在耳邊揉搓。

「我不要這樣健壯！我該老了！」

老裁縫俯在氈案上的腦袋突地昂起，彷彿要諦聽什麼。然後他緩緩的側過臉去，望著店門，臉色似又從瘀血的暗紅變成慘綠，兩鬢花白的頭髮則被一種不知牆上的哪件衣料或新衣反射過來的光影染成了一抹粉藍。掛鐘孤獨的在數著永恆的數字，嘀嗒、嘀嗒、嘀嗒……這響聲已替他累積長長的五十七年了。他常為自己不能早一些衰老而苦惱。還有什麼，我這個老頭子？他諦聽自己的呼吸，諦聽電表轉動的微弱而遙遠的低鳴，還有籐椅偶爾迸動的喀喀喳喳的炸響。他們呢？老裁縫自憐的問。那個「他們」是廣泛的，似乎不僅是那一對顧客，不僅是他兒子小兩口……於是由自憐而斷然的寬待了自己，這健康卻又殘廢的瘸子帶著醉酒的步態，歪斜著拐過去，在牆角落裏，他騎到赤身露體的木頭女人上面，然後抱起它，放置到他的床榻上，枕上他的枕頭。

賣蜜餞的推車在街道上顛動著，緩緩的隨著鈴聲從門前過去。

老老闆把床榻上的人翻轉來，熟練的去擰動肩頭上的螺絲。他解下一隻膀臂，安放到籐椅上。現在這個側臥的裸女彎著剩下的一隻膀臂，微笑得更俏皮了，好像說，一切果然不出所料。一對死板板的眼睛凝視著一個地方，安然的期待一個什麼。

這瘸子粗暴的一盞一盞關熄了電燈。但他必須留下一盞，他知道，一切完全黑暗之後，他只等於懷抱著一段木頭。

案板微微的顫抖，他坐在邊緣上。「一樣的！」老裁縫自語著，然後又忽的記憶起什麼，跳下床，跛行到布簾那裏。他從鐵絲上面取下那件方才被試穿的洋裝。他們都穿過。他們一樣的身量，一樣的肥瘦……他把這洋裝翻轉過來，摶做一團，頭埋進去。他想嗅見那股新燙髮的藥味、脂粉味、甚至由胃火生出的口臭。

老裁縫咬濕了那衣棠。

賣蜜餞的鈴聲遠去了，隱約的、戰慄的，在可想見的秋風裏搖曳著一街零碎的顫抖：

鈴郎……鈴郎……鈴郎……

一九五八年十一月・鳳山

牛郎星宿
朱西甯

熊
朱西寧著

獵狐記
朱西寧著
多元叢書③

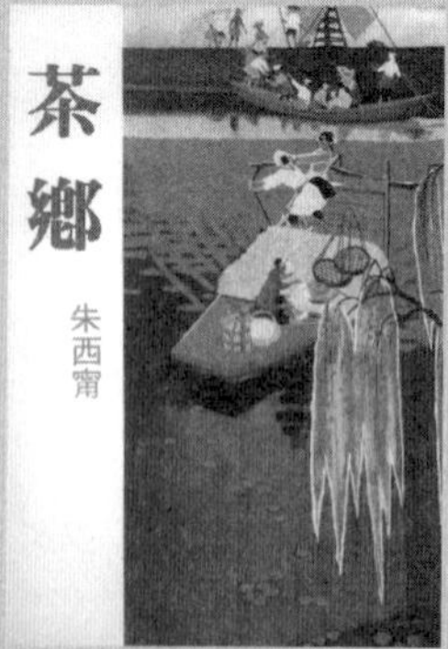
茶鄉
朱西甯

鐵漿

1976・景美（王信攝）

鐵漿（台北：印刻，2003）

人臉上都映著雪光，這場少見的大雪足足飛落了兩夜零一天。打前一天過午起，三點二十分的那班慢車就因雪阻沒有開過來。

住雪了，天還沒有放晴，小鎮的街道被封死。店門打開，門外的雪牆有一人高，總算雪牆之上還能看到白冷冷的天，沒有把人悶死在裏頭。人跟鄰居打招呼，聽見聲音，看不見人，可是都很高興，覺得老天爺跟人開了一個大玩笑，溫溫和和的大玩笑，挺新鮮有意思。

所以孟憲貴那個鴉片煙鬼子死在東嶽廟裏，直到這天過了晌午才被發現，不知什麼時候就斷氣了。

這個死信很快傳開來，小鎮的街道中間，從深雪裏開出一條窄路，人們就像走在地道裏，兩邊的雪牆高過頭頂，多少年都沒有過這樣的大雪。人人見面之下，似乎老想拱拱手，道一聲喜。雪壕裏傳報著孟憲貴的死信，熱痰吐在雪壁上，就打穿一個淡綠淡綠的小洞。深深的嘆口氣吧，對於死者總該表示一點厚道，心裏卻都覺著這跟這場大雪差不多一樣的新鮮。

火車停開了，灰煙和鐵輪的響聲，不再擾亂這個小鎮，忽然這又回到二十年前的那樣安靜。

幾條狗圍坐在屍體四周，耐心的不知道等上多久了。人們趕來以後，這幾條狗遠遠的坐開，還不甘心就走掉。屍首蜷曲在一堆凌亂的麥穰底下，好像死時有些害羞；要躲藏也不曾躲藏好，露出一條光腿留在外邊。麥穰清除完了，站上的鐵路工人平時很少來到東嶽廟，也趕來幫忙給死者安排後事。

僵硬的軀體扳不直，就那樣蜷曲著，被翻過來，懶惰的由著人扯他，抬他，帶著故意裝睡的神情，取笑誰似的。人睡熟的時候也會那樣半張著口，半闔著眼睛。

孟家已經斷了後代，也沒有親族來認屍。地方上給湊合起一口薄薄的棺木。雪壕太窄了，棺材抬不到東嶽廟這邊來。屍首老停放在廟裏，怕給狗齜了，要讓外鎮的人說話。一定得在天黑以前成殮才行。

屍體也抬不進狹窄的雪壕，人就只有用死者遺下的那張磨光了毛的狗皮給繫上兩根繩索，屍體放在上面，一路拖往鎮北鐵路旁的華聾子木匠舖西邊的大塘邊兒上。那兒靠近火車站，過鐵道不遠就是亂葬崗。

屍體在雪地上沙沙的被拖著走，蜷曲成一團兒，好像還很懂得冷。一隻僵直的手臂伸到狗皮外邊，劃在踏硬的雪路上，被起伏的雪塊擋住，又彈回來，擋住又彈回來，不斷的那樣划動，屬於什麼手藝上的一種單調的動作。孟憲貴一輩子可沒有動手做過什麼手藝，人只能想到這人在世的最後這幾年，總是這樣歪在廟堂廊簷下燒泡子的情景，直到這場大雪之前還是那樣，腦袋枕著一塊黑磚，也不怕槓得慌。

鎮上的地保跟在後頭，拎一隻小包袱，包袱露出半截兒煙槍。孟憲貴身後只遺下這個。地保一路撒著紙錢。

圓圓的一張又一張空心兒黃裱紙，飄在深深的雪壕裏。

薄薄的棺材沒有上漆。大約上一層漆的價錢，又可以打一口同樣的棺材。柳木材的原色是肉白的，放在雪地上，卻襯成屍肉的色氣。

行車號誌的揚旗桿，有半面都包鑲著雪箍，幾個路工在那邊清除變軌閘口的積雪。棺材停在大塘岸邊的一片空地上。僵曲的屍體很難裝進那樣狹窄的木匣裏，似乎死者不很樂意這樣草率的成殮，拗著在做最後的請求。有人提議給他多燒點錫箔，那隻最擋事的胳膊或許就能收攏進去。

「你把他那根煙槍先放進去吧，不放進去，他不死心哪！」

有人這麼提醒地保，老太太也都忍不住要生氣，把手裏一疊火紙摔到死者臉上。「對得起你啦，煙鬼子！臨了還現什麼世！」

人只有把那隻豎直的胳膊摧彎過來——或許折斷了，這才勉強蓋上棺蓋。拎著斧頭等候許久的華聾子趕著釘棺釘。六寸的大鐵釘。三斧兩斧就釘進去，可是就不顯得他的木匠手藝好，倒有點慌慌張張的神色，深恐死者當真又掙了出來。

棺材就停放在這兒，等化雪才能入土。除非他孟憲貴死後犯上天狗星，那麼薄的棺材板，真經不住狗子撞上幾個腦袋，準就撞散了板兒。結果還是讓地保調一罐石灰水，澆澆棺。

傍晚了，人們零星散去，雪地上留下一口孤零零的新棺，四周是零亂的腳印。焚化錫箔的輕灰，在溶化的雪窩子裏打著旋，那些紙錢隨著寒風飄散到結了厚冰的大塘裏，一張追逐著一張，一張追逐著一張。

有隻黑狗遙遙的坐在道外的雪堆子上，尖尖的鼻子不時朝著空裏劃動。孩子用雪團去扔，趕不走牠。

鐵道那一邊也有市面，叫作道外，二十年前沒有什麼道裏道外的。

人替死者算算，看是多少年的工夫，那樣一份家業敗落到這般地步。算算沒有多少年，三十歲的人就還記得爭包鹽槽的那些光景。那個年月裏，鐵路剛始鋪築到這兒，小鎮上沒有現在這些生意和行商，只有官廳放包的一座鹽槽，給小鎮招來一些外鄉人，遠到山西爪仔口外來的回回。

築鐵路那年，小鎮上人心惶惶亂亂的。人都絕望的準備迎受一項不能想像的大災難。對這些半農半商的鎮民，似乎除了那些旱災、澇災、蝗災和瘟疫，屬於初民的原始怨懼以外，他們的日子一向都是平和安詳的。

一個巨大的怪物要闖來了，哪吒風火輪只在唱本裏唱唱，閒書裏說說，火車就要往這裏開來，沒有誰見過。謠傳裏，多高多大多長呀，一條大黑龍，冒煙又冒火，吼著滾著，拉直線不轉彎兒，專攝小孩子的小魂魄，房屋要震塌，墳裏的祖宗也得翻個身。傳說是朝廷讓洋人打敗仗，就得聽任洋人用這個來收拾老百姓。

量路線的時節就鬧過人命案，縣大老爺下鄉來調處也不作用；朝廷縱人挖老百姓的祖塋嗎？死也要護的呀！道台大人詹老爺帶了綠營的兵勇，一路挑著聖旨下來，朝廷也得講理呀。鐵路鋪成功，到北京城只要一天的工夫。那是鬼話，快馬也得五天，起旱兒步躂兒半個月還到不了。誰又去北京城去幹嗎？千代萬世沒去過北京城，田裏的莊稼一樣結籽粒，生意買賣一樣將本求利呀！誰又要一天之內趕到北京去幹嗎啦？趕命嗎？三百六十個太陽才夠一年，月份都懶得去記。要記生日，只說收麥那個時節，大豆開花那個時節。古人把一個晝夜分做十二個時辰，已夠嫌嚕囌。再分成八萬六千四百秒，就該更加沒味道。

鐵路量過兩年整，一直沒見火車的影兒。人都以為吹了，估猜朝廷又把洋人抗住了。不管人怎樣的仇視、惶懼、胡亂的猜疑，鐵路只管一天天向這裏伸過來，從南向北鋪，打北向南鋪。人像傳報什麼凶信，謠傳著鐵路鋪到什麼集，什麼寨。發大水的年頭，就是這樣傳報著水頭到了哪裏，到了哪裏，人眾的心情也就是這樣。在那麼多惶亂拿不出主意的人眾當中，大約只有老太太沉住氣些；上廟去求神，香煙繚繞裏，笑迷迷的菩薩沒有拍胸脯給人擔保什麼，總讓老太太比誰都多點兒指望。

道台大人詹老爺再度下來，鎮上有頭有臉的都去攔道長跪了。道台大人也是跟菩薩一樣迷迷笑，怎樣笑也不當用。詹大老爺不著朝服，面孔曬得黧黑黧黑的，袖子捲起兩三道，手腕上綁一隻小時鐘。在鎮上住了一宿，可並不是宿在鎮董的府上，縣大老爺也跟著一起委屈了。第二天，一干大人趕一個絕早，循著路基南巡去了，除去那家客棧老闆捧著詹大人親題的店招到處去亮相，百姓仍然沒有一個不咒罵，什麼指望也沒了，愣等著火車這個洋妖精帶來劫難吧。

「在劫在數呀！」

人都咒罵著，也就這樣的認命了。

鋪鐵路的同時，鎮上另一樁大事在鼓動，官鹽又到轉包的年頭。鎮上只有二百多戶人家，連同近鄉近村的居戶，投包的總有三十多家。開標的時候，孟憲貴的老子孟昭有，一萬一千一百兩銀子上了標。可是上標的不是他一個，沈長發跟他一兩銀子也不差。

官家的底標呆定就是那麼些，重標時，官廳就派老爺下來當面捻鬮。

孟沈兩家上一代就有夙仇；上一代就曾為了爭包鹽槽弄得一敗兩傷。為那個，孟昭有一輩子瞧不起他老子。如今一對冤家偏巧又碰上頭，縣衙門洪老爺兩番下來排解，扭不開這兩家一定非血拚不可。

孟家兩代都是耍人兒的，又不完全是不務正業，多半因為有那麼一些恆產。

孟昭有比他老子更有那一身流氣，那一身義氣。平時要強鬥勝耍慣了，遇上這樣爭到嘴邊就要發定五年大財運的肥肉，藉勢要洗掉上一代的冤氣，誰用什麼能逼他讓開？

「我姓孟的熬了兩代，我孟昭有熬到了，別妄想我再跟我們老頭一樣的窩囊！」

守著縣衙門差派下來的洪老爺，孟昭有拔出裹腿裏的一柄小鑲子，鮫皮鞘上綴著大紅纓。

「姓沈的，有種咱們硬碰硬吧！」

沈長發是個說他什麼樣人就是什麼樣人的那種人；硬的讓著，軟的壓著。唯獨這一遭是例外，五年的大財運，可以把張王李趙全都捏成一個模樣兒。

「誰含糊誰是孫子！」沈長發捲著皮襖袖子，露出手脖兒上一大塊長長的硃砂痣。

洪老爺坐在太師椅上抽他的水煙，想起鬥鵪鶉。手抄到背後，扯一下壓在身底下太緊的辮子梢兒。

沈長發心裏撥著自家的算珠盤兒；鐵路占去他五畝六分地，正要包下鹽槽補補這個虧損。不過戳兩刀的滋味要比虧損五畝六分地大約要痛些。

「去！」衝著他跟前的三小子喝一聲：「家去拿你爺爺那把刀子來——姓沈的沒虧過給誰。三十年前沈家爺爺就憑那把寶刀得天下，財星這又落到沈家瓦屋頂，一點不含糊！」

這話真使孟昭有掉進醋缸裏，渾身螫著痛。只見他嗤的一聲，把套褲筒割開一大半邊，一腳踏上長條凳。這是在鎮董府上的大客廳裏。

「洪老爺明鏡高懸，各位兄台也請做個憑證！」

孟昭有握著短刀給四周拱拱手，連連三刀刺進小腿肚。小鑲子戳進肉裏透亮過，擰一個轉兒拔出來，做得又架勢，又乾淨，似乎不是他的腿，他的肉。腿子舉起來，擔在太師椅的後背上頭，數給大家看，三刀六個眼兒，血作六行往下滴答，地上六遍血窩子。

「小意思！」

孟昭有一隻腿挺立在地上，靜等著黑黑紫紫黏黏的血滴往下滴答，落在大客廳的羅底磚上。那張生就的赤紅臉脖子，一點也沒變色。在場的人聽得見嗒嗒的滴答，遠處有鐵榔頭敲擊枕木上的道釘，空裏震盪著金石聲。鐵路已經築過小鎮，快在鄰縣那邊接上軌。

孟昭有他女人送了一包頭髮灰來給他止血，被他扔掉了。羅底磚地上六遍血窩子就快化成了一遍。

沈家的三小子這才取來那柄刀。原是一柄宰羊刀，沈長發的上一代靠它從孟家手裏贏來包鹽槽的標，事後才配上烏木梅花鑲銀的刀柄和鞘子。刀子拔出來，顯得多不襯，粗工細工配不到一起，儘管刀身磨得明晃晃，不生一點點鏽斑。

沈長發一雙眼睛被地上的血跡染紅了，外表看不太出，膽子已經有點寒。不臨到自己動刀，總不知道上人創那番家業有多英豪。一咬牙，頭一刀刺下去用過了勁兒，小腿肚的另一邊露出半個刀身，許久不見血，刀身給焊住了。上來兩個人幫忙才拔出來。

客廳裏兩灘血，這場沒誰贏，沒誰輸，洪老爺打道回衙門，這份排解的差事只有交給鎮董就近替他照顧。

什麼樣的糾紛都好調處，唯有這事誰也插不上嘴，由著兩家拚，眼睜睜看著這兩個對手各拿自己的皮肉耍。

過不兩天，一副托盤捧到鎮董府上去。托盤裏鋪著一大塊大紅洋標布，三隻連根剁掉的手指頭橫放在上面。

孟昭有手上裹著布，露出大拇指和食指。家邦親鄰勸著不聽，外面世路上的朋友跑來勸說，也不生作用。

「難道沈長發那麼個冤種，我姓孟的還輸給他？」

好像誰若不鼓動他拚下去，誰就犯嫌疑，替沈家做了說客。

「我們那位老爺子業已讓我馱上三十年的石碑了；瞧著吧，鹽槽我是拿穩了。」

托盤原樣捧回來，上面多出三隻血淋淋的手指頭。一看就認出是沈長發的，隻隻都是木雕似的厚厚的灰指甲。

沒有料想到沈長發也有他這一手。一氣之下踢翻玻璃絲鑲嵌的屏風，飛雷似的吼叫起來：

「誰敢再攔著我？誰再攔著我，誰是我兒！」

他兒子可只有一個。那個二十歲的孟憲貴，快就要帶媳婦，該算是成人了；白白瘦瘦的細高挑兒，身上總像少長兩根骨頭，站在哪兒非找個靠首不可。走道兒三掉彎，小旦出台走的是個什麼身段，他就是那個樣子，創業守業都不是那塊料。他老子拚成這樣血慘慘的，早就把他嚇得躲到十里外的姥姥家。

鐵路已經鋪到姥姥家那邊，孟憲貴整天趕著看熱鬧似的跟前，跟後，總也看不厭。多冷的天氣多寒的風，也礙不著他。鐵路接通的日子，第一列火車掛著龍旗和彩紅。一節節的車廂，人從沒見過這樣裝著鐵轂轆的漂亮小房屋，一幢連一幢，飛快的奔來，又飛快的奔去。天上正落著雪，火車雪裏來，雪裏去，留下一股低低的灰煙，留下神奇和威風，人那些恐懼和惱恨似乎有些兒消散了，留給孟憲貴一種說不出的空落，問著自己這一生有否坐火車的命。

正是孟憲貴發下誓願，這輩子非要坐一趟火車不可的當口，家裏來了人，冒著風雪跑來報喪，他爹到底把一條性命拚上了。

趕回奔喪，一路上坐在東倒西歪的騾車裏，哭一陣，想一陣。過過年，官鹽槽就是他繼承，坐火車的心願真的就該如願了。可一見他爹死得那樣慘，魂兒都嚇掉了。

飄雪的天，鎮董門前聚上不少人。

鎮董是個有過功名的人家，門前豎著大旗桿，旗桿斗歪斜著，長年不曾上過漆，斗沿兒上盡是雀子糞，彷彿原本就漆過一道白鑲邊。

沒有人像過孟昭有這樣子死法。

遊鄉串鎮的生鐵匠來到小鎮上，支起鼓風爐做手藝。沒有什麼行業能像這生鐵匠最叫人又稀罕，又興頭。許久沒有看到猴兒戲和野台子戲的了，有這些玩意兒就抵得上多少熱鬧。

鼓風爐四周擺滿沙模子，有犁頭、有鏊子、火銃子槍筒和鐵鍋。大夥兒提著糧食、漏鍋、破犁頭，來換現鑄的新傢什。

鼓風爐噴著藍火燄，紅火燄。兩個大漢踏著大風箱，不停的踏。把紅的藍的的火燄鼓動得直發抖，抖著往上衝。爐口朝天，吞下整簍的焦煤，又吞下生鐵塊。大夥兒嚷嚷著，這個要幾寸的鍋，那個要幾號的洋台炮心子，爭著要頭一爐出的貨。

鼓風爐的底口扭開來，鮮紅鮮紅的生鐵漿流進耐火的端臼子裏。

煉生鐵的老師傅手握長鐵杖，撥去鐵漿表層上浮渣，打一個手勢就退開了。踏風箱的兩個漢子腿上綁著水牛皮，笨笨的趕過來，抬起沉沉的端臼子，跟著老師傅鐵杖指點，濃稠稠的紅鐵漿，挨個挨個灌進那些沙模子。

這是頭一爐，一圈灌下來，兩個大漢掛著滿臉的大汗珠。鐵漿把七八尺內都給烤熱了。

「西瓜湯，真像西瓜湯。」

看熱鬧的人忘記了冷，臉讓鐵漿高熱烤紅了，想起紅瓤西瓜擠出的甜汁子。

「好個西瓜湯，才真大補。」

「可不大補！誰喝罷？喝下去這輩子不用吃饃啦。」

就這麼當做笑話嚼，鬧著逗樂兒。只怪那兩個冤家不該在這兒碰頭。

孟昭有尋思出不少難倒人的鬼主意，總覺著不是絕招兒，這可給他抓住了。

「姓沈的，聽見沒？大補的西瓜湯。」

「有種嗎，姓孟的？有種的話，我沈長發奉陪。」

這兩個都失去三個指頭，都捱上三刀的對頭，隔著一座鼓風爐瞪眼睛。

爭鬧間，又有人跑來報信，火車真的要來了。不知這是多少趟，老是傳說著要來，要來。跑來的人呼呼喘，說這一回真的要來了，火車早就開到貓兒窩。

不知受過多少回的騙，還是有人沉不住氣，一波一波趕往鎮北去。

「鎮董爺，你老可是咱們憑證。」

孟昭有長辮子纏到脖頸上。「我那個不爭氣的老爺子，捱我咒上一輩子了，我還再落到我兒子嘴巴裏嚼咕一輩子？」

鎮董正跟老師傅數算這行手藝能有多大出息，問他出一爐生鐵要多少焦煤，兩個夥計多少工錢，一天多少開銷。

「我姓孟的不能上輩子不如人，這輩子又捱人踩在腳底下。」

「我勸你們兩家還是和解吧。」鎮董正經的規勸著，沒全聽到孟昭有跟他叫嚷些什麼。「昭有，聽我的，兩家對半交包銀，對半分子利。你要是拚上性命，可帶不去一顆鹽粒子進到棺材。你多想想我家老三給你說的那些新學理。」

鎮董有個三兒子在北京城的京師大學堂，鎮上的人都喊他洋狀元，就勸過孟昭有：

「要是你鬧意氣，就沒說的了。要是你還迷著五年大財運，只怕很難。」

洋狀元除掉剪去了辮子，帶半口京腔，一點也不洋氣。「說了你不會信，鐵路一通，你甭想還把鹽槽辦下去，有你傾家蕩產的一天，說了你不信……」

這話不光是孟昭有聽不入耳，誰聽了也不相信。包下官鹽槽不走財運，真該沒天理，千古以來沒有這例子。

遠遠傳來轟轟隆隆怪響，人從沒聽過這聲音，除了那位回家來過年的洋狀元。

立刻場上瞧熱鬧的人又跑去了一批。

鼓風爐的火力旺到了頂點，藍色的火燄，紅色和黃色的火焰，抖動著，抖出刺鼻的硫磺臭。老師傅的鐵杖探進爐裏去攪動，雪花和噴出的火星廝混成一團兒。

鼓風樓的底口扭開來，第二爐鐵漿緩緩的流出，端臼子裏鮮紅濃稠的岩液一點點的漲上來。

飄雪的天氣，孟昭有忽把上身脫光了，儘管少掉三個指頭，紮裹的布帶上血跡似也還新鮮，脫掉衣服倒是挺溜活。袍子往地上一扔。雪落了許久，地上還不曾留住一片雪花。孟大娘正在家裏忙年，帶著一手的麵粉趕了來，可惜來不及了，在場看熱鬧的人也沒有誰防著他這一手。

「各位，我孟昭有包定了，是我兒子的了！」

這人光赤著膊，長辮子盤在脖頷上扣一個結子，一個縱身跳上去，托起流進半下子的端臼子。

「我孟昭有包定了！」

衝著對頭沈長發吼出一聲，雙手托起了鐵漿臼子，擎得高高的，高高的。人可沒有誰敢搶上去攔住，那樣高熱的岩漿有誰敢不顧死活去沾惹？鑄鐵的老師傅也愣愣的不敢近前一步。

大家眼睜睜，眼睜睜的看著他孟昭有把鮮紅的鐵漿像是灌進沙模子一樣的灌進張大的嘴巴裏。

那只算是極短極短的一眼，又哪裏是灌進嘴巴裏，鐵漿劈頭蓋臉澆下來，喳——一陣子黃煙裏著乳白的蒸氣沖上天際去，發出生菜投進滾油鍋裏的炸裂，那股子肉類焦燎的惡臭隨即飄散開來。大夥兒似乎都被這高熱的岩漿澆到了，驚嚇的狂叫著。人似乎聽見孟昭有一聲尖叫，幾乎像耳鳴一樣的貼在耳膜上，許久許久不散。

可那是火車汽笛在長鳴，響亮的，長長的一聲。

孟昭有在一陣沖天的煙氣裏倒下去，仰面挺倒在地上。

鐵漿迅即變成一條條脈胳似的黑樹根，覆蓋著他那赤黑的身子。凝固的生鐵如同一隻黑色大爪，緊緊抓住這一堆燒焦的爛肉。

一隻彎曲的腿，主兒的還在微弱的顫抖。

整個腦袋全都焦黑透了，認不出上面哪兒是鼻子，哪兒是嘴巴——剛剛還在叫嚷：「我孟昭有包定了！」的那張嘴巴。

頭髮的黑灰隨著一小股旋風，習習盤旋著，然後就飄散了。黃煙兀自裊裊的從屍身裏面升上來，棉褲兀自沒火燄的熖著。

一陣震懾人心的鐵輪聲從鎮北傳過來，急驟的搥打著什麼鐵器似的。又彷彿無數的鐵騎奔馳在結冰的凍地上。烏黑烏黑的灰煙遮去半邊天，天色立刻陰下來。

在場不多幾個人，臉上都沒了人色，惶惶的彼此怔視著，不知是為孟昭有的慘死，還是為那個隱含著妖氣和災殃的火車真的來到，驚嚇成這分神色。

風雪一陣緊似一陣，天黑的時辰，地上白了。大雪要把小鎮埋進去，埋得這樣子沉沉的。只有婦人哀哀的啼哭，哀哀的數落，劃破這片寂靜。

不得人心的火車，就此不分晝夜的騷擾這個小鎮。火車自管來了，自管去了，吼呀，叫呀，敲打呀，強逼著人認命的習慣它。

火車帶給人不需要也不重要的新東西；傳信局在鎮上蓋了綠房屋，外鄉人到來推銷洋油、報紙和洋鹼，火車強要人知道一天幾點鐘，一個鐘頭多少分。

通車有半年，鎮上只有兩個人膽敢走進那條大黑龍的肚腹裏，洋狀元和官鹽槽的少當家的孟憲貴。

鹽槽抓在孟家手裏，半年下來淨落進三千兩銀子，這算是頂頂忠厚的辦官鹽。頭一年年底一結帳，淨賺七千六百兩。孟憲貴置地又蓋樓，討進媳婦又納丫環，大煙跟著也抽上了癮。

火車沒給小鎮帶來什麼災難，除掉孟昭有凶死得那樣慘。大夥兒都說，孟昭有是神差鬼使的派他破了凶煞氣。可洋狀元的金玉良言沒落空；到第二年，鹽商的鹽包裝上火車了，經過小鎮不停站。這一年淨賠一頃多田。鎮上使用起煤油燈，洋胰子。人得算定了幾點幾分趕火車。要說人對火車還有多大的不快意，那該是只興人等它，不興它等人。

五年過去了，十年二十年也過去了，鐵道旁深深的雪地裏停放著一口澆上石灰水的白棺。這夜月亮從雲層裏透出來，照著刺眼的雪地，照著雪封的鐵道，也照在這口孤零零的棺材上，周圍的狗守候著。

有一隻白狗很不安，走來，走去，只可看見雪地上牠的影子移動著。雲層往南移，倒像月亮在朝北面匆匆的趕路。

狗裏不知哪一隻肯去撞上第一頭。

那隻白狗望著揚旗號誌上的半月，齜出雪白的牙齒，低微的吼哮。然後不知有多惱恨的刨劃著蹄爪，揚起一陣又一陣的雲煙，雪地上刨出一個深坑，趴了下去，影子遂也消失了，可仍在低沉的吼哮。

那一盞半月又被浮雲遮去。夜有多深呢？人都在沉睡了，深深的沉睡了。

一九六一年五月・僑愛

朱西甯著
旱魃

七對怨耦
朱西甯・著
道聲金蘋果文庫

朱西甯著
日月長新
花長生
文學瞭望之二

春風不相識
朱西甯著

冶金者

1973．景美．家後山上（朱天文提供）

冶金者（台北：仙人掌，1970）

長年讓碎磚末子搽胭脂一樣搽紅了的曬磚場上，打斜裏扯著一條比煙囪本身長出兩三倍的影子。暗褐色而含著微紫的這條長影，橫鋪在一排排花疊著約莫兩尺高的磚坯子上面，一路起伏過去，成為地圖圖例表示城池的那種記號，好些個「弓」字相連著。

站立在卡車車尾上的檳榔仔，眼睛從煙囪的長影子那裏收回來，扎煞一雙戴粗手套的大手，沒奈何的看看偏西的日頭。

「停手了罷，好停手了罷，媽底……」該是第一百次了，檳榔仔用他那張嚼檳榔的血紅大嘴衝著車下窮吼。

車尾下頭，兩個傢伙打得一身的髒紅，扭做一團兒廝纏著。

阿螺又一度占了上風，騎在姓賈的肚子上，一手搦住姓賈的脖頸，另隻手緊緊捏住那隻精瘦的山羊鼻子。「吐出來，給我吐出來，幹你娘，還不吐出來？……」他是這樣的硬逼著姓賈的。

阿螺個子高，胳膊比姓賈的長得多，這對姓賈的很不利；阿螺整得到他，他搆不到阿螺。

「……好啦，幫幫忙，老子請客啦……」檳榔仔吐一口鮮紅的唾沫，口氣軟下來。

起先，沒有留神怎樣起的爭執，只顧搶時間往車上裝磚，還以為兩個傢伙爭什麼吃的，在打鬧著玩，一個去摳另一個的嘴巴。姓賈的嘴巴硬被摳出血，眼看著打惱了，都虎下臉，手底下沒有輕重的認真起來，以至阿螺那件印著「賜爾康」西藥廣告的汗衫，打上到下撕成了對襟兒唐裝，便越發不能罷手。「……有種你嚥下去，你不怕吞金死了的話……」一直都是阿螺在叫罵不停，姓賈的始終咬緊嘴巴，沒聽到他吭過一聲。

這才檳榔仔弄清楚這兩個傢伙到底爭的什麼。看樣子又是打四色牌拉扯不清的賭帳，不知是誰賴誰。不過憑阿螺那麼大的個頭，要是存心賴帳，似乎實在說不過去；若是人家賴了他，也犯不著這麼要命的死揹。「媽底，沒有出息，」檳榔仔罵著：「阿螺嗳，你是漢子，媽底你在乎！」

用那嚼檳榔的紅嘴去啐人，看來有一種血口噴人的無賴。但是罵歸罵，拿他自己來說，除掉討老婆張羅聘金那一回，知道金價掛牌多少，這一輩子不知道還摸不摸得到一次金子。

車子上，站磚已經裝上五呲多，再湊滿一呲就開得了車，偏偏這兩個傢伙撕扯不完，瞧著來氣。「好了好了，晚上請你倆鬼仔上圓環，拜託趕緊裝車啦……嘿，保安街，老子請客！——媽底老子也不是沒有請過……」這樣，成了他檳榔仔一個人停在車尾上自說自話；這麼樣可兌現，可不兌現的猛開支票，都打不動這倆小子心，惹他重又吼起來：「再不住手，看罷，要找你們老闆來……」吼著吼著，似乎覺得沒有行動，還是白嘮叨。待要走搭在車尾上的跳板下來，一隻腳已經踏到上面，試了試又縮回去。心想，這麼罵一陣，嚇唬一陣，又把好話陪上一陣，但和一開始時，唯恐打不起來，猛給他倆加油，都是一個味道，當作閒磕磕牙，消遣消遣。果若認真的惱起這兩個小子，不用別的，一個腦袋上賞一塊磚頭，從這麼高丟下去，就省得開銷多少唾沫，費那麼些唇舌給他倆拉架。

姓賈的既然肚子被死死的壓住，手臂又短了一截兒，搆不到阿螺身上任何一處要害，就只有死命的狠狠擂著阿螺兩邊肋巴。那一對拳頭，狠狠的擂著，也不輕的。姓賈的是一臉髒紅，說不出是沾上去的磚粉，是嘴巴出的血，還是脖子捱阿螺掯得太緊，掯成那副樣子。很難得的還算是阿螺頭上那頂塑膠斗笠，打了這半天，都不曾打掉，不可想像的繫得有多牢靠。

猜不出那是多重的金子，值得死去活來的這麼樣子拚命。不過既能含進嘴裏，起碼不是金鐲子。

「打罷，打罷，」檳榔仔止不住又嘮叨起來，「有種就這麼打，老子倒車，把你兩個小子軋成四塊。」

但是老狗仔並不在車上。

這個死老狗仔，一把車子倒到位置上，就不見他人，專跑磚窰背後去，找女工們吃豆腐。他是蒼蠅，見女人如見血，虧他不怕見笑，把他家裏那隻母老虎叫作蒼蠅拍。「找他去，」檳榔仔咕噥著。

檳榔仔剛一踏上跳板，低頭再看他們倆一眼，了不得了，這兩個傢伙只怕要出事；姓賈的不知怎麼會搆到一塊半截兒磚在手上，一下一下沉沉的砸著阿螺的肋巴，像打在一垛土牆上，不時的想能更進一步，搆著打得到阿螺的腦袋。阿螺仍騎在姓賈的肚子上，以肉做的身子承受硬磚頭塊，也算他經得住敲打。不過阿螺可不是省油的燈，一雙鐵鉗子大手，重在一起，狠狠的箝住姓賈的脖子，直把姓賈的搦得青頭紫臉，老往上翻著白眼兒。

「住手！住手！」檳榔仔往空裏揮著拳頭，不由人的替阿螺感到周身一陣子肉顫，下決心非把他倆拉開不可。

但是一個念頭猛打了檳榔仔一記——然後一頭腦的金子嗳，金子嗳，金子嗳……。倉卒的一眼掃過去，整個那麼大的曬磚場上，看不到一個人影子。只有公路這邊，像要急急逃脫西曬的烈日似的車輛，飛過去一輛，又飛過去一輛，瀝青路面給唧唧唧的黏出泥濘的黏聲。

檳榔仔順手摸起一塊磚頭，瞄瞄準，同對付一隻四腳蛇的那麼個姿勢，衝著阿螺頭上那頂塑膠斗笠丟下去。

急促的那一瞬間，檳榔仔聽到自己說，打得好，打得好，除非這樣子眼明手快，要不的話，怎樣也別想拉得開這一對混蛋。

只不過不是他所料想的那樣，阿螺並沒有應聲倒下去，只是斗笠打歪了一些。檳榔仔又慌促的回身扯過兩塊磚頭。但是發現阿螺這才倒下去，倒在姓賈的一旁時，手裏的磚頭已經留不住，兩塊同時都落到姓賈的腦門上，一點遮擋也沒有。不知怎麼會那麼準，真叫他喪氣。

曬磚場上依然不見一個人影。檳榔仔慌慌張張的來不及走跳板，直接從卡車上跳下來。兩個傢伙像要幹什麼勾當，小電影裏的，這一個側身躺著，摟住那一個，害羞的把斗笠蓋在臉上。斗笠雖然打穿一個洞，可是破的那一塊，連在原處，形成半島形狀連在上面，並不曾完全脫落。用膠布黏一黏，還是可以戴。

姓賈的仰臉朝天，坦然的挺在地上，口張得很傻，露出一排黃亮亮的四顆金牙。

檳榔仔急忙脫掉一隻手上的粗線手套，塞到腰裏，彎著指頭挖進張得很傻的嘴裏去。腦門和鼻孔裏，有血涔涔的湮著。檳榔仔很是著慌，偏偏姓賈的舌頭好大，堵在當門，老擋著手。指頭為了撥開礙事的舌頭，費了一些周折，然後到處碰到些硬的，不知為什麼，一個人怎會這樣多的牙齒，真他媽底了，這才在牙圈之外，勾到了一枚夾在腮裏的戒指，所幸沒有嚥下去。

「不好啦，要出人命了……」

直起身來吆呼，檳榔仔差一些被側臥在一旁的阿螺給絆了一跌。而經這樣一蹭蹬，忽然清醒過來，覺得還不是呼救的時候。

托在手心的戒指，上面黏著唾沫，特別晶亮，其中一顆小氣泡泡，啪兒的炸了。實際上，也是一枚新色未褪的亮戒指，才打的首飾，不曉得是誰從家裏女人那裏偷來抵賭帳的，真敗家。

檳榔仔剛把戒指塞進卡其布褲子的口袋裏，又忙掏出來，記起這個口袋是漏的；有一回裏面裝著兩個紙板火柴，天氣太過燥熱，不知怎麼磨擦出火來，忽啦那麼一聲，隔著一層褲子，連按是按的，才按熄掉。口袋燒破一個大洞不用說，由於不曾穿襯褲的關係，皮毛也給焦焦的燬了一大遍。

塞妥了戒指，不知所為何來的匆匆把兩個傢伙拖開，離著車尾遠一些，好像這樣，就跟他無關了。不想拖著阿螺時，把搭在車尾的跳板碰塌下來，好大的動靜，把他給嚇了一個結實的。連累加緊張，弄得檳榔仔直喘粗氣，結果又碰倒一堆磚，把腳後根也給砸痛了。這一堆磚，好像是爭吵之初，阿螺挑著一挑子磚，正要上跳板，一氣就放下在那兒的。檳榔仔抱著痛腳，一隻腿跳著，眼前是作踐得一片狼藉，不可收拾。

兩個傢伙大約都昏了過去，不會那麼不經死，身子還是軟軟的。阿螺重得像棵颱風颳倒的大榕樹。他把阿螺一對長腿，一邊一隻的夾在腋下，身子往後倚著拖。而這棵大榕樹，倒雖倒到地上，仍還有老粗的根子連在地底下，死命的拖上半天，左右打著轉轉，沒離開老地方多遠。「媽底，不管了……」放下手來，檳榔仔隔著褲子摸摸金戒指，把手套狠狠的戴上，似乎為了阿螺這麼樣的跟他彆扭，惹出一肚子的氣。人又縱上車子，兩手罩在口上，衝著那座像是國民中學大樓一般的雙層大瓦窰直著嗓子喊叫。喊出一陣咳嗽，把嗓子都喊岔了。

打車子上往下看，真是被他踢蹬得不像話，這麼一個光景，看在不知內情的人家眼裏，只怕弄不清是怎麼一回事。很簡單，兩個人打架打成這樣，他跟自己大聲的說。

大瓦窰後面有人過來。

「鬧人命啦，鬧人命啦……」檳榔仔搧著兩隻手臂猛喊。

但腦子一動，哪裏會有兩個人相打，同時都被打昏過去的道理？說不過去。為此，人陡的吃緊起來。

「哪裏想到的，唦唦，真是啊，哪裏想到的……」喘吁，怎樣也制壓不住心虛的發抖。「就是啊……不是嗎……他兩個……」

「是不是跳板沒放牢？」燒窰的師傅仰著臉問，拉著姓賈的一隻手，正在那兒試脈。

「唦唦，跳板滑了，」檳榔仔得了救一樣，「不是嗎，阿螺挑磚……挑磚正走到這裏，只差一步，唦唦，連人帶磚跌下去……」

「阿塗正在底下，給砸倒了，是吧？」一個燒火工問道。

檳榔仔來不及的點頭。「就是這樣，就是這樣……」他才知道，姓賈的名叫阿塗。

「先別管這些，」有人叫著：「趕緊送醫院。」

一時間，絡續絡續的聚來好些個人，女工們夾在當中吱吱喳喳的驚叫，男子漢則亂出主張。

看看曬磚場上，這部卡車之外，只有那麼一部污黑的鐵牛。檳榔仔雖則心裏落實得多，摸摸褲子口袋，但仍急於要盡快脫離這個是非之地。從人窩裏，他把司機拉出來，咬著耳朵說：「車子千萬不能答應，啊，耽誤了貨，是你老狗仔的。」

司機直眨眼睛，看看自己車子，再看看那一窩人。

「上車開車呀！」檳榔仔緊催慢催的推著老狗仔。

「不大好意思，人家也是幫忙我們裝車。」

「媽底，一車的磚，你想連磚帶人開到醫院去？」

司機咂咂嘴，後腰裏扯下毛巾，直擦下巴，似乎這麼擦下去，能擦出什麼主意來。

「媽底，你是女人！」

「你才媽底。」

司機還是擦出了主意來，跑去公路上攔汽車。他們幹那一行的，總是知道攔什麼車，該打什麼手勢；翹著大拇指，打橫裏比劃著。

不能再等湊滿六毗磚了，檳榔仔來不及的爬進駕駛助手座裏。車子發動時，聽見說，有一回醒了過來。

一時檳榔仔覺得阿螺這麼一回醒，倒又說不定有利還是不利於他。

車殼給曬得火爐子一樣燙人，上了路，一拉起風來，這才清爽些。

「你看我們有沒責任，萬一出了人命的話？」

「到今天我才知道，」為了壓倒引擎的響聲，檳榔仔叫嚷著說：「你老狗仔，狗膽子這麼小，媽底……」

或然之一

密像魚鱗的小塑膠牌子，數得檳榔仔脖子都仰數了，這才查到尹阿螺是在三三二號病房。又問過服務臺，才曉得三三二號病房在三樓。

走道頂頭上，一溜三間病房。朝著走道的中間這間病房正是三三二號。停在門外，臨時，檳榔仔把面容調整一下，一張張病床瞧過去。一共是八張床，兩張空著，白被單平平整整的鋪在上面。另外那六個病號，五個平躺著，一個扭起半邊身子，就著床頭小櫃在吃什麼，一臉的絡腮鬍子，沒有領子的病患衣，顯得人脖頸老長老長，像一頭偷嘴的饞驢。

把檳榔仔弄得張著紅嘴發愣。六張臉數完了，為何阿螺不在這間病房裏？退後兩步，不放心的又瞧了瞧門上號頭，並沒有看錯。明明磚廠老闆說，阿螺住的是這家醫院，跟他訴說半天的苦，想請他們營造廠多少貼補一點醫藥費；工程一包就是幾十上百萬，哪裏在乎三千兩千的呢？別看錢不當錢，四毛三分一塊磚，折合起來，少說，三千塊磚頭是白燒了。跟他檳榔仔說這些有什麼用呢？「你還是直接找我們老闆去……」只能那麼應付著，當然也是實話。問清了阿螺還有兩天院好住，人是沒事了，才趕來看望看望的。方才那片魚鱗上也是寫得清清楚楚。上著樓梯，一路都在唸著：三三二，三三二……也沒有記錯。要麼是提前出院了，總不至於送進太平間了罷——要說誰捱得重，倒是那個姓賈的阿塗，兩塊新磚，頂著腦門砸下去，他們卡車開走時，還沒有醒過來，兩個傢伙一比，阿螺長得那麼捧，頭上又戴著塑膠斗笠，多少當一些用的。反而姓賈的搽搽藥就回去了，雖然紫了大半張臉，紫藥水還不曾洗掉。

除非記錯了號頭，檳榔仔有點兒疑心起自己的記性。但是要再登登登的跑回樓底下去數那一大遍魚鱗，再登登登的爬上來，又不很甘心。

「不進來呢，檳榔仔？」病房裏那個長脖子的病號招呼他，一聽就好耳熟。真的不敢認，覺得沒有兩天工夫，怎麼兜臉的鬍子長出來了。「媽底，不像你……」看上去，阿螺不單是脖子長，鬍子長，腦袋給紗布纏像日本人，一切都弄得走了樣；而且背也駝了，兩個肩膀也很寒酸的聳著。

「多虧你嗳，真是多虧你……」阿螺拍拍床框，請檳榔仔坐下。嘴角上還殘留著剛吃過的什麼黏黏的渣滓，瞧著倒是一撮子黃膿。

「虧我什麼？虧我鳥！」檳榔仔說著隨便的噌了一聲，裝做不在乎，不大知情，但是心裏頭一陣子不安起來。

「怎樣？」檳榔仔問他！「沒事了罷？」

「比起來，這一點傷還算什麼，不是你幫忙，遮掩過去，我要吃官司了。」

阿螺很虛弱的搖搖頭，不知他頭搖的是什麼意思；是不滿誰個，還是追悔什麼。而說的這些話又是什麼意思，檳榔仔也弄不清。

「你們廠裏有人來看你沒有？」這都是廢話。

「來了；老闆他們，還有阿塗。」

「姓賈的？」

「幹伊娘，他來，也不是來看我。你親眼看見的，他一磚頭把我打暈過去，還賴我把他嘴裏金戒指拿走了，睜著眼睛賴人——」

「噢，你倆拚了半天的命，爭一個戒指？」

為了怕臉上走漏了什麼假，給阿螺識破，便伸伸脖子去看小櫃子上的白磄瓷碗裏盛的什麼鬼東西。

「我女人送來的蒸蛋，女人真嚕囌。」

「有女人疼嘛，媽底還不知足。」把話扯開，但又想知道究竟，就是為這個來的。「你逼著姓賈的吐，吐，就是這個啊？」

「幹伊娘，黑心，他想獨吞。都是好幾年在一起的……真不夠意思。」

「賭錢贏的麼？」檳榔仔摸摸褲子口袋，戒指按在掌心底下，隔著兩層布，很清楚的小圈圈。

「也沒有香菸請你，」阿螺眼睛落在他摸著口袋的手上。「什麼賭錢？兩人合夥買的。」

「那他姓賈的真不該了。」

「說他黑心嘛。」

「真是啊，人心最毒。」檳榔仔很憤懣的咬咬牙。「包一層肚皮，誰知道誰心？還記得我老阿婆常說的：人心晝夜變，天變一時刻。真是不錯的。」

「哪要晝夜變呢？一天一夜要變一百單八次。跑來兩趟，拿話威嚇我；要不把金戒子交出來，就要告我謀財害命。」

「他憑什麼，媽底！」

「怪我手頭重了一些，」阿螺指指自己下頷說：「我把他搯瘀血了。」

「又沒有媽底搯死，告他的卵子！」

「謀殺未遂，他要告我！」

「讓他告去，哪有這樣簡單。他就是威嚇你。」

「我是不怕，」阿螺漸漸的顯得有些精神。「虧得老闆來看我，聽他口風——真虧你啊；老闆抱怨我粗心，弄得我半夜穿褲子——摸不清哪正哪反。抱怨半天，又囑咐我千萬小心，以後。我怎麼說呢？對不上頭。老闆看我愣睜睜的，怕我腦震盪，不省人事，或是把記性丟了，醫生也幫忙一點點套話——」

「記性還是有的，是罷？」檳榔仔有點兒緊張。

「沒有——那還得了？」阿螺歇了一會兒說：「先想說，是阿塗下辣手，用塊磚頭把我打暈了——你不是親眼看到嗎？他用磚頭狠揍我背後這裏，後來，我還正心裏想著，怕要捱他打出內傷了……嘴說不及呀，頭上猛捱了一下，兩眼一黑，就什麼也不知道了——」

「你沒有跟醫生說這個？」

「想說的，我記得嘛。」阿螺舔舔嘴，仍沒有舔下嘴角上黏著的一小坨兒蒸蛋。「心裏不是打怵嗎？」

「你有什麼要怕的？」

「不是說嗎，記性沒有的話，要過電的。」

「媽底。問你跟醫生說了沒有，說你是怎麼暈過去的。」

「唉，那不能說；一來，最後我也把他脖子搦得差不多了。二來嘛，那會姓賈的還沒來過，我還不知道他死活怎麼樣呢。」

「哪有那個道理？」檳榔仔寬心起來，所以很體己的瞅了阿螺一眼；就像老阿婆對待淘氣的孫兒那樣，又疼又氣。

「怎麼？」

「他有本事把你打暈過去，他還死得了？」

「不一定哦；人沒死透的時候——」

「那你怎麼跟老闆說？還有醫生？」

「哈，他們套我話，我也套他們話。才慢慢弄清，老闆聽信你說的。」

阿螺似乎越發有了精神，很為他那麼機靈而神氣，忙將白磚瓷碗拖近一些，把賸下的一點兒根子，刮了刮，送到嘴裏抿抿，慰勞慰勞自己。

「幹伊娘，別老笑我是愣大個。」這一次他是把嘴角舔得很乾淨。

「你說那顆金戒指怎麼辦？白白便宜他呀？」阿螺又忽然想起的問他。一條半濕半乾的灰毛巾，捺在鼻頭上抹了抹汗。「勞你神，檳榔仔，給我出個主意……我不跟他姓賈的甘休。」

「算了罷，阿螺。」

「算了？你說的簡單。」

「是這個罷？你看看。」

檳榔仔站起來，從口袋裏摸出那枚戒指，送到阿螺鼻尖上亮亮，等著他接過去。

……

或然之二

時已夜半，兼燒焦炭的磚瓦場，就在曬磚場靠近公路的這邊空地上，三處燒著烈火。車輛打公路上過，都能夠感到一股熱氣撲進車裏來。

而且老遠就瞧得見三處幾乎相連的那一片燭天的火光。火是把高天上不很圓的月亮，燒得一臉盤的煞白，越發的冷清；而撲撲的火焰，也顯得只有十八層地獄裏，炮烙和油鍋的毒火，才是那樣的毒紅毒紅。

像這樣的時間，這個時刻到窰上來，檳榔仔還是頭一遭。檳榔仔手裏拎著兩刀錫箔，以及冥國銀行萬元一張的兩百萬新鈔票。

走過帳房，閉門闔戶的一屋子黑。再過去便是瓦窰老闆一家住的一溜三間兩頭房，也和帳房那邊一樣的烏漆抹黑；燒焦炭的火光照到窗子鐵欄上，那上面繫著一束端午節留下的早就乾枯的蒲艾，幾枝榕樹的枝葉。往後再過去，一排矮蹲蹲的工人住屋，有人耐不住裏面悶熱，用單子蒙頭，就像蒙屍首一樣的嚴嚴的蒙著，露天睡在地上，鼾聲從單子裏頭濾出來。

再後面兩間孤單單的屋子，他知道，一間堆的是磚瓦模子，小推車，鏟子，叉子等等。另外一間是裝著打泥的馬達，輪帶打牆根的洞口裏通出去，綳緊在泥槽底下的滑輪上。那麼，不用說，姓賈的屍體，一定是停在堆磚瓦模子的那間屋子裏。一轉過工人住屋，就看到從敞著的門裏，鋪出一方渾黃渾黃的燈光。

白天來運磚時，聽說棺木什麼的，都已準備齊全，只等法醫下來驗屍，就可以成殮。老狗仔不知情，便拖著他來看死人。檳榔仔不要看，「裝車要緊哪，死人有什麼好看，臭肉一堆……」他是要等裝了棺再來燒把紙，似乎隔一層木板總要好過一些。

想到這麼樣的暑天，不自覺的摀住鼻子。也不知是誰在裏面守靈，他傍著門邊，偷偷試過小半個臉去刺探。

紅漆棺停在靠牆的一邊，給他一驚，但在屋子當中又設著供桌靈位。在靈位後面，灰濁濁的帆布幔子，見方的圍住一圈，屋子裏不見一個人影。

檳榔仔正想推測是否停屍在帆布幔子裏，還沒有驗過屍成殮，忽然發覺那幔子裏頭有個什麼在動，頭皮跟著一緊。

一對白蠟燭和香爐裏的幾根線香，看樣子都是才換的。燒紙的砂盆子裏盡是紙灰，似有若無的還在流著一線線煙絲兒。他以為是自己看走了眼，用這個安撫自己。但是不明白，既沒有裝棺，為什麼也沒有人在這兒守屍，萬一給貓呀老鼠的驚成殭屍，那可不是玩兒的。

檳榔仔噤一下乾得黏死了的喉嚨，輕輕的提起前腳待要撤退，這一次他可千真萬確的沒有看走眼，帆布上緣露出一塊白的什麼。但只露出那麼一下下，又沉下去，這才他忽然想起，連忙看看帆布幔子的底緣——那裏有離地約莫大半尺高的空檔。

就在那底下，一雙好長的大腳，一動不動的木立在那兒。屋頂六十燭光的燈泡，直上直下的照進幔子裏，地上碎落的燈光裏，可以辨出那雙腳上穿的是日本式分趾兒叫作草鞋襪的塑膠帆布鞋。

十有八九，他猜出那是誰。但猜不出那個人躲在裏頭做什麼。

點著腳尖，像隻鷺鷥，檳榔仔悄悄走進去，繞到那人背後。幔子只有檳榔仔的下巴那麼高，他弓著身子挨近去，然後試著打太極拳那樣的慢慢直起身來，直到眼睛升到帆布幔子的緣口。

一柄螺絲起子撬在死者的嘴裏。握住螺絲起子的手還在鑿來鑿去的撬著，那隻手用力用得發抖。而另一隻大手，則握住一柄萬能刀等在一旁。萬能刀複雜的刀槽子裏挺出開罐頭小刀，像是一隻手在指著一個什麼方向，或者在指責著誰。

和頭一天下午那個光景一比，姓賈的真算是死活都咬緊了牙關不肯開口。

人雖背朝著他，頭上纏著白紗布，檳榔仔仍還是一眼就認得出來那是阿螺。螺絲起子用力過度，忽的撬滑了，發出嘎的一聲，死者腦袋失去機能的扭轉了一下。

檳榔仔幾乎跟嘎的那一聲的同時，彷彿其間有個什麼機關相連著，他縮下身子，憋住了氣，不出一聲的半蹲著。

幔子裏面，阿螺似乎也按兵不動的停下來。

帆布幔子上印有汽水廣告，和貨車的方向盤一般大的汽水瓶蓋，頂在檳榔仔臉前。頂得太近的緣故，不一下就把眼睛攪花了。

幔子裏頭重又綷綷縩縩的動著，動著，間有阿螺有些鼻塞的喘氣。檳榔仔就那麼的半蹲著，好似周身的骨節都已生鏽，站起或者全蹲下去，都會像開一扇活頁鏽了的門，不知要澀巴巴的磨出多大的響聲。

但是很無來由的，帆布貼近鼻尖，發出一股陰雨潮濕的天氣裏新汗壓陳汗的衣衫上那種積存的氣道，反使他心安的很；一如他這麼樣吃力的姿勢，似乎生來就該是這種體形，一點兒也不覺得怎麼不安頓。有他阿螺這樣子死人嘴裏挖金戒指，就再用不著他來吃緊了。

混紡料子的緊身長褲，大腿腋裏皺皺的勒得很緊，他不用用手去摸，就能清清楚楚覺得到骾在大腿上的那枚戒指，挺硬的墊在那裏。

重又把眼睛升到幔子上緣的時候，他看到開罐頭的小刀，正在死者的一排金牙上挖著。好似聞到一種什麼氣味，若有若無的，方才並沒有聞見，近乎生了紅黴的發糕，或者爛黑了的木瓜，但是認真的嗅嗅，又覺著仍然是帆布幔子的氣味，或者本來就是自己的鼻子在疑心。

檳榔仔回頭看看靠牆的空棺。屋子裏收拾得很空，所有那些磚瓦模子種種傢什都已清除出去，阿螺刮著死者金牙的響聲，在這麼一間空屋子裏，簡直震得出回聲來。再看看姓賈的，臉被阿螺的手擋住一部分，平等式的頭髮髮根裏，隱約的還積有一些血斑，身上仍是到處染了紅磚粉的髒衣，兩雙赤腳已經變形，跳腳尖舞的那種形狀。

聽說姓賈的沒等抬上汽車，就斷了氣。檳榔仔一直安慰自己，磚頭怎麼會打得死人？姓賈的是死在阿螺那雙老虎鉗子似的手裏。從他一躲到幔子外頭窺探起，就一直想能看清楚姓賈的脖子。但是，不是被阿螺擋住，便是那一雙大手的影子遮出黑黑的一遍，直到此刻才算看清，可不是在顎拐子那裏，有些個暗紫的斑？就像上了寒火，揪得瘀血那樣。只怕瞞不過法醫來驗屍罷。

他知道，這個當兒要是喊他阿螺一聲，準能把他嚇得一跳三丈高。但他還是忍耐著，直等到阿螺硬是把那一排四顆金牙冠子撬下來，蹦出一道弧線，不知道落到死者胸上還是哪兒，然後阿螺把它檢起來，就著燈光細細的看，湊近鼻子嗅嗅，這才檳榔仔忍不住冷笑出來。

阿螺這一驚駭，整個地球都跟著翻一個跟斗，著實嚇得半死，金牙也不知掉哪兒去了。

「你真是啊，媽底；人不死，債不爛，你這是——人死了，還——」

「你還不是想來……想來……」

「來遲了一步，」檳榔仔接過來說，把手裏的冥紙跟阿螺亮了亮，順手放到供桌上。

「金戒指讓你搶先摳走了，是麼？」

「幹你，你怎麼知道？」

「別管我檳榔仔神機妙算，媽底，見到面，分一半。」他把手從幔子上面伸過去，手心向上的等著。

「跟你賭咒——」

「你連媽底金牙都不放過，你還放過金戒指？」

一語提醒了阿螺，連忙蹲下去，找那併連的四顆金牙冠子。

姓賈的屍首，現在是一無遮掩的平放在面前。人一死了，就這麼規矩；如一人一死了，就一定要挺到支得這麼高的檯子上。平時，姓賈的、姓賈的喊著，不覺得怎樣，你是你，我是我，又不共一個煙囪冒煙的。就算是早晚空車路過圓環，一起跳下車，共兩盅紅露酒加白糖，魚翅羹，蚵仔煎什麼的，也和酒後跑去保安街胡鬧鬧，都是一樣的露水交道。

如今雖是陰陽一道線把生死隔開了，倒不如說正是那一道線把人綰上了。即便姓賈的這一死，跟他檳榔仔全不相干，但是活人站到死人跟前的那種悽惶，空滅，誰也不能不心動。正是老阿婆說過的話：遇見送親的心熱，遇見送葬的心冷。

姓賈的嘴巴半張著，怕是阿螺那樣的硬撬，把顎骨哪兒的扣榫給撬掉了，再也合不攏去。陰影裏看不十分清楚，門牙的牙肉似乎爛糟糟的，不知是被萬能刀糟蹋成那個樣子，還是已經顧自的爛了。人有時睡得很甜，也會把下巴睡掉下來，像姓賈的這樣，就只是活人的嘴唇萬沒有這樣的黑青而無聲無息……。

檳榔仔不敢再看，轉到靈前燒他的錫箔和冥幣。

這才檳榔仔知道姓賈的全名。靈牌前供著四色青果，鳳梨、香蕉、黃香瓜、白李子，好像髒兮兮的都曾被死人摸弄過。就著蠟燭，點起一疊五六張冥幣，放到火化盆子裏，接著一疊疊的往火裏續紙。也不知是唸給死者，還是唸給自己聽，不住的咕噥：「賈鎮塗噯，快來拿錢用，我跟你賈鎮塗說不上交情，知道你要錢用，閻羅殿的小鬼要打發……憑你一個假金戒指，我沒有占你便宜，人家連你金牙都扒下來，我算對得起你賈鎮塗了……」火烤得人出汗，瞅著火舌頭把冥紙一張舔進嘴裏去，想起吃山楂紙酸酸的滋味，一口口的抿著，化進嘴裏，恍惚的看到姓賈的伸過黑青的嘴唇來，把冥幣一疊疊的抿進嘴裏。

「你說有多奇怪，找不到。」阿螺從帆布幔子後面出來，甩甩一雙空手說。

檳榔仔臉上跳著捉摸不定的人影，翻起白眼望著阿螺，手底下顧自往火化盆子裏續紙。

「你不要在我面前藏尾巴，媽底，我才不要你的臭金牙。」瞪看阿螺老半天，他才冷冷的說。

「騙你做什麼？幹你，要不是你關照，我要坐牢了。」

「你也知道！」

「我尹阿螺，知恩報恩，有仇報仇——」

「媽底，金戒指呢？」紙燒完了，撲撲手，檳榔仔站起來。

「你這個鬼仔！」

「對罷？又想瞞著我。」

「除非他吞進肚子了。他是吞金死的，不能怪我。」

檳榔仔不作聲，手伸進褲子口袋裏摸。

「我是有仇報仇，」阿螺輕輕的撫摸著頭上紗布。「把我打成這樣，又把我金子吞了，我饒過他？要能那樣做，我恨不能破開他肚子，把——」

「這個呢？」檳榔仔把那枚戒指托在手心裏，直送到阿螺鼻尖上。「明明是你把他勒死的，媽底，還吞金！」

阿螺的一對眼睛，立時成了金子做的，亮著閃閃金光，伸過手來搶去檳榔仔手裏的戒指。

「夠交情了罷，阿螺？你到哪裏去找我檳榔仔這樣夠朋友的？」

「對半分，幹你，我尹阿螺也不是他姓賈的那種人——要錢不要朋友。」阿螺回過頭去，從幔子上面看一眼姓賈的。

「你算了。什麼對半分？我要是獨吞了，鬼才知道！」檳榔仔撇撇血盆大嘴，然後貼近阿螺的招風耳朵，挺體己的說：「為朋友想，我倒替你擔心，這個——」他指指死者，再指指自己脖子底下，「怕有麻煩；驗屍這一關哪……」

「這你放心，驗過屍了，死亡證書簽過字了。只等他老婆打南部趕來成殮。」

阿螺一臉的感恩圖報的難堪，說著，搓著手，手裏是那枚金戒指，不知說什麼好，難堪的望著檳榔仔。

「你這個朋友，我要交到死。」阿螺搓著一雙大手說。

或然之三

天是要落雨，氣壓低低的沉在人腦門上。

整個曬磚場上，雲一陣，太陽一陣；看得見的，一遍雲影，或者一遍日光，打瓦窰上漫過來，打一排排的磚坯子上漫過去，橫穿過公路，直奔新綠的稻田，奔向遠處起伏的藍色山麓。然後在那邊山麓形成陰一塊，晴一塊的花斑。

扯東到南的天邊上，如刀裁那麼整齊的黑雲下面，泛白的灰濛濛一片，望不到邊際，雨是挺正經的在那裏擺下陣勢，摩拳擦掌的打著閃光，等不及要上場。曬磚場上男女工人，一起出動給磚坯子蓋上稻草和塑膠布，再在稻草和塑膠布上壓上木楨子或者磚頭。

卡車倒到位置上，窰上騰不出人手來裝車，正逗老狗仔的味口。女工們斗笠底下遮一層毛巾，小腿小臂也都裹著套子，但是老狗仔插著腰停在場邊上，略略的一打量，還是認得出——不如說是嗅得出，或者雷達得出——哪一個有味道。晃著膀子逍遙過去，跟那個阿什麼的，他也記不清，從「考妣考妣」之類開始，合夥兒扯起一長塊塑膠布，罵著鬧著，四個角兒繃緊，抖了再抖，實在用不著那樣平整，又不是套被子。但是老狗仔存心用得著，抖得阿什麼的又是「考妣考妣」的配音著。

檳榔仔已經看慣了這些，看見也當做沒有看見。氣壓低，煙很沉重，一冒出煙囪就沉沉的軟下來，滿場子的煤煙臭。檳榔仔也是老遠的就認得出來，哪個是阿螺，哪個是姓賈的，兩個頭上都綁著白紗布，雖然姓賈的又在白紗布頂上罩著一頂淺灰的鴨舌帽。

帶著營造廠老闆當作慰問品的一打毛巾，送給阿螺和姓賈的一人半打。好像那兩個一直血流不止，等著要這麼多的毛巾擦血。

毛巾很厚實，很吃汗。檳榔仔有些不甘心，若不是上面印著營造廠的招牌，他得賣掉，另外買一打少兩百個線頭的蟧一些的毛巾，來打發這兩個該死不死的小子。

「這半打是阿螺的。」檳榔仔掂掂另一隻手裏的一疊毛巾，再伸長了脖子喊那邊的阿螺。

「真多謝你們老闆，真多謝啦……」姓賈的直拱手。

檳榔仔把黑眼珠趕到眼角裏，睨著姓賈的，一臉的不悅。可見姓賈的長年跟磚頭交道，腦子也成了磚頭。不謝他一聲，或者回送他一兩條毛巾。本來就不會想把那枚戒指還給他，此刻倒要耍耍這個磚頭腦子的傢伙。

「還有你要謝的——」檳榔仔伸到褲口袋裏摸索。「媽底你嘴裏含著的東西呢？」

「什麼？我嘴裏？」

這個傻蛋把口張開，拚命的張得很開，一條被厚厚的白色舌苔糊住的大舌頭，堵在當門給他看。「嘴裏有什麼，你說？」

檳榔仔拿他沒奈何的軸過臉去。但又不能不理他，沒有好聲氣的齜出一口醬紫色的亂牙。頂到姓賈的精瘦的鼻尖子上，大聲的吼著：「你叫阿螺搦住脖子沒有挖出來的，你忘啦？啊？媽底！」

「金——金戒指，你說？」姓賈的眼睛瞪有金鐲子那麼大。

「到底是誰的——你的，還是阿螺的？」

「兩人合夥買的。」

「媽底，你想獨吞是不是？」檳榔仔瞪起一雙牛眼。但是心裏倒又罵起自己來：你這是憑著什麼吃味！

「什麼獨吞？姓賈的他沒有出錢，只說一聲算他一份。沒有便宜到這樣的……」

「我不信，阿螺有這樣的不講道理。」

「就是不講道理嘛。」

「你不是在銀樓買的。」檳榔仔很肯定的說。提起銀樓，又一陣子惱羞起來。「來路不明，媽底，我知道。」

姓賈的很佩服的承認，似乎覺得沒有什麼可隱瞞，也許沒有想到要隱瞞什麼，又也許認為正好抓住一個人物訴訴苦，給他主持正義。

他說，有天傍晚，公路上一個趕路的老頭湊近來，挺和氣的堆著一臉甜嗦嗦的小笑。他倆——他和阿螺，正用煤碴在那兒墊路，以為老頭子過來問路；沒見過放著現成的公路局巴士不坐，這麼遙遙忽忽用兩條腿趕路的人。如今兩條腿實在不值什麼錢了，不是嗎，趕死趕活的二三十里，走上長長的大半天，折合車票，不值兩三塊錢。

「很忙噢，兩位……」老頭子搭訕著，揹著一個看不出裏面是些什麼的包袱。

他倆沒有怎樣注意，也沒回應什麼。

「兩位看看呢，這是個金戒指麼？」

兩人不在意的瞟上一眼，老頭子一臉的土相，笑也笑得很土，兩個指頭捏著一枚黃亮亮的小圈圈。

「就在那邊路口上拾的。」用捏著戒指的手，指指福記磚窯那邊。老頭子上下門牙都各缺了兩顆，說話不大關風。

阿螺接過戒指去，細看了一陣，又托在手心裏掂掂重，不很拿得定的咧開嘴巴。「我來看看。」姓賈的接過來，裝做很內行的送到嘴邊上，輕輕的咬了咬。

「我是認不出，」老頭子一旁候著，望望這個，又望望那一個。「乾脆，送你兩位，我也不懂。」

姓賈的連忙還給老頭子。

「我要它做什麼呢，拾來的，或許是假的，也說不定，是罷？」老頭子土得很可憐，而且為了本身無可奈何的土，很有些抱歉。「我要它也沒有用，是罷，兩位，嘿……」笑著掉下牙的鬆嘴巴，要走不走的樣子。

「也不能白白拿你的，是不是？」姓賈的有些心動，回過頭來跟阿螺商量，決定一人出十元，給老頭子二十塊錢，把老頭子打發走。」

「二十塊是我出的，」姓賈的說。「跟他要十塊，他不給。他要賣掉，平半分，再扣去他十塊，有道理麼？你說？」

「噢，我懂，阿螺不肯出十塊錢，你就要獨吞。」

「全部我出的錢，自然是我的，誰叫他十塊都不肯出？怪我麼？」

「怎麼辦？媽底，金戒指在我手裏……」等候阿螺走近來，檳榔仔亮出那枚戒指。半打毛巾飛了阿螺，分分他心。

「你信了罷，你信了罷，」姓賈的衝著阿螺死叫。然後一把拖住檳榔仔，當做新認的親一般，「他還死賴硬賴，賴我藏了起來，把我榻榻米都割出一個一個破口。」

「幹你……」

揉揉乾瘦的鼻子，姓賈的裝做沒有聽見阿螺亂罵，忙著跟這位新親打商量，小眼睛老瞟著檳榔仔攥住金戒指的手。「這樣好嗎？你出十塊，我跟你對半分。」

一句話又把檳榔仔惹火了，「我出十塊？我發瘋了。要是我想獨吞，早賣了，媽底，還趕來跟你商量？誰也沒看到我從你脖子底下拾起這個。媽底，你知不知道，知不知道！」

為著要叫姓賈的這個欠揍的傢伙再捱一頓狠揍，為著出出金利銀樓的店員們羞辱他賣假金戒指的那一口寃氣，為著還有另外一些理由，例如委屈之類，檳榔仔把姓賈的髒手拉過來，金戒指拍到他手掌心裏，並且扳攏他的指頭，幫助他緊緊的攥住。

「夠朋友嗎？媽底！」
檳榔仔笑笑他的紅嘴，走開，給一旁的阿螺遞過一個眼色。
煉磚的煤煙貼地滾過來。疏疏的，大大的雨點，那麼著力的打下。
那兩個又幹開來……
先是吵嘴，然後又來了武的。

或然之四

……

……

一九六九年七月一二・內湖

現在幾點鐘

朱西甯（朱天文提供）

現在幾點鐘（台北：阿波羅，1971）

又一次糗蛋！我跟自己說。喘著靠到門框上，我又敲了第二遍門。三夾板的門很薄，一些粗製濫造的公寓房子都是這樣，你只須一根指頭在上面點點，就有夜半深巷子裏賣餛飩的梆子那麼響。每次來找玉瑾，我都是這樣的敲門，一根指頭。只有在三次還不應門的時候，才用彎著的手指骨節去敲，仍是一根指頭。多半那是她伏在課本上用功用得睡著了。

裏面有籐椅腿重重擦在地上的聲音。一路上我跟自己唸著，又一次糗蛋了，唸得好煩而不能自已。沒有什麼好嚴重的，我也在勸解自己，任何事的次數一多了，就該不再受重視；像是跟玉瑾那樣的鬼混之類的事情，久了，你就覺得好隨便。

但也並不是嚴重不嚴重的問題；對於這一次又把工作垮掉，我甚至感到大快人心。勝利者也是要負傷的。也許所謂勝敗，只不過分別在誰的傷勢輕一些，誰的重一些。

門開開。玉瑾的老毛病，總是只把門打開三十度左右，那是說以門軸做圓心所構成的角度。我說那是表示她心理不很健全。

門裏是黃蒼蒼的一張臉，而你沒有理由說她不健康。我已經習慣於她的面色。她是老愛穿式樣雖有變化，卻是我一直認為很土的那種格子花色的衣裳，甚至迷你裙都不例外。所有黃蒼蒼的臉，披肩的耶穌頭，格子花色的料子，三十度等等，不管有無好感，久了，也便想不到還有什麼好挑剔；唯一不習慣的是她才換了不久的隱形眼鏡，老是叫你很容易健忘的關心她怎麼不戴眼鏡，不由得要替她瞇一瞇眼，彷彿對於任何一線微弱的亮光，都有不勝招架之感。再不就是疑心她的眼球發出一種腥味，那上面黏著一片魚鱗。

她用她的隱形眼鏡，瞥了一下我腳邊的手提包。

「兩天，一點兒不多，」好像要掩飾什麼，我提起仿製一家航空公司的藍色尼龍質料的手提包，兩手揹在背後的提著它。我說：「最快的一次糗蛋，妳想像不到。」

躲在一對劍眉底下的，微陷而細長細長的眼睛，那麼不著意的瞄過來一眼。我由著肩的寬度，把三十度撐大了一些走進來。

氣還沒有平——我是說，純粹的生理上的。爬四層樓不是主要原因，而是我不能忍受小老人似的，一步一級認命的捱著爬，爬得人暮氣沉沉；問題是我非要一口氣跑上來不可。

樓梯只是一個過程，把本來一步就可以跨進來的房門，故意的提到半空；又不比爬山，兩旁有的是可看的給你欣賞。我必須一步三級的猛爬，即是爬到強弩之末的最後一層樓梯，也還是維持著一步兩級。

室內比外邊甬道上不到四十燭光的燈泡還要亮一些，雖然玉瑾慣常只開一座以前毛頭神通廣大買自ＰＸ的迷你檯燈。

我把手臂張開，慣例，等著她不刻意的向你投送過來。玉瑾這個鬼丫頭，你是永遠沒有辦法把她的人格統一起來；此刻，你吻著她，但如果她知道你居然還有餘情，匆匆計算了一下兩人有多少日子不曾這樣了，她會氣上三個鐘點不理人。她就是這樣叫人摸不清她在這些事情上的態度。你不能不認為她有多認真，但同時可又比男孩子還要隨便。當然，深入一些的說，這也並不算怎麼牴觸；愈是偏食的人，似乎愈是食欲不振。玉瑾就是那種擔子、攤子、推車、小吃店，不管哪兒都從不揀嘴，隨便得不得了，但是吃相又認真得不得了的女孩子。

在她這樣閉上眼的時候，眼眶便會越發的顯得凹陷。你會感到她是眼球乾癟了的那種盲人。她若有自知，我猜她又會說只有白種人才是凹眼眶。而她又並不把白種人看得有什麼好。這就是玉瑾始終叫你沒有辦法把她這個人統一起來的地方；如同她近視的程度已經超過五百度，而眼球卻比常人還要窪進去，好像一切她都非要拗著來不可。

我沒有抱住她，因為手提包並不輕，而不知為什麼不把它放下。兩手抄在她後面合握住手提包的提把兒，你能夠感到手提包的重量有一種壓力施於她的臀部，使她貼緊了一些上來。在觸覺上，彼此的身體適度的清楚起來。

這樣過後，她仍有她戲劇性的禁例，你不能馬上就跟她說什麼。不然又會惹惱了她三個小時。至於需要多長的時間才可解禁，那不是死板得需要馬錶計時才能決定的。也許和一個牧師禱告結束之後，從阿們到緩緩張開眼來那之間的一段時間差不多的久罷。在心裏，我把它叫作虔誠的時間。

我已是這樣的習慣於玉瑾的種種。

當然也不能昧心的說，好像很委屈的只為了遷就，而學著怎樣去習慣她。到她這裏，我還不是習慣得像回到自家裏一樣！有我的拖鞋，公然放在茶几下面永遠不變的那個位置。拖鞋擺在那兒，她很坦然。然而也不是毫不在乎的所謂那種大膽；那只是一雙我只能穿進四個腳趾的女用拖鞋。不過要是以我的家庭來說，不能這樣的比。家不一定都是使你習慣的地方。如果說丟了工作對於我多少含有一些嚴重的意味，毋寧是每一次糗蛋，那張嘴角上結著瘢痕和瘤子猙獰的臉的出現，給我的威脅要更強烈一些才對。

一個家庭裏有了這樣的一張臉，碰巧又是一家之主的臉，常時被酒精燒紅，瘤子像一顆透熟的櫻桃，你能否安命的習慣起來呢？你如何能不寧願習慣於——甚至喜愛留耶穌頭的黃蒼蒼的臉呢？玉瑾不單是這種髮型和臉色；她的嘴型，也不是那種你如果不狠狠吻它，便深感對不起它的那麼可愛；薄薄的唇廓，而且幾乎有些癟，我說過，那是未老先衰的嘴唇。她有一口美齒。但是顎骨寬的人，牙總是有足夠的版面可以排得很整齊的。當然，你若是覺得她生就一張老祖母的嘴唇，不免會把她美得失真的牙齒認作一口假牙。

對於我這些取笑，除掉使她像一頭小獸的皺皺鼻子，卻並沒有反駁或反擊我這一口壞牙。但在另一次全不相干的扯淡裏，那是好久好久以後，她說白種人都是那種又癟又薄的嘴型。而我，這才想起，事隔很久了，實在早就已經忘掉那次對她嘴型的取笑。女人真夠小氣，記仇能記那麼久。

不管怎麼說，我摔打著悶了一整天的襪子，質問著一個假設的對象；不錯，我沒有辦法要死要活的愛著玉瑾，但是難道說，她有那麼多要受挑剔的缺陷，我就該去習慣於父親那張瘤子像透熟的櫻桃一樣醉紅的櫻唇嗎？無論是誰，處在一種時刻存著逃家欲的境況裏，捨女人而去就醉鬼的老子，這種可能性都不會很大。

而玉瑾，她有一處隨時為你打開三十度門的四樓公寓，供你享有到女人的一切，再有挑剔，你也無權昧住良心說這裏是個不該來的地方。

但是玉瑾，著實也不是一個輕輕鬆鬆便可以理喻的女孩，這我一點也不需要跟誰隱瞞——也許這便是我要付出的唯一的代價。她可以絕不通融你把「虔誠的時間」省略，然而此刻她是怎樣？她所給你的，不管你感覺著那是甜的、美的、膩人的、無味的，而當「虔誠的時間」過去，她有權棄你不顧，好似做完了一樁日常的家務事，又好似根本什麼事情也不曾發生過，就那麼顧自的伏到臨窗的書桌上，繼續K她的死書去。這麼一個人，你懂得她嗎？瞧她手支著額角，手指縫裏倒夾著一枝原子筆，天線似的插在頭上。你真相信她連室內有否你這個人都不放在心上了。

窗上垂著的又是格子花色的窗簾，完全是她自己獨斷專行的主意。自然那並不是根據什麼室內布置圖樣製作的窗簾，也沒有用掛在橫軌上的那種小小的滑輪，而只是一串銅鋁合金的環子。每逢拉動窗簾，便發出環子刮在鐵絲上不甚悅耳的嘎聲，好像鋸到你牙根上，又酸又癢的難受。她有權湊合這樣簡陋的窗簾，如同她有權立刻撇開我，當作完全沒有我這個人在這兒換著拖鞋，而她顧自埋進那一堆精裝本的大學用書裏去。望著她給面前的小檯燈剪裁出來的剪影，你會覺得方才那些個擁抱什麼的，只等於她蜷在那兒看書看乏了，起來走動一下，瞧瞧鏡子，或者喝一口水，然後又回到原位，繼續她的功課。

「又把襪子放到茶几上啦？」她頭也不回的說。如果你不曾聽出她說的什麼，你會以為她忽然一陣高興，高聲讀了一句課文。

她有一隻不太配合我的，狗一樣敏銳的鼻子。

「誰又放到茶几上啦？見鬼！」我把被腳汗浸濕了的黏黏的襪子，從茶几上拿下來，順手擔到手提包上。

有什麼辦法呢？尼龍的質料，總是不吃汗的，難免不有些不很正常的氣味。現在是捧著雙倍的錢，都買不到線襪。對於腳汗重的人，這是近乎鄉愁的一種懷念。對於我這個一次又一次不肯記取教訓，常因忘記隨身攜帶衛生紙，而眼睜睜瞪著被犧牲的襪子絞進抽水馬桶漩渦裏的人來說，尼龍質料的襪子，滑滑的不吃水，顯然也不是很稱心的一種衛生紙代用品。只不過價錢倒還算低廉公道。我是從來不穿十塊錢以上的襪子，從來沒有例外過。

不知什麼時候了，我看看錶。光線確實夠暗的，把手臂舉起來，送到從玉瑾的右肩上漫過來的燈光裏，仔細的認著。我說：

「不去吃消夜？快十二……」

但我看錯了錶。錶停了，時針靠近九點，那是說離開國際週刊社，錶就已經停了，此刻才發覺；但也差一些又看錯，誤把分針當作時針。

對於吃消夜，玉瑾沒有回應。我上著錬，再問她：「吃消夜去罷？」因為在那個鬼週刊社氣飽了，又是那樣倒胃口的壞伙食，等於沒有吃晚飯。現在氣消了，一時覺得世界上沒有不好吃的東西。

不記得昨天還是前天，或者更久，一直忘記給錶上鍊；大約擰了五十把才上足勁。這兩天，鬼的國際週刊，把人欺侮得太過分，錶都忘記上鍊。不過我也算整它夠瞧的。「阿瑾，妳等我給你說一件絕妙絕妙的妙事……」我把脫下的手錶掛到電壺嘴上。「真的，簡直妙不可言。」我說。但我知道，任你怎樣妖言惑眾，此刻她都聽不進去。當然，也許就憑的是這種不容易分心的本領，她進了大學。然而不管這個理由成不成立，仍然是不合理的。高中臨畢業的那個學期，姑媽給我們兩個懸賞。也算是重賞了，這麼一隻華麗的手錶，作為畢業考全校前三名的獎品。

姑媽說，她所以不等聯考上榜以後再重賞，是覺得在意義上，她喜歡鼓勵，不喜歡近乎買賣的酬庸。但誰個知道姑媽的真意何在？

其實，鼓勵仍然是一種買賣，先付款和後付款的分別而已。只不過事後的酬庸，比較現實一些。

而玉瑾，根本就士氣低落。

「媽，前十名怎樣？」

她是在那兒賴著。

不但那樣，還賴著姑媽把全校畢業成績，縮小範圍為全班成績。

「那就失掉意義了。」姑媽不答應。因為姑媽的意思是，全校畢業成績前三名，等於給參加大專聯考提出了信用保證。

「前五名好嗎?保證前五名可以靠得住。」其實在我看來，她不必在這兒討價還價，當真能掛上前十名，已經近乎奇蹟。我太知道她吃幾碗飯了。

「那就等你倆考取了大學再說。」姑媽似乎不大悅意，顯然並不欣賞她這種撒賴。我想，姑媽雖然是我們那種小鎮上少見的新派婦女，保護養女或搞什麼義演之類，但是對於玉瑾所表現的這種缺乏自信，仍不免戒懼一些不祥之兆罷。而事實上，姑媽對她自己的女兒，實在不如對我較有信心得多。

手錶是我得到了，但我的責任也重了，那一個多月住在姑媽家，準備聯考簡直只成了玉瑾一個人的事，我是一隻手錶請來的家庭教師。吃消夜的習慣，就是從那個時候養成的；在那樣地廣人稀的家庭裏，姑媽一就寢，就是我們兩個的天下。而姑媽總是把冰箱塞了那麼多的消夜材料，研究完了新數學題，就研究這一夜的消夜吃什麼。你知道，我們這樣的年齡，吃消夜的時候，單獨的在一起，心會有多軟弱。

可是當年的學生已是大三的學生（雖然只是夜間部），而那位家庭教師，三年下來，三次聯考，依然是個白丁，這合理嗎?

勉強的說，她是憑著她那種不易分心的本領的；但我只覺得，男人是愈來愈脆弱了。第一次跟她那樣的時候，玉瑾雖然一直的央求著，我不要有小孩，我不要有小孩……然而，之後，一樣的可以不分心，而且簡直的靈通起來，反而害我真正的害怕起來，有闖了大禍的惶恐，又畏懼對不起姑媽，真是脞蛋透了。男人的生存，似乎艱難了起來。但男人的生存也許就是那麼艱難，只不過女人一天天容易生存了，演變的結果，男人便陷入一種相形見拙的窘境而已。

你會漸漸的發現，父親那一輩的男人怎麼能那樣的光彩而喪盡天良；可以養姘婦，討小，可以把下女的肚子弄大而處理得很得當，可以公然把酒女帶回家來叫兒子認乾媽而平安無事……總之，父親們是一片無往而不利的風光，但是到了你這一代，你完了，你只有自瀆的本領，即使這樣，也要受到良心的責備。和玉瑾那樣子以後，不就是一直的神魂不定麼？為那樣的草率，除了羞恥，似乎什麼也不曾得到。並且為了那樣的草率和羞恥，要付出多少懊惱和憂懼；對於姑媽，更是一直不敢正眼相視的愧怍著。看在姑媽和玉瑾她們母女倆的眼裏，我一定是個愚蠢得十分可笑的沒了頭的蒼蠅。焦急和慌張的，沒有頭緒的爬來爬去。一個被愚弄的人，就該是沒有腦袋的人。因為第二天她就跑去原原本本的告訴了姑媽，就有那麼「點」。但是妳「點」妳的，也該讓我知道妳已經告訴姑媽了呀，卻可惡的瞞住我。

怎樣想，姑媽都不該是常年被酒精紅燒著而酒品又很壞的人的親妹子。

姑媽居然給了玉瑾的藥。對於姑媽這種令人意想不到的開明——若不是開明，又算是別的什麼呢？——以及她們母女之間那樣毫無距離的要好，我不知道我要怎樣。感激嗎？還是欽敬呢？那才十分可笑。我生不出那種心理。不但如此，反而十分羞恥於自己被愚弄得那麼久，雖然當我知道了姑媽的態度和處置之後，我是立刻就卸下了心上許許多多的負擔。

我把脫下的襯衫握一握，塞到茶几上。一種音樂隱隱的傳來，估計不出有多遙遠，也聽不大清楚斷斷續續的屬於什麼樂器和樂曲。襯衫不是襪子，再髒也髒不了她的茶几；主要的是我不想動，兩腿伸到不能再伸的直，我要閉上眼安安適適的靠一靠，才懶得千里遙遠的去把襯衫掛到床欄上，或者更遙遠的壁櫥呢。關於亂放東西，她還不是更糟，我輕視所有假惺惺裝著很乾淨衛生的那種人。她根本就愛亂扔東西，銀紅褻衣可以蒙在檯燈罩上烘乾，以致滿屋子矓矇著一種屬於洞房的粉紅調子。我聽著耳邊那似乎愈近了一些的樂曲，漸漸的分辨出好像是嗩吶的樣子，約莫在巷口外的馬路上那個方向。這樣深夜裏，基於什麼理由吹起嗩吶來呢？

在女孩子當中，比較起來，玉瑾算是不大修邊幅的了。至少她不愛修飾，就只這一點可貴罷。要不也不會死心眼兒老穿格子花布的衣裳，而永遠穿不膩。但是她有另一種不值得同情的潔癖，無論怎樣忙碌，每天每天，必須跪著爬著的抹地一次。你沒有辦法了解那是出於一種什麼心理。自然不會是為著我的亂彈菸灰。對了，這半天把菸忘了。我抽了一支，並且拋過去一支給她，分分她心。我說過，租的房子，犯不著這樣愛惜和考究。她租這樣的房子已經很划不來；又小又壞，價錢又太高。一天當中，除去上班，上夜間部，人待在這裏恐怕不到八個小時，撈不上本。我說過，頂好找一個幹報館工作的，兩個人合租才上算，而且無須另加床舖。但是能找到報館工作，那距離我太遠。

原來並不是什麼鬼嗩吶，我把手錶趕緊搶下來，怎麼沒有發現電壺在燒著水呢？不要把我的手錶燙完蛋了罷。從第一次聽講那個故事，不下聽了一百次，我仍不能相信愛迪生怎麼可能把錶當作雞蛋煮。錶是輝煌的當年所留下的唯一的餘暉。方才光是上鍊，忘掉對時，差一點又被看成十二點多鐘。有時你會無心的，錯把時針和分針顛倒了看，而且碰巧會和你心裏大致估計的時光差不多少出入，很古怪的事。所以我認為，有時也不一定要要求你的錶要如何準確。

「妳的錶幾點了？」這樣的時候，我自會找出無數的題目來分她的心。

「妳明天不上班，還這麼熬？」

「馬上好。」總算她還是聽到我說什麼了。我不喜歡這樣專心的人，因為你常會被這種人所冷落，弄得你很無趣。

原子筆咚咚咚咚的飛快的搗著，你會想到那是一隻飢餓的公雞在啄食。像她那個人一樣，走路、抹地、洗衣服，連說話也是，給人的感覺總是咚咚咚的，到東到西的匆忙著。

「我們今天多走幾步，去吃蜘蛛去。」我說。

我們之間有些專用的暗語，似乎是專作互相苦惱用的；把什麼美味都取個叫人噁心的化名，咂螺絲是肺吸蟲，那種現挖的三色冰淇淋叫作大腸菌，蜘蛛是蚵仔煎……好像做東道的要不想盡辦法叫對方倒足了胃口，就算活該被吃了一頓冤枉。

「怎麼樣？」我釘著問。這樣的無聊，原是常有的事。反正我被冷落了，妳也不見得就能耳根清靜。也算是一種分享罷。

要說做東道，活該多半是她，誰叫她月入將近兩千元呢！並且姑媽從沒斷過給她寄錢來。

「妳別自以為很有價錢，我不是求著要妳請我——我看我身上還有多少……」該死的國際週刊社，當然我不要拿他分文——當然，一個禮拜還不到，那個吝嗇鬼的社長兩口子，也不會算薪水給我。拉著電線，我試著拔電壺的插頭。「反正妳是陽春麵的命。」但是插頭拔是拔下來了，插頭還在牆腳的插座上，而電線從插頭那裏脫落下來。像收風箏一樣，一把把的拉過電線。分明早該把梢子剪去，重新接上的。梢子有些燙手，膠皮黑了一截，焦得有些硬化了。

「手有多賤哪！」她說，原子筆仍然馬不停蹄的搗著。「插回去！」

「已經開了。」我搖捽著禿了頭的電線。我要它轉著的速度快到看不出是一根蘋果綠的花線在轉，要像電扇那樣的看不出扇葉。

你說她是心無二用的專注嗎？偏連那麼遙遠的嗩吶也聽得到。「看罷，把我襯衫都烤糊了一個洞，賠一件罷……」襯衫虧得沒有接觸上，雖然緊挨著電壺。「不賠也行，今天妳得請我一頓好的，順便慶祝我第四次糗蛋。」

「我有麵包了。」總算她肯擺一下披肩的耶穌頭，肯把臉側一側過來。

「用說！誰不知道妳有兩個？」我說了這樣的下流話，忽然感到厭惡；厭惡我自己這麼的肉欲，也厭惡起她那一對裝模作樣而其實叫人乏味的贗品。但是摩登女人，哪一個不是從頭到腳一身的假，何況玉瑾還不算什麼摩登。雖然我說：「留著明天早點。」卻又覺得何須明天，我趿拉著已經脫掉的皮鞋過去，好似踩著高蹺，張開兩臂保持平衡。我感到飢餓，多方面的飢餓。不過有時你餓過了頭，反而失去胃口，挑剔的覺得沒有什麼不是乏味的，這個那個的，然而還是勉強進餐。

手從她那不曾設防的兩脅底下抄到前面去，「餓了，餓死我了……」眼睛到處去搜索那種透出油斑的紙袋。只怪她心虛，其實我還不曾找到，她想搶著藏起來，紙袋躲在幾張作業紙下面，她手向那底下伸去，我就猜到了，還是我的反應快罷，我真的是感到餓了，我們搶著紙袋撕爛了，總算搶得很公平，居然真的是兩個，一人一個。

意想不到的正是我愛吃的酸菜餡麵包。

「可見妳已經被我同化了。」我得意的說。

「討厭，好像大陸跑來的。」

「限妳三分鐘，」塞一嘴的東西，我用舌頭把它推到一旁，清清楚楚的警告她說：「三分鐘內如果不吃掉的話，妳就失去權利。」

她不理會，搶去的一個塞進抽屜裏，用肚子死死的堵住。

「哪兒買的？我再去。」這真是吊胃口。我壓住她的腦袋，叫她直不起頭來，刑求她。

「你走開。」

「妳啊，大約一個月沒有洗頭了。」我聞得出的。

抱著她的頭搖晃著。想起有一次，兩個人湊巧都要吃那種煮熟之後曬脆了的酥花生。由於不知道該叫什麼，一條街一條街的搜索了兩個鐘點。兩個人好像參觀水族館，折著腰，一家一家的去觀察人家的玻璃櫃檯。她還不曾配隱形眼鏡，我沒有辦法不懷疑她的視力，明明已經超過五百度的近視了，還湊合著戴三百度的眼鏡。陪她看電影，要坐到八排前面，大銀幕看得你發昏。那天，跑了一百條街才買到；是她已經看過的地方，是我不放心又看一遍，而終於找到的。所以越發的叫人相信，一百條街，很可能有八十條街是跑得冤枉的。

「講罷，什麼不可言的妙事。」她說。

吃起麵包，她也是白種人的吃法；撕著吃，而非咬著吃，閉著嘴嚼。

「我以為妳聾了。」我說。「時間已過，不講了。」

「看你能造多高的紀錄——今年之內。」

「糗蛋的機會不多，快抽籤了。一做了兵，就沒那麼容易糗蛋。妳放心。到底幾點鐘了？」我扳過她的腕子看，揩油了一口她手裏的麵包。腕子不是順著肘彎扳過來的，屬於芭蕾舞那種偏要跟人體性向拗著來的姿勢。很熟悉的姿勢罷，在這種情況下，不怕一個女人有天鵝那麼長的頸，也躲不開你的嘴唇。

她有那種忍術，或者是印度的瑜珈術，用來對付你的空手道。隨你愛把她扭成什麼式樣，就是什麼式樣，照樣吃他的麵包，而且嘴也不饒過你，「有什麼不放心的嘛，鬼才不放心，我放一萬個心……」女孩子就是天賦的這樣碎嘴，從小就鍛鍊著，把男孩子一句話講得完的意思，變換做十句話。

常常我都沒有辦法叫自己相信，跟隨阿芳伯學空手道，居然能把耐心維持到兩個月之久，從沒有過的那種黏勁。那年暑假，回想起來似乎別的什麼事都不曾做。

「當然，」我說，一面歪著嘴咂牙縫裏塞的酸菜渣。「又不要服兵役，當然妳們沒有什麼不放心的……」我曾想應該有人根據吸塵器的原理，發明一種代替牙刷和牙籤的東西。

關於服兵役，又是男人的生存一天比一天艱難的旁證。也許只是相形之下的問題；女人的權利猛往上提升，但是女人的義務，仍然固守著幾千年的傳統而不變。譬如吃東西會帳，還是由男人承擔。當然這是很微不足道的小事，男人不會計較的。但是如果你會了帳，只落得她說：「吃喝是營養，做愛也是營養。」你要作何感想呢？好像男人成了一頭雄性的大乳牛。最常見到的，一起畢業的一對，未婚妻已經在外國修完了碩士，又再修博士學位，而未婚夫還有一百個饅頭沒有吃呢。好像小侏儒跟在百米國手的背後追，撥動著短得很齷齪的臂和兩腿。看你追罷。

我忍不住破聲大笑了。笑得要命，看到小侏儒跑得很不如人的賴相。腸子笑痛了，就像那一次到天祥去旅行，看到一個名人在石壁上題讚橫貫公路為「如腸之迴」那樣的笑得在地上打滾。我想跟她說明一下笑的原因，邀她參加一起笑，而我抵住肚子，頭壓在她裸露的肩上，笑得近乎痙攣了。也想比劃比劃手勢，比劃那個小侏儒的未婚夫有多矮，幫助她大略的懂得一些我的意思，但是連這個也做不到，徒然塗了她一肩的眼淚，把她褻衣的帶子也弄濕了。我幾乎在求饒著，腸子實在痛得不能再笑下去，不能了，奄奄一息的這麼央告著……

「小丈夫……小丈夫妳懂嗎？……」勉強的掙扎出這一點意思，她那莫名其妙的一副獃相，說明了你未必能使她意會到可憐的小侏儒，歪歪踆踆的跑得有多可笑。但我自比做小丈夫，那樣的挖苦過她。

就拿今年聯招會放的榜來說罷，只要是女生能夠讀的科系，差不多全被女生包了去。無怪康家驊大罵那些給考卷打分的學官們「一個個都是老色狼！」她還不服氣呢。康家驊是對的；因為，你既然落第了，不能不彎彎曲曲找點理由洩洩憤。

不多久之前的校友會上，康家驊以主席身分致詞說：「……天下大勢，眾向所歸，在可以預見的將來．男校友們一律都別想走進大學之門罷，等討女博士太太給你燒飯做菜養孩子。反正到那時候，女博士也找不到一個男博士來嫁，遍地都是我們這一號高四高五高六的家州同學。可是危機呀，事關國脈民命呢……」真是聳人聽聞的危言，惹得女校友們席上一片嗞嗞之聲。你可以想像得到，大約那總是要死，該死……一類咒罵的尾音所形成的一種混聲。

「別想，正好相反，家事還是委屈你們包了罷。」你知道玉瑾多麼不識時務，怎麼不捱男校友們圍攻呢——「養孩子還是要偏勞妳們女博士罷？」

你不要認為玉瑾這個死丫頭，專心K書的時候，簡直是個沉默寡言的閨秀，他的高論多的很；從校友會上辯到咖啡廳，越發的語驚四座。「……不信的話，等著瞧就是，等到試管代替了子宮——你不能叫那一天不要來——等那一天來到了，分工合作，性愛跟傳宗接代根本就成了兩回事。看萬里江山，盡是女人天下，可以不服氣嗎？」

你說我們這些不爭氣的男校友，還有何言可對。

忘形的這個鬼玉瑾，一發不可收拾的讜論下去。誰知道她是根據什麼資料唬人呢，鬼才相信她說的哪個教育專家的統計數字，什麼從小學到大學，乃至研究所，在各個教育階段裏，平均成績女生高過男生的分數，從三．八七到六．六四。結論是：男生生成的就不是讀書的料子，而男生一直都在臭美著。

真是令人嘩然的謬論。

然而大家被一些記憶觸動，不能不覺得理短起來。至少每個人都有一段小學時期男女同班的經驗，似乎女生確是占著優勢。這就一時尋找不出什麼較為理直氣壯的根據來反駁她。雖然你沒有辦法相信那些數字——憑什麼她能記得那麼詳細，又那麼熟，衝口就能夠嘩嘩啦啦的背出來。

而唯一有理由可以打倒她的，該是持有姑媽所贈的這隻手錶的我，和沒有資格得到這份獎品的她自己。

「應該只限於考學校罷。」我也參加了這個令人不服的爭辯。

握住凝著水珠的檸檬杯子，為她那些謬論，我激動得不能自己的發抖。在感覺上，彷彿握了一手心的冷汗。

「不要拿出個別的特例來講。人家是統計資料，有一定的合理的百分率，特例沒有意義。」

你說她有多專橫！

弄得男校友們拿她沒辦法，只好強作優勢的譏笑她：「真瞧不出啊，林玉瑾，當初誰知道有這麼一個女預言家在我們學校裏啊。」

但是這樣的譏笑一出口，大家就覺得這簡直是在譏笑男校友們自己，等於白白的給了玉瑾的把柄。

「當然，」她說：「很多人，都是小時了了，大未必佳，沒有什麼可奇怪的。」她能那樣舌戰群英，我只找得出一個理由，她已是一個女人，不再是女孩。

「走，下樓去。」好像是暗地裏要洩洩那一次敗於她的狡辯，我下命令說。

「沒工夫。我要洗澡。」

「回來再洗，給妳陪浴。」

「好稀罕！」她伸手到我的褲袋裏。我知道她是要找火柴，偏坐定在她籐椅的扶手上，叫她艱難的來穿越褲腋裏一道道勒得死緊的皺摺。

一個男人總是要討賤的去找著被女人糾纏的，不管你有意還是無意。男人的命運之一。待會兒少不得要被她糾纏著，再替我燉一壺水罷，爬高一些把晾衣袋的尼龍繩子拉緊一些罷，而且她有經常把床呀，書桌呀，沙發呀，換換家具位置的鬼癖好，多半是專等你自投羅網到她這兒來的時候，專等著你來替她重勞動一番，好叫你像一隻烏龜，背抵起席夢思床墊，漫無止境的等著她掃那底下的灰塵，然後去抹床腳，抹地，先是很濕的搌布，一盆一盆的污水端進衛水間，聽她倒進抽水馬桶那種直瀉進萬丈深谷的動靜，再嘩嘩嘩的把自來水開到最大限度，換過清水進來。然後再用乾燥的搌布，沉著的，熟練的，一處也不放過的重抹一遍。當然，她那樣出出進進的忙不完，而你只不過旁觀者似的站在一邊，顯得遊手好閒，抽菸，使壞的彈彈菸灰——你知道，菸灰在有水的磨石地上，哪怕只是一些些的潮氣也足以把菸灰濕掉，看不出一點痕跡。當然你也不能說她全無心肝，那麼匆忙，耶穌頭一總攏上去，包著花布巾，格子花色的什麼龍的料子，不忘媚你一聲：「抱歉抱歉，快好了。」最有恩情的賞賜。那麼，你反而會約略的自責起來，並且全無心肝的欣賞一個雌性的動物，爬在你面前，扭動著身軀。但是對於一個所有的去處你都已去過的肢體，對你已經不再有一點神祕的存在，會是很好的享受麼？雖然仍可說是一種欣賞，皆如欣賞一部已經看了一百遍的電影。確實我看過。跟阿金伯學放電影的那個期間，你就會為所謂堂堂進入第三十天而倒盡胃口。那時你放完一本片子，便倒過一本片子，領票小姐電筒的電池也都充了電，而實在沒有什麼可做的了，你不得不無聊的找一找，迎著銀幕，或者在炭精光的餘暉裏，看看邊座或最後一排的觀眾裏有沒有嘴對嘴之類的剪影。所以問題不在片子的好壞；姑媽雖然異常開明，仍不免揭短過她的兄長，指責父親在不曾喪偶之前的先後那幾個情婦，其中沒有一個比得上她阿嫂的姿容一半，甚或一小半。我明白，在母姊會上，沒有一個同學敢不要面皮的說他的母親比我的母親美，但我唯一可以原諒父親的，我同情父親只不過是需要著另一部片子而已。如果跪在面前這麼勤勞的玉瑾，隨意換過一個誰，在印象裏盡可能找出一個討厭無比的女孩子，我敢說，即使床墊重如一座石碑，即使她讓我馱著真的石碑等她勤勞一百年，別的我辦不到，最起碼我不會把菸灰彈到她剛抹過的磨石地上。

「你還不是亂彈菸灰！老嘀咕我……」我把下巴壓住她頭頂，用很大的重力，用來懲罰她的專橫。

「我亂彈菸灰，但是我抹地。」

「反正妳是要抹地的。」

她根本就不會抽菸，香菸紙被唧濕了。雖然夾著菸的姿勢做得很派頭，跟電影裏摩登女人學來的。

「走，下樓。」我催著。

「等一下。」我真要把她的半截菸打掉。

「妳真是飽漢不知餓漢飢。」

「你才是。你知道人家身上黏黏的，多不舒服。」

「反正水已經冷了。回來重燒還不是一樣！」

但這話不該說的，一想到斷了線的插頭就倒胃口。

「電是不要錢的？討厭你擺這種頭家派頭。」

「會嗎？妳要討厭的還多著呢。」

我感到過，我們確有扮假家酒的那種硬裝出來的認真。

「那妳洗妳的澡，我吃我的消夜去，我們誰也不要管誰。」

「還說呢，『會嗎』？口氣愈來愈像啦——」

「妳才愈來愈太太呢。」

下巴加在她頭頂的壓力，已經重到不能再重，她就有那種忍術，不知有多悠閒。我們時常會這樣不關痛癢的冷戰著。雖然起因是由於這部片子看的次數多了一些。不過憑良心說，像她伸直到桌子上的一雙修長的腿，不由得使你憐香惜玉的想到，她這個人你可以不要，但是一口的美齒和這一雙腿，一定要留下來。

「怎麼樣嘛，」平空的她問起來！「什麼了不起的妙不可言嘛？」

而我已經失去方才的那個興頭。

我懂得了那些開始互相厭倦起來的夫妻。以前，父親和母親他們倆就是這樣，時常父親興沖沖從外面回來，急於要敘說點什麼事情時，總是被母親的不理睬，而弄得陰雲慢慢的布到臉上來。當然，也時常的是反過來，父親的嗯嗯啊啊，一樣的把母親的口封住。再不然就是各說各的，兩座廣播電臺，都在發音，可是互不收聽。如果一對夫妻不能同時共一個趣味，便只好拚命互相掃興。

我說：「既然妙不可言，就只好不可言了。」

要說什麼夫妻啦，結婚啦，對我們不但遙遠，簡直不可能。真的，從一開始，我們就沒有相愛過——那是說，超越親情和從小在一起長大的感情的那種相愛。

我們一點也不隱諱這些。但也不能說我一點懷疑也沒有。一直持續著表親和同伴的情感，從不曾越軌的愛得死去活來，也從沒有惡化過。而另一方面，幾乎是很清醒的保持著情欲的事。兩條平行線永不相交的傳統原理和愛因斯坦可以相交的新發展，我想就是這樣的。但她偏說我不愛思想。好像只有接受大學教育的人，才有資格思想。當然我懂得很，大學教育並不在傳授知識，而是所謂在點燃起熱愛思想和如何思想的火焰。但我不相信只會放放錄音帶的那般教授，懂不懂得應該縱火和如何縱火。

「妳不要去撿一萬個人說贜下的話，拿來堵我；什麼酸葡萄不酸葡萄的！」我把她鬼的什麼系刊一把撕掉。「原來你們院長，你們系主任，只不過教你們思想什麼而已。教過你們如何思想了嗎？」

當然我沒有資格去懂得如何思想。擺在鼻尖上的困惑，我得用加十倍的力氣去解惑，而且仍不一定解決得了，只因我不懂得如何思想。一個女孩，不愛那個人，而可以和那個人很隨便。而和那個人很隨便，卻仍可以不愛那個人。

「不可言是不是？好有價錢！」她說。腿很不高興的從桌子上拿下來。美麗的光腿上黏著一張演算什麼的作業紙。「有你不可言的，也有人不要聽的。」

菸頭順手按進蚊煙香的盒蓋子裏，三下兩下的擰死。你要是發現她要走開，不理你了，頂好你就順勢從扶手上滑進椅子裏，別跟著她追過去。不然的話，你就活該等於助長了她的氣燄。

光著腳板，你只聽見她叭啦叭啦的，那麼決絕而爽快的奔這一頭，奔那一頭，你會以為她在那兒打羽毛球。她走過去把門鎖插上，走過來把我的皮鞋踢到一邊，再走到那邊把電壺提起來又放下，再咔的一聲打開吊燈……你只覺她那一把耶穌頭，甩來甩去的甩著脾氣。那一身格子花色的衣裳，料子很差，臀的四周，搓出漩渦狀的皺紋，皺像一粒放大的話梅，連帶著把後腰縮上去，把她襯出一副好叫人不安的老態。

那麼，輪到老子舒服一下了，雙腳擱到桌面上。你知道，原子筆插在三角尺的三角形空圈裏，搖著打轉，並沒有什麼意思；但是你可以用這樣子的悠閒和無所謂，撩一撩她。

「昨天，碰見毛頭了。」我撒謊說。瞟著她，等她的反應。

以原子筆做軸心，當你把三角尺絞動著，轉得快到不能再快了，前有吊燈反光，後有迷你檯燈較弱的光度透過來，居然有起樂趣來。隨意你幼稚的把它當作什麼，打蛋呢？放映室裏倒片子呢？還是美國西部片子裏，牧場的三角鐘呢？你愛意會到什麼，你手的絞動就會跟著很自然的調整成那種動作，或者你還可以打出竹槓舞的節奏。

玉瑾逃過毛頭一陣。在我看來，說不上什麼起始，什麼結局，離開中學以後，毛頭便下落不明。僑生可以加分，但是聯考榜上似乎沒有看到他的名字。一個很黑，很軟弱的傢伙，即使剪的是平頭，仍帶著僑居地的那種油頭粉面。他才一萬個也沒想到，他已成了我和玉瑾之間的一種武器。只要我心裏不很舒服她，或者她心裏不舒服我，兩個人中間任何一方心裏有了暗鬼，我就順手拾起毛頭來挖苦她，她就拿毛頭來惹我吃醋。從來從來我都沒有在乎過毛頭，即使在學校的時候；所以並非因為我比毛頭實惠，也不是因為毛頭後來的其怪隨絕，不知所終。

的確不是由於嘴硬而不承認內心的反應；真的，從來她對誰好，即使很露骨的賣弄風情，我都沒有辦法產生一絲絲的妒意。

也許絞動著三角板，慢慢的發出一種類似菲律賓竹槓舞的節奏，叫我想起毛頭。已有好久，兩個人都忘掉再使用這件武器了。有一段時期搞什麼鬼的同樂會，她跟毛頭學跳那種舞，簡直跳得要發瘋。而我除掉一旁看著，老是擔心著一下沒有配合上，踝骨準會被狠狠的夾碎，並且不單是僅僅擔心她一個人的踝骨。但是此外，我一點別的感覺也沒有，我跟毛頭縱然不是很好的朋友，但也不壞。

然而我必須裝作很在乎她跟毛頭好過；尤其是自從那樣的事情發生以來，開始了互相折磨和苦惱，我要叫她一直誤以為毛頭是她可以拿來對付我的一把利劍；我要裝出強作不在乎，而實際又讓她看出來我是在吃毛頭的醋。這樣，真正被利用毛頭這把利劍所刺傷的，還是她。我知道她對毛頭還不曾死心。

由於好久不曾提起過毛頭——你可知道，一個人在另一個人的世界裏，就會這樣慢性的死掉——看樣子她是很相信我真的遇見了他。從她那右邊的嘴角無來由的搐了搐，可以看得出來。

但她衝過來，把三角尺狠狠的拿掉，丟到桌子上，接著又奪走我手中的原子筆。有時，她會如此幼稚，像個老要你的我的分得很清的小氣孩子。要是認為我這樣的要她的文具，會把她的文具弄壞了，真是天知道，其實她自己摔得那麼用力，不但三角尺可能受傷，說不定一失手，砸壞了那個單薄的迷你燈也很可能。

「又不妨礙妳什麼，這麼凶！」

而她一轉身，很著意的以背示我。這樣的當口，你當然知道她要你做什麼。

「我沒那麼長的手臂。」我故意裝作非常非常吃力的搆著拉鍊而搆不到。

雖然在一般女孩子裏，玉瑾算是很高的身材，而且你又是窩在籐椅裏，坐得很低，但是如果盡力一些，用不著籃下勾射的那樣拉長了身體，也還是搆得到她背後的拉鍊的。

然後她坐到你身上，不客氣，也不作聲，看你還有理由沒有。

「你可也肯低就了。」

「誰？」

不要誰不誰的。好像我若不來，她是從不脫衣裳的。分明另有所求才這樣。我把手停在拉鍊口上，要把價錢談好了再說。

「換衣裳出去？」

「不要這麼酸，明知故問。」

「妳也不要狡猾。」

你明知白種人的癟嘴沒有滋味，就像白種人的飲食那麼乏味一樣；然而這樣的時候，總還是情不自禁的要在那上面印上一印。

白種人的嘴唇動了動，要說什麼。也許還不太好意思就這麼現實的打聽起毛頭來。她這樣的派差事給你，叫你替她扯開拉鍊，並且任你如何如何，自然等於一種眷寵，一種賞賜。「你別死殺時間，非把我水耗冷掉才甘心。」她說。

這就令人悲哀；這就是那種逼著你要去看另一部電影的原因。當「虔誠的時間」一過，不管是怎麼不夠份量的所謂印一印，而洗澡水冷掉了這一類的事務便衝口而出，還有什麼滋味可言？雖然銀幕上的表演每每使人動心，但你可曾想到，當初水銀燈底下被指使著一次又一次的重複，那兩個人一心只想著什麼呢？這一回該ＯＫ罷，腦袋被高熱的水銀燈烤得冒油。而她被你印著的期間，她不過是在焦慮著，洗澡水冷掉了。

「好了，妳走開，妳去香湯沐浴去罷。」我真正的說，我才犯不著用空空的肚子陪著這麼耗呢。

當然她自己可以解決，沒有一個女人不會反過手去替自己扣扣子，解扣子，何況最簡單不過的拉鍊。

但我等著，「能讓妳脫掉才有鬼！」

脫那種套頭的衣裳，會使你覺得她是在那裏面舉雙手歡呼萬歲。如果那個女人是你頭一次所看的一部影片，也許你根本就無暇生出這種不夠莊重的醜感。

我還不敢斷言就是這樣；雖然我已經一點也不為自己這麼年輕就老於世故而感到羞恥，

究竟我還不曾看過任何另一部影片，哪怕是認真一些的去想想也不曾有過。

那我既然說出口了，便不能不守信用。趁她的衣裳倒脫上去，裹住腦袋時，潛過去，搶著，近乎強暴的把拉鍊拉回去，再扣上後領口那顆風紀扣。「好了罷，竹槓舞跳不成，跳跳妳的肚皮舞。」而且你把她扳轉了幾轉，連方向也迷掉，她就必須老老實實站在原位不動，跟自己在那兒臭罵著掙扎，並用連連的頓足，助長她的氣恨。

回到沙發這邊，點一枝菸，採取一種最安適的姿態，你可以慢慢的欣賞。臉脹得紅紅的掙扎出來。人是要這樣隨時找些樂趣的。我說她是個被虐待狂。我們都很正常，不必經過精神病科醫生的精神分析，敢這麼斷定。她是如同喜歡話梅一樣的，喜歡某一些你所對待她的暴虐，甚至侮辱。你只好說那是一種天性，也許太多的女性都是那樣。那麼她會賴到你懷裏，不依你，纏你，種種本能的風情——那是說，獎勉你繼續施虐，並且充分的在準備著恨你可能的中斷。

好，我放棄肚皮，「枵腹從公，陪你。」但是不過是優先的問題；如果消夜和沐浴各不相讓，兩輛頭抵著頭的巴士，只好擱下來，都不要走。

人在後面小得容不下兩個人的衛生間裏對洗澡水，人聲和水聲一同交響著。「別說得那麼可憐。再燒一點水，給你先沖杯牛奶。」

她知道我早就吃傷了那種東西。

「我不是白種人。」我叫著，要壓住那水聲才行。

「你要再提他……」她根本就沒聽對我說什麼。

「我早就斷奶了。」我叫的聲音更高了。

「還以為你什麼妙不可言呢，鬼扯！」

她從衛生間出來，提著電壺，手在壺肚子外面比劃了一下。「只燉這一點，馬上就開。」好一派賢妻良母的溫柔。真的是一陣子人，一陣子鬼。

好罷，讓你馬上就開。

從床上滾下來，我接過電壺。「給我來插上，妳趕快洗罷，水已經不夠熱了。」有她作賢妻良母狀，就不興我也作狀嗎。

雖然容不下兩個人的衛生間，還是容下了。「我洗我的寒帶澡，妳洗妳的溫帶澡。」

只有一坪大的衛生間，連那面寒酸的壁鏡，我們是四個人。瓷面盆小得像隻耳朵，洗澡也扮起假家酒來。水流量不夠大，所以當你獃等著耳殼裏的水好不容易接滿了，沒能抄濕半邊身子，又得像失業一樣的獃等下去。不可避免的，失業的人常會不安起來。而我又開始撒謊：「妳可知道毛頭跟我談的重點是什麼事？一

「鬼才信你！替我抓抓背。」

鬼才不信我呢；實在說，某一方面，她很單純，你很容易騙倒她。

「再上面一點，」她指揮著。「稍稍左邊一點，對了。指甲剛剪的是不是？」

「我們到墳墓去坐了。」我抓著她不夠豐滿的背說。

那是一家咖啡廳，設在地下室裏。有一度我們跑得很順腿，就像你開汽車一定要靠右走一樣。直到有個傻瓜，為一個叫任何人看來都很醜八怪的歌女而自殺在那裏，才像汽車碰見紅燈，我們沒有再去。

「你怎麼捨得！」看罷，她相信了。但是憑什麼把我看得那麼小氣？我請不起毛頭麼？真可惡。

「反正又不一定是我會帳——跟僑生在一起。」

「鬼扯！人家說你怎麼捨得剪指甲！」

「妳不要逃避。妳知道嗎，從開始到分手，毛頭完全談的是妳。」

「奇怪，我有什麼好給他談的！」

這一回，她該真的相信了罷。耳殼裏的水滿了，漂著一隻倒楣的蚊子，為什麼我會頭暈了起來？由於水的折射，使得盆底看起來比實際淺了許多，這樣就會令人頭暈麼？也許我有了什麼暗疾。冷水濺到她身上，把她弄得尖叫起來，反而嚇我一跳。

「還說冷水不犯溫水呢，討厭！」壁鏡裏外，好擁擠的四個身體。

「拜託，別把架子上的東西崩濕了。」她說。回過身把藥皂盒遞過來，好像送過來一個拜託用的紅包。

架子上有什麼寶貝！壓根兒談不上化妝品，如果不是那個綠紙盒的「好帶舒」，你根本不會認為這是單身女子專用的衛生間。

好啦，綠紙盒上的洋文給了我靈感，不幾天前，康家驊講的笑話，也許她從沒有聽過。
「妳猜毛頭連什麼都講了？」我繞到她側面，以便隨時觀察她的反應。
「那個人哪，隱瞞得我好緊。跟毛頭較量，我一直還認為我是戰勝國的占領軍呢。」
她的側臉看不出有什麼可疑的反應。
可能我的話，一下跳得太遠。或者彎子繞得太大。當然，主要的是，她跟毛頭不可能有過什麼。我又忽然這樣的相信起來。
「妳難道會忘掉？我才不信。頭一次他約妳上旅館，妳是怎麼拒絕他的？」
剛提到旅館，她就色變，好兇惡的一張臉轉過來。「下流！」帶水的毛巾打在我身上。
「既然沒有那回事，何必冒火！除非心虛。」
但是我看到，她薄薄的唇角上，緊接著露出輕蔑，好似已經識破了我的詭計。
「如果真的是下流，那也是毛頭說的。不過聽起來，還是很可信——照他講得那麼細膩的話……」
我在塗得勻勻一層肥皂的胸脯上，畫著圈圈，想起毛頭身上那麼滑稽的紋身。真是無聊透了，以乳頭作軸心，刺出輪舵盤的花樣。
「當然，女孩子都很喜歡去惹那種肉體派的男人；三角肌要發達得像兩朵蓮花苞，要滿胸都是毛，最好有刺花，是不是？海盜型的……」
漸漸的，我發現我只是在自說自話，而她顧自洗她的，很認真，很專心的洗著，周身抓

出條條絡絡紅色的條紋。並且，左半個身子和右半個身子上的條紋，幾乎很對稱，經過刻意的塗畫似的

「妳沒瞧毛頭，還是那副菜相，嘴唇還是老樣子的厚，一面跟我講，一面拚命囑咐我，誰都不要去講。我心裏直笑，脞蛋！要想叫我別跟人去亂講，那你先別跟我講啊。誰個不知道，我是絕對守口如瓶的人，出名的；只不過缺少一個瓶塞子，對不對？」

「你少油嘴罷。」她朝我繼續不斷畫的圈圈瞥了一眼。「鬼才信你。」

但我看出她有些關心。至少她是有興致聽下去。也說不定她跟毛頭有過什麼，誰能保險，外表一定能看得出來嗎？就如同誰又看得出來我跟她會怎樣怎樣了呢。

「我問妳，有過沒有，你們倆泡咖啡屋時，毛頭用火柴擺了一個字。」

「那有什麼新鮮！」好！居然誤打正著的詐出一點端倪來。

「還記得是個什麼字？」

「鬼扯？泡咖啡屋不稀罕，誰記得什麼火柴。」

「要不要我提醒一下？」看得出來，她不很保險自己沒有遺漏過什麼記憶。

她一隻腳趾在澡池邊上，搓洗她肥瘦長短那麼適度的腿。她的上身很短，你沒有任何彆扭的標準，可以用來批評她的身材不美。對於腰低到腿上的女人，管她一張臉生得多美，我都不喜歡。當然，我有自知之明，我自己就是我所不喜歡的那種腰生得很低的體形。我不放心的貼近壁鏡去看看。壁鏡不大，有一角水銀受了潮，好像塗了一角黑墨。但是貼近一些，

從鏡子裏盡量的朝下看，可以看得到膝蓋，所以還是能看出自己體形的一個梗概。不過男人裏面，百不抽一有上身生得短的。這是無所謂的事情。

搓著腿的她那雙手，上下動作的幅度很大，很快，一如她抹地、抹床腿那樣的急忙。但她的動作中途慢下來，顯然在努力的去找尋記憶，以致使她分心。

我說，「一個字，用火柴排出來的。記起來了罷？」

她不作聲。

「裝什麼？應該是妳的傑作，怎麼能忘記？」

當你笑吟吟的望著一個人努力為你出的謎而在苦苦猜想，你會得到一種捉弄人的快感和一種滿足。你會發現你多有智慧，而且是一個躍躍欲試，老要忍不住給人指引迷津的先知。

耶穌頭包在塑膠雨巾裏——那雨巾又是格子花色，葡萄紫，由一粗一細相間的條紋編織的方格，並不很規則。她揚起臉，水是潑辣的澆著，血紅的塑膠盆，一盆一盆的瀑布從下巴底下飛濺而下。或者你錯覺著她是一尊裸體雕像，一座裝設著雕像的噴水池。她是那樣的一個從寫實裏變形出來的女人，被某種弧面鏡把人形拉得奇長。

你不能順理成章的想像得出，她是去下班的途中，還是下課回來，有一天，想起要買一隻塑膠盆，有一頂帽子大，不是面盆，買來沖澡用。或者不止一天，每到洗澡時便想起這個需要。而每經過那條巷口，只要彎進去走上幾十步，蛇店的隔壁就是賣這種小盆子的商店。但走過那裏總是忘掉了；洗澡時再又想起來。或者只不過是到那家商店去買衛生紙，發現這種小盆子很可愛，可以沖澡，就買了它。後者可能比較合理，然而你總似乎想像不出她是那麼一個很家務的女人。她仍然是小女孩式的把指甲剪得很齊，甚至於剪到肉裏。

妳不要妄圖用瀑布也好，噴水池也好，將妳剛找回來的，而才發現必須掩藏的記憶，這樣子沖擊掉，洗刷掉。說不出道理的，我竟然認真起來；彷彿被自己謊造的情況所催眠了。我說：「該記起來了罷，毛頭用火柴擺出五個大寫字母，HOTEL，不假罷？」

「他怎麼這樣亂講！」

好的，只要相信是毛頭亂講就行。

「毛頭說，很可惜——的確，我也替他惋惜。當然，那是第一次；至於是否也是僅有的一次，毛頭沒講，我也不便釘著問他。總而言之，妳是願意去的，只是因為紅衛兵的關係——」

「烏白講！」

「毛頭還說，妳的智商可以達到一四〇，簡直超過拿破崙。」

我知道，這是她最樂意聽到的恭維。一般愛打扮的女人，只喜歡人家恭維她漂亮；即使你恭維她服裝時髦，也一樣的高興。玉瑾卻不。

「照我看來，何止拿破崙，就是智商最高的歌德，也不過如此……」

一語未了，我就知道不太妙，這樣的馬屁，未免太過分。

果然不錯，一定她認為這是挖苦她，便故作不曾聽到。一個人，實在應該適可而止。這樣的吹離了譜，只怕連先前一度使她可能信以為真的，假託毛頭把她比做拿破崙的那番恭維也不算了。

我留意著她的神情。如果不太過分，不惹她太疑心，而能適當的稱讚她的聰明的話，不用說，她那張蒙不住喜怒哀樂的臉皮，是怎樣也裝不出這麼冷若冰霜的樣子的。

「後來，毛頭說，雖然遺憾，但是對妳絕頂聰明，簡直傾心透了。」我捽住她的手腕，再來一次空手道。「妳還裝作不知道？一臉的假！妳還不招認妳是怎麼回絕他的？妳動了兩根火柴是不是？把L改成X，是不是？裝得真像啊！」

她順著方向，擰過身去，背朝著我。別瞧不起她，她簡直有本領破你的功夫呢。

兩個人的臉，便都朝著了鏡子。

「真丟人！」她撇起溜薄溜薄的嘴唇，透出幾分凶相，算是把你什麼都看穿了。

「哪裏撿來的人家牙慧，編出這一套鬼話來！你去找一個小孩蓋蓋罷。」

「怎麼算我的帳？妳的舊情人，心上人！要編也是他編出來的。」

「那你也有欠高明呀，受了他騙，你那個鬼智商也夠菜的了。」

「妳別轉移目標罷。」

實際上，要轉移目標的倒是我。

從鏡子裏，我看到她瞥了一眼架子上那包綠盒子的HOTEX，算是完全被她識破。

當然，一個笑話，無所謂的。然而對著這麼一面壁鏡，兩個人互瞅著鏡子裏的對方，不知是由於缺欠那種幽默，我感到尷尬起來；還是我的空手道下錯了手。我應該把她的手臂往上帚過來才對。因為你寧可讓她臉頂著臉的瞅緊了你，哪怕靠得更貼近一些，使得兩隻眼睛的視力形成不了焦點，反而模模糊糊誰也看不清楚誰，那就不至於像這樣，兩個人都嵌在鏡子裏，你被她狠狠的瞅著，還要被你自己狠狠的瞅著。你瞅著她，還要瞅著你自己。這等於你要向四隻眼睛對抗，並且你自己的眼睛瞅著你自己，顯得更加無情，更加憎惡你自己。

我把她的塑膠雨巾扯掉，以便轉移目標。

「妳知道罷，」我借題喘息一下。「妳這樣子一臉凶相，簡直像印第安的男人，我討厭看到。」

「那個人受騙啦，還有什麼好神氣！」

居然她還相信是毛頭造的謊，我以為她全部否定了呢。

「當然受騙了；受你們兩個鬼的騙。我還以為我是那個人的第一個男人呢，朓蛋一個，一直我都——」

眼前一個閃動，唰的一掌飛上來，躲不及，脖子被她搧到。

這一掌，來勢本來很洶，顯然的並不在直取我的脖子（沒有人存心要打人家的脖子的）；大約朝著鏡子裏的目標施展動作，總是把距離弄錯，遠和近恰恰相反過來，著力也便失去重心。方才還為了那樣的下手揪她，覺得下錯了手，這才發現如果那樣，面對面捱她狠狠的摑上這一下，別想還能這麼輕淡。

頭一回捱她摑的那一掌，也是很重，只是還不至於重到在你的面頰上留下五個手指印。

沒有道理的，不過總是可惡的電影教育出來的罷了。好像女人被人親了第一個吻若不回敬一記耳光，便吃了虧，表示不出貞潔。真是豈有此理。

這一記耳光雖未中，但她那副怒容，會使你認真而驚懼起來，不容你想到你占到了便宜。有時胡鬧，也會這樣的板起臉來。但你和一個人混久了，你就懂得介於真的和假裝的中間，只有一些微妙的分別。

壁鏡裏，我看到我自己下不了台的難堪。我好恨自己也生了一張無用的面皮，掩飾不住內心的情緒，而把弱點暴露給人。

除非你能死皮賴臉下來，要就是準備冷戰，誰也不要理誰。否則只有僵持下去，翻了臉，毫無理性的爭吵，這不是沒有過。

「中到要害了罷？」我猙獰著。

「你少開這種玩笑。我不是留給人開玩笑的，你要弄清楚。」

我不管，任她翻了臉的拚命掙扎，暫且我還不要鬆手。我說：

「妳倒輕鬆，這也是開玩笑的事！」

「你想認真是不是？」

「總不能只准妳惱，別人沒有資格惱。」

「要認真，那很好辦，你走，反正從現在起，不要再受騙還來得及。」

似乎可以就此要賴一下，我說：

「我走？憑什麼？我替妳付過一個月的房租，妳別忘了。加在一起，我沒住過十夜。」我不要說成十天，別便宜了她。「妳也不要動不動就翻臉，發小姐的脾氣。不是住在妳家裏，仗阿姑的勢欺負人。妳也不是小姐了——」

「是誰欺負誰！是誰欺負誰……」

真的，我沒留意到她開始要哭，而她哭了，跺著雙腳，手臂揉搓在臉上，哭得像個小女孩。

你怎麼辦？你要知道，你用空手道一類的強權去降伏女人，而女人用的是眼淚。若是論起兩者效力如何，你不得不承認，屋檐滴水打得穿石頭，石頭奈何不了屋檐上的滴水。你只有哄；但你也要有自知之明才是，你能儲存多少甜言蜜語？你有足夠的耐心嗎，對於一個已經不再有神祕可供你去探險的女人？

主要的，恐怕還在男人本性的木訥；比起女人來，你的語言能力簡直低能透頂。當然，你也並非毫無可以自豪之處。最起碼的，男人是個力行者；所謂坐而言，不如起而行，每個男人都會懂得他有這種長處的。

等到你能夠老著臉說出口：不能再哭啦，眼淚要把隱形眼鏡沖走啦，情勢自然已經大大的好轉。你可以拉那一根線，把床頭上那盞又柔和，又有羅曼蒂克情調的小燈拉亮。有時需要連連的拉上兩下，第一下是亮得刺眼的大燈泡，那很要不得。所以不管那麼柔和調子的燈光是否夠亮，你依然可以說，來，看看隱形眼鏡還在不在。

雖然這樣的時候，不免又疑心起來，聞見一種似有若無的魚鱗腥，甚至無視於她的美齒和美腿。曾經聽說過，娶了有狐臭的女人，在一起生活久一些便聞不出那種氣味，如同每個人都聞不出自己的腦油臭。但是只要忽然又聞見狐臭氣味，兩夫婦便一定要吵架，哪怕一點理由也沒有。我想，這個道理似乎是很相近的。

然後，她撒嬌，那是除了給你實用的意義，並不能引生美感的一種折磨。

「什麼鬼的貞操，鬼的專情，你知道，我從來都沒有辦法懂得，那會有什麼意義……」她擠著鼻子說。

你不能不認為玉瑾是個凡事都要找出理由來的女人。她又在替她自己找理由了。她該轉系讀法律才對。

「當然我相信，妳說過，我也說過。我們兩個就是結了婚，也沒有辦法相愛。把香菸遞給我罷。」我看，她的理由一定又要拖長到天亮了。「還有火柴。」我說：「那妳為什麼忽然就變臉了——既然不在乎的話？」

「我是不在乎嘛。」

「那妳——」我們一人點上一根香菸。她的潔癖又發作了，下床去把那個蚊香盒蓋取了來。

我等著她過來，等著她這樣那樣的好半天才安頓下來。

「那妳為什麼又在乎起來？我是妳第一百個男人，又有什麼不得了？」

「不是一回事。」她說：「我在乎的是事實，不是觀念。你可以隨便罵我什麼，壞女人也行，大淫婦都行，隨便什麼，我才不在乎。你也可以隨便開我這一類的玩笑，但是你絕對不可以誣衊事實，你知道嗎？」

「算了，算了，我只有這一顆簡單的高中腦筋，妳別把我攪混了罷。」我向夾在兩人中間待用的菸缸裏彈了彈菸灰。

「這有什麼複雜呢，換言之，我是瞧不起鬼的什麼貞操觀念，瞧不起——」她稍稍思索一下說。「我是瞧不起什麼從一而終的鬼觀念的。但是對你這個鬼，我有貞操事實，而且到現在為止，事實上也是從一而終的；雖然我們還沒到『而終』的時候，我也不要他媽的從一而終，你更是的。是不是？是不是？」

這樣的撒起潑來，她能把鼻子送到你眼睛上來。你能嗅到經過一場獸性的死吻之後，留下的不好的氣味。當然，再加上菸草臭。

我一點也不曾存心去製造什麼，來破壞美感，而故意苦惱自己。從來我都沒有辦法嘗出所謂甜蜜的吻。起初的階段，你除了戰慄，出於緊張的痲痹，什麼感覺也得不到。慢慢的，你視為平常，那就更糟的很，連那種戰慄也失去了，而你只感到一種泥濘的乏味，比喝蒸餾水還要難堪。如果你接受X光透視過胃或者心臟，你一定覺得天下最難吃的東西，莫過於那一勺一勺逼著你吞下去的鋇粉。就是那樣難堪的無味。

也許這正就是沒有愛情的明證，好像一要反目便嗅見太太的狐臭一樣。

我想我的，不管她在那兒大言不慚的發什麼高論，甚至逼到你鼻尖上來質問。我說：

「事實上，只有兩種可能，非此即彼。妳總不能叫我永遠相信妳這張嘴。」

「說什麼？」她坐起來問。

那個時候，她是可以拒絕的，只要她堅決一些，而且沒有什麼不可以堅決的拒絕我。

「你說什麼？」她搥著我的肩問。

「妳就只會說，我不要生小孩，我不要生小孩……」

「真是神經病！」好像很洩氣，她倒下來。

「那樣也算拒絕嗎？」

「我都沒有後悔，你後悔啦？」

「妳不是可以拒絕嗎？」我看著床的那一頭，腳趾朝上擺得那麼整齊的四隻腳。「妳那是理由？充分的理由？好像說，如果不會受孕，妳就可以人盡可夫。」

我聽到她鼻子裏嗤出一聲，連帶的黃楊木色的肚子挺了挺。

「第一次。」

「第一次什麼？」我側過臉去問。

她也是一樣的，兩臂抱在枕頭上枕著。手上的香菸從後面冒出藍藍的煙絲。「當心燒了青絲。」我提醒著。這她就能忍受了。她的潔癖使她忍受不了床底下的蜘蛛網，和一些莫名其妙怎麼產生的纖維性的灰塵，但卻無視於床單上常年不斷的餅乾屑，或者菸灰，一些邋邋遢遢的書和換洗的衣物，這和我的愛惡整個相反。

「什麼第一次？」我再問。我想起姑媽可憎的開明。「當然，第二次，妳連那個脆弱的理由也用不著了。」

「第一次！」她狠狠的，一個字一個字的咬出來。「第一次我發現那個人有了這邏輯！」

反正她就愛這麼侮辱你。你只有不理她這個。

「別忙，邏輯還有的是。所以我說，只有兩種可能。不過就撒謊來說，只有一個可能。」

我把菸頭捺進蚊煙盒蓋子裏。「妳沒有堅決的拒絕，只有兩種可能，不用我說。」

「我替你說——」

「不必，我不要再聽謊言，如果屬於第一個可能，我懷疑是不是像妳後來所說的；也許，妳根本用不著阿姑給妳收拾——」

「好嘛，你還黏在那上面。可憐的男性！」

「我也是一點都不在乎的，妳別以為只有妳才有專利。也可以說，不是觀念問題。即使我在乎，我也沒有權利非做妳第一個男人不可；做丈夫的也未必有這個權利。所以我只想追究事實真相。我才不要被妳用謊言來打扮我，美容我，使我傻得覺得自己不知有多體面。」

冷了一會兒，眼睛的餘光裏，看到她一面按死香菸，一面頻頻的點頭；一種不懷好意的點頭。

「還有呢，第二個可能？」她把臂又彎到後面去枕著。

這樣，會使你覺得簡直是有問必答的在接受訊問，很使你感到處於劣勢。

腳是並排靠在一起的，我去撥她腳。只是觸觸而已，它卻很不合作的讓開，好像我若不接受她的訊問，挨都不讓我挨了。沒的話，我的腳跟著過去，看它最後能躲到哪兒。無賴，是很容易辦得到的。想起小時候玩惱了，不肯罷休，又沒有什麼充分理由，就是這樣擠擠挨挨的找著磨牙，爭一張小凳子坐，爭一棵樹去抱。

人為什麼不能永遠停留在那麼簡單的童年裏呢？不管怎麼樣，只要你大她一些——其實只要你是個男孩子，你就比她優勢得多。至少至少，也可以平等相處。但是長大了，性別被強調了，不幸你倆又發生了愛呀情欲呀等等的糾葛，作為一個男人，連想和一個小你十歲、二十歲的女人平等相待，也不可能了；有時她簡直成了你的媽媽那樣無理的管你。在成了對的男女當中，年齡根本沒有作用，一點也不能幫助你受到尊重。好像你已成了俘虜，即使你是個將軍，也要被拿著槍的小兵押著走。

遠遠的望著四隻腳，雖然經過小小的摩擦，不似先前那樣站隊一般的整齊，但並不影響你覺得好像伏在地上，遙望著水平線那邊行著四輪帆船。莫名其妙的我發現有些不解，並且幼穉的好奇起來；為什麼你跟她並排在一起，或者跟她臉對臉的時候，總都是你的右腳和她的左腳相接觸，或者她的右腳和你的左腳相接觸。問題是你的方向變了，你的腳仍然和她那隻腳在一邊。

「怎麼說，第二個可能？」她問。我感到她側過臉來。

說它幹嗎！真無聊透了。「還有二十個可能！」我沒好聲氣的噌她。加上肚子一直的在鬧饑荒，更影響耐心。

「惱啦？」她冷冷的問。但她肯於這樣的問你，至少她是沒有惱。

「我認為，妳根本就摸不清妳自己的情感。」我才沒有那麼幼稚，動不動就惱。

我繼續說：「或者妳心裏明白，但是為了某些理由，妳瞞著我，也瞞著妳自己；再不然，就是——」

「繞什麼彎子！」她搶過話頭去。「什麼情感不情感，見你的鬼！我替你說明白，我根本摸不清我自己一直都在愛你，是不是？或者，我在內心裏知道是愛你的，但是瞞著你，甚至於瞞著我自己。是不是？就是這樣的一回事，乾脆罷？啊？」簡直像開機關槍一樣的，不准你張口。

「誰跟你搶百米啦！」

「總比窮繞彎子的好。」

「我才沒那麼亂自作多情。」我說：「我沒有那麼幼稚，肉麻，愛呀愛呀的……」

這話應該她說。她老是認為愛不愛，既幼稚，又很落後，簡直可以說是不很體面。似乎誰要把這個掛在口上，誰就算脆弱的不得不認輸了。這像話嗎？聽著都不像話的。

「反正，你就是這個意思，就是這個！」

「妳瞧妳！妳——」

「又我瞧我！」她扭過去，欠欠身子，從檯燈那裏抽來一本什麼，翻了翻又放下。

「哼，原來這就是第二個可能！真可笑。」

你可知道，人在哼那樣一聲的時候，肚皮一挺能挺多高。

「滑稽透頂！」她又加上份量說。

「妳別以為這樣，就可以堵住我嘴。」

對於她虛張聲勢的機關槍，或者不講理的所謂可笑，滑稽，你只有酸酸的，瘟瘟的，不動聲色的對付她。

「一個處女，愛一個男人如果沒有愛到某種地步，她肯輕易的把自己給人？」

「原來，天哪，你滿腦子的——」

「妳不要又搬出什麼觀念，什麼事實的，替妳自己狡辯！」

「要命，」她努力的使自己笑得很嘲弄。我懂得她慣會用這一套來激怒你，把你打亂，並且給她自己的窘急緩衝一下。「你呀，滿腦子裝的都是看小說看來的臭觀念……」

這種舊話又提起來；阿婆的故事夠她念念不忘的一輩子。像孟姜女那樣，身體被素不相識的萬喜良看到，便等於失身，非萬喜良不嫁，那當然是樁很滑稽的事。但是頂起碼的，一個女孩如果不愛那個人，又非出於不可抗拒的被動，豈可輕易的失身？這和孟姜女總是兩回事罷？我用這樣的理由駁過她。而且不止一次。

有時，你不得不在心裏偷偷的，心有不甘的承認，大學教育也許真有些用罷？她的再反駁，一次比一次精采得多。而我，在接受著另外一種教育，不夠完善，進度也很慢。嚴肅的一面，都是十分痛苦；另一面則又過分的詼諧，連你自己都覺得不夠正經。當作笑話聽來和再傳授出去的性的知識之類，自然是她這麼一位學院派人士所不齒的，何況那些所謂的觀念。

老人家的那些故事，本已遠去了，遠到已經臨屆於忘去的程度。然而等到我們長大了，懂得兒女之事了，孟姜女這類的故事卻又盤旋回來。而你又並不知道它捲土重來的意義，是和你的現實發生了聯想，還是要你重新給它一個評價。至少，它不再是童話了。

她曾辯駁說：「老式婚姻的花燭之夜，該怎麼說？」

我記不很清楚，算她是讀大一的時候說的罷。

「舊式婚姻對於女人，根本就是一種不可抗拒的暴力。」那時我該正在家裏，借著有氣無力的溫習功課，準備東山再起之時，而進行猛看小說之實。

大二的時候，她有了新的高論：「普天之下，有幾對夫妻是真正真正相愛的？我是說，真正的愛得非君莫嫁，非卿莫娶嗎？換一個的話，條件好一些的不用說，條件差而不致太難堪，一樣的結婚，生兒子，或者還被看做婚姻很美滿的一對呢，只要不吵嘴打架鬧婚變……」

那時該是我第二次聯考失敗之後，自殺的念頭過去了，並且為了逃避父親老是借酒裝瘋的罵人，等於續讀高中四年級一樣的進了補習學校。

顯然我是沒有什麼長進，我的理由也是不很長進，「婚姻制度的本身，就是一種不合理，雖然構成不了不可抗拒的暴力，但是，那是生活裏的一個陷阱，愛情只不過是懸在陷阱上的餌。」

如今，她已大三，而我，也可以解嘲為大三罷——大學考了三年的大三。而我，已經打零工一樣的先後幹了四種行業。且看她又是一番什麼妙論罷。「我不相信，一個女人能把性和愛分開，除非是娼妓。」我挑戰的說。

「是啊，男人就能理所當然的把性和愛分開。」破例的，她撫摸著自己的髮梢，不知有多自憐的一下下撫摸著，絲毫不帶一星火暴。

我能說什麼？我能說「向來都是這樣的」嗎？

「當然，傳統並不是真理，」我說。「不過，傳統會給人一種慣性。不是大智大勇，扭不過這種慣性。」

說著，似有所悟的；所謂「向來如此」，就是因為向來沒有「如彼」的條件。而今，上一代的姑媽都已懂得教給自己的女兒「如彼」，而我還沉迷於男人的特權，真是說不過去。不是嗎？具備了「如彼」的條件，還需要什麼大智大勇呢？

「特權，可以把人養成一個弱者。」她說：「特權階級只為了苟延既得的利益而活著，沒有其他意義。男人所以退化了，就是這個緣故……」

她說著，我想著，我簡直是用功的想著。

「男人還有什麼可贏過女人的呢？讓你說——」

我真想應聲回她一句壞話，男人當然有贏過女人的地方，而且多得多。然而有一種哀切，雲的陰影一樣，鬱鬱的隱在你心裏，這種滋味彷彿內臟的某一處略有不適，隱隱作痛著，一種不至於使你皺眉的不舒服。你已沒有說一句壞話的閒情。

「動不動就糗蛋，」像個婦人似的，她數落起來。「糗蛋，糗蛋，好像沒有什麼還能比糗蛋更神氣的。當然，也可能只是自我解嘲，心裏才不是那麼得意呢。其實，照我看來，除了表現男人那種虛榮的英雄氣概，又臭又硬的劣根性，我不知道還有什麼別的意義。」

「妳怎麼可以這樣糟蹋人！」但是我並不火，因為我知道她是言不由衷。

「替天行道。」她說。

你不知道她說這話時有多討厭；她用屁股一下下的欠動，使得彈簧床墊整個被顛搖著，好像存心藉著這個，更加強她諷刺的，玩世的調子。

我才不在乎；我之一次一次的失業，沒有一次不是主動的，她也不是沒有喝采過，現在反而作為口實來諷刺人，真是出爾反爾得不擇手段。在醬油廠做臨時工，由於指責不該那樣傾進鹽酸，而跟管理員大罵起來，然後自動捲行李走路。難道不是一個漢子應該有的硬骨頭！還有，在那家中日合作的藥廠打工時，因為看不慣日方股東想盡辦法併吞中國的小股東，以及仗著戒嚴法禁止罷工，拚命的壓低工資，剝削中國工人勞力，而發瘋一般的大罵了一場，拂袖而去。這都不夠壯烈嗎？所有這些輝煌的糗蛋戰果，沒有一次不是得到玉瑾的聲援和喝采，這跟所謂虛榮的英雄氣概，怎麼能相提並論呢？不該有的氣節嗎？甚至還客過我一次好過癮的生啤酒，以示慶賀呢——你可知道，用那種馬靴一般的大杯豪飲，夠多使人慷慨悲歌！如今卻莫名其妙的挪用起這些來嘲弄人，數落人，真是豈有此理！她還不知道今天這一次的糗蛋更有多妙呢。不正是替天行道麼？光榮的退卻——該說是凱旋罷，那一對自作自受的以色列夫婦，從明天起，就會連連發現他們被打敗得多慘。沒有見過那麼刻薄而拿人不當人的小人。那樣大快人心的妙事說出來，如果她不再請一頓生啤酒，我的頭可以不要。

「人，不要搬石頭打自己的腳，」我說。「妳想否定妳自己？」

「人要不能不斷的否定自我，還能長進嗎？」

「罷了，我知道我自己；再怎麼長進，也不過是高四，高五，一直高下去。活到一百歲，也只是個高中——」心裏，我略略的計算了一下。「高中八十幾年級而已。」

她又笑動了一下肚皮。不知為什麼，忽然我恨不得有隻蚊蟲正落在那個抖抖的肚皮上，吸去一肚子紅晶晶的血。

「當然妳有資格笑，妳活得很得意。我承認，不管男人退化了也罷，敗落了也罷，總是做定了女人附庸。女人可以一往直前的戴一頂方帽子，再換一頂方帽子，一頂高一頂的戴上去。不像從前了；不愁眼鏡的度數增加多深，老處女的歲數增加多高，有隱形眼鏡，有高中生一路陪著共枕，不愁芳華虛度，青春——」

「老調老調，一千打的老調，我不要聽。」她把耳朵堵住，一面搖著頭。

「什麼老調？弱點！又碰著妳瘡疤了還不是！」

妳若拒絕看什麼，那很容易。拒絕聽什麼，別想罷，除非妳睡熟了。「可惜毛頭不是高中生了，不然的話，多一個面首；兩個總比一個強是罷？」妳耳朵堵得再緊，頭搖得再快。不相信妳能聽不見。

想了想，我又不禁冷笑。「以前，我還自以為是個勝利者。真的，不想到毛頭的話，還沒有這分得意。現在，哼，好啊，一想到毛頭……」

「你是真的，還是假的——碰見毛頭？」

「妳好現實！」真瞧不慣她那樣，馬上又是一副面孔，聲調也跟著柔和了下來。

「不知誰才現實呢。跟你說，我倒後悔，跟毛頭那麼好，就是沒有機會罷了。」

她看著自己手背，指頭挺直了，翹像泰國舞的指法。但她沒有跳那種舞的長指甲。齊齊的，鈍鈍的，不給你性感覺的小女孩的手。她俯著臉，而我要看的是她的臉，判斷她有幾分真意。

「可惜一直沒有那種可能。」她故意的那麼平靜，來惹你生氣。你會感到她好嫻靜。

「妳別以為說這種話，可以氣氣我，或者把我騙過去。」

「兩者都是。」

「那又幹嗎老是毛頭毛頭的！」

「好叫那個人滿足一點什麼。」

「鬼念頭。」她說。仍然故作嫻靜，握著髮梢放在嘴角上，一下下的抿著。「可憐的弱者，看不得女人怎樣怎樣，隨時準備給女人定七出之罪。可是自己可以公然的玩妓女，討小老婆。男人，哼，一面要天下的女人供我片刻之歡，一面堅持要娶個處女做妻室。要不是弱者，就不會製定這些特權。可惜的是，這種愚民政策，被一副小小的樂普給革了命，弄得原形畢露。知道嗎？就這麼一點點長的塑膠線，拉直了，也只這麼長。」她用大拇指和食指，那麼仔細的比劃著，好像要盡量的表示精確，表示她不是毫無根據的在那兒亂講。真能把你氣死。

「其實，」我是平心靜氣的說：「妳又沒有吃過男人的苦頭，阿姑也沒有，我不大明白，妳怎麼會這樣的仇視男人。」

「沒有，絕對沒有。我只是很憐惜，幾千年來，男人獨攬大權，把情形弄得很糟。但是你們男人可以放心，有一天，大權落到女人手裏，憑著本然的母性，一切可以合理解決，男人會得到很好的保護和照顧——」

「算了，算了，什麼母性！你們女人本然的就是無理性。」

「那是因為一直的處於在野地位，沒有辦法的，不免有些胡鬧。這都無足輕重。問題是在女人當權以後，出於愛心，會替你們解除許多困難；譬如說，首先，撫養兒女的麻煩事情，都由特設的國營機構去負擔了。家事很簡單，只要做個賢夫，良父是不必了，這就去掉一多半的麻煩。剩下的，都是你們很拿手的工作；從名廚師、名裁縫師，都是男人的這一點上，可以證明你們本然是精於家事的，想來，一定做得比我們女人要精道很多。這些事，有個高中程度，也就綽綽有餘了——其實國中畢業也夠了；這樣，對於本然就不是讀書料子的男人，也可以說是一種仁政，一種解脫。至於——怎麼？是你幹的好事？……」

突然她坐起來，專注的俯視過去。她的身體折疊著，彷彿在床上做的健身運動的一種姿勢。我隨著她望過去，望向茶几那個方向。

「你是怎麼搞的嘛，電線呢？怎麼只賸個光屁股插頭？」

在她沒說明之前，我還真不知道她注視著什麼東西。她那樣的近視，戴著隱形眼鏡，也仍然常常看錯了物體，並且常常錯得很戲劇性。

「別大驚小怪，待會兒一修理就好了。」我把她扳回來，重新躺下。

「你好討厭！」那種噘著嘴的撒嬌相，又完全是在野的女人味道了。「每一次你來，都要弄壞一樣東西，又不說，走過以後人家才發現，你最邋遢！」

「就是這個弄不壞：還有這個……」我動著手說。

兩個人打鬧起來，一時有些天翻地覆，有童年時滾在新收成的稻草垜裏打著玩的趣味；彈簧床墊的軟，的用不上力氣，的常常使你身不由己的誤差了目的的動作，使你覺得你是個玩空中飛人的小丑，落在安全網上被亂彈的那樣滑稽。

從沒頭沒腦裹著人的床單裏掙扎出來，休戰休戰的互相求饒著，人是直喘。出了汗的身體上，都沾上了打翻的蚊香盒蓋裏的菸灰。枕頭很公平的床這邊掉了一個，床那邊掉下去一個。

「我要警告妳，」我還在喘著——但是她喘得還厲害些，連話都說不出。「就是這樣在野的女人，男人才愛。」

她揉著肚子喘，你可以認為那是一種嬌喘。雖然又凶惡起來，抓住塑膠海棉的枕頭，一下又一下不饒人的打著你。

「確實是餓了。」我說。「妳不要發狠；一發狠就更像個印地安的男人。」

「我……我剝你的頭皮。」

所有她瞪著人的凹而奇長的眼睛，薄嘴唇裏齜出來的一口白牙齒，她的黑黑的直髮……所有這些，無不助長於使她更像一個印地安的男人——必須是那種年輕的印地安男人。

「休戰了，」我彎起胳膊，抵擋著打到臉上來仍然令人一陣發黑的枕頭。「真是一場消耗戰，要趕緊補給才行。」

「餓鬼？」一臉的亂髮，她也不用手攏一攏。

「真的，妳耳朵貼到這裏聽聽，腸子直叫。」

「要陰天了。」她又在罵人。

你可知道，氣壓一低，狗就不思飲食，腸子唧唧的叫著不停。「不過，」我找著香菸。「攝護腺在叫，跟陰天沒有關係。真的，下樓去。穿上衣服。」我想起姑媽當作獎品的錶。蚊香盒蓋完全壓散了，平面了，成為一個粗粗胖胖的「十」字。屬於醫院符號的「十」字。並且大體上是綠色的。

「現在幾點鐘？」我問。我的錶到現在還沒有對時。

「二十世紀，七十年代……」她喘吁著回答。

一九六九年九月・內湖

畫夢紀
朱西寧

非禮記
朱西寧著

貓
朱西寧

八二三注
朱西甯

朱西甯（朱天文提供）

貳

蛇（台北：大地，1974）

似乎已經不止一次，從這樣低矮的車門裏向外拱，歷史重演，頭又重重的撞一個正著，撞在車門的門楣上。立時，好像滿頭的頭髮噬的火燒起來。

必須像一個癱子，在陷入的座墊裏挪著屁股，屈膝，然後折腰，低下頭來……我還沒有熟練坐轎車的這些近乎美德的必須的習慣。

想想看，多結實的金屬門框，重重的撞上了，很響的一聲，咚！以卵擊石。我把〇〇七提箱舉起來，略略檢查一下四個角。我得裝模作樣沒有發生過什麼，或者沒有感覺到。消閒的看看飯店門上的裝飾。如果不幸連司機也聽到了重重的那一聲，我這種若無其事的神態，似可有助於使他誤會只有〇〇七這麼硬的質料，才會撞擊出那麼大的動靜。

古錢圖案的方磚人行道，給雨水洗成臙脂紅。但是紅不過霓虹燈流進水光裏的那一灘灘血。

雨已住了。賣獎券的一個老頭仍還無知的打著傘。

我不用回頭看，製片人有相當於八個月身孕的大肚子，要比我辛苦得多的在那裏和車門掙扎。但製片人不會碰到腦袋的。

腦門還在餘音繚繞的灼痛著。不亞於被鈍刀砍了一刀。僅止於沒有被砍出血而已。

飯店的自動玻璃門，那麼禮讓的在為一個銀髮的洋婆子分向兩邊緩緩的閃開。大花迷地裙婀娜在彩燈底下，給塗上葡萄紫，又像塗錯了顏色，立刻改成膩膩的橘紅。玻璃門在洋婆子身後謹慎的，深怕夾到那一把橘紅的，緩緩閉攏上。

還看得到大花迷地裙，變色的蜥蜴，在進門的大廳裏繼續的婀娜。

不知為什麼我是老有那樣的衝動，試試看，如果我不要那麼紳士的走過去，魯莽一些，用短跑的速度，或不必那麼快，總之，奔過去，不是走過去，我不知道那兩扇總是溫淑的緩緩咧開，緩緩閉攏的自動門，來不來得及及時的閃開。如其不然，人將會撞成什麼樣子的血肉橫飛！

或者如卡通一樣的怪異，當你衝過去之後，來不及閃開的玻璃門上，空出奔跑姿勢的一個人形，就像從一張紙上剪走了那個形狀所賸下的空子。

我當然如道，永遠我也不會那麼發瘋。只不過有些情不自禁，每逢看到這種帶點兒妖氣的自動玻璃門，總就莫名其妙的生出那個妄念。

是否銀行也該裝這樣的門，雖然擋不住搶走連號新鈔票的歹徒跑掉，但無論如何，比起大敞著門，眼睜睜看著跑掉，總算略有些留難。

說不定由於那一點點的減速，就給了行警裕如的拔槍機會。

無聊，想這些！

現在哪還有搶銀行那種笨勾當！除非你那些鬼扯的劇本裏派得上用場……。

「張琦成，一個人在這兒賣什麼獃！」我的肩上被人狠搥了一下。

劉彥秋，這個冒失鬼！「你一個人遊魂？」

好久好久沒見了，「哈，秋仔，你不怕警察抓去剪頭髮？」菸斗呢，聽說襠太淺的褲子影響性機能……

許多個關心，和許多要打趣的，來不及傾倒，但製片人和導演，製片人的女祕書，車門砰一聲，砰一聲，人都跟了上來。

「你們請，」我招呼著，握住劉彥秋的手，「我隨後來。」戴這麼大的戒指，也不嫌乞手，秋仔你真土啊！

「你知道地方罷，張先生？」

穿在長手套裏的手，翹著蘭花指。莫名其妙的手勢。

「四樓，是罷，知道。」對於女人的尖指甲，我有類似怯懼鐵絲網的感覺。

「真土啊，劉彥秋，你簡直不識貨！」那對福壽分明是贗品，你糟透了，饞瞪著不放。

「還沒斷奶？你這個混蛋，操他！」

他說過，看女人他把中段做起點。初試不及格，根本用不著面試，再漂亮也食欲不振。

「那不是博士導演？」劉彥秋一臉的惡意。

「操他，你是什麼眼？——港貨，導七子十三生的——」

「怎麼很像那個博士？我倒真看走了眼？」

「訂婚戒指？」我問。他會那麼安分的收心了麼？

「幹嗎啦，你們？」劉彥秋望著飯店的自動門那邊。

照例的，玻璃門緩緩的讓開，那三個人，葡萄紫、橘紅、苔綠，游過一道道色河。三隻變色的爬蟲。

我拍拍〇〇七，「研究一個劇本。」

「那你現在是跟在大製片家、大導演的屁股後面馬弁起來啦？」

「笑話。有這麼紅的編劇沒有？」翹起大拇指，我指指自己。人行道上這種螢光燈沒有什麼好，照得人面無人色。

一陣小風，搖起新栽不久的街樹。不多的枝葉上，有星星散散的水珠灑到臉上來。

「你怎麼可以這樣瞧不起人！紅得很啦秋仔，張琦成不比當年了。」跟別人，我是不來這一套幽默的。對誰我都毫無愧色，用不著這麼挖苦自己。唯獨劉彥秋，當年一起搞實驗電影，搞現代劇，搞得發瘋。把拳擊手套都當死掉，實實在在再也沒有什麼可折騰的了。大家各奔西東，教書的教書，當攝影師的當攝影師，上電視的上電視……到今天，總算都有點兒名堂了，唯獨秋仔這個窮小子，死心眼兒一個，其窮如故。什麼都搞不起來了，就猛寫報屁股，七角八稜的罵人，好像非叫所有吃戲飯的都得對他慚愧不可。死硬的傢伙！

「如何？進去坐坐，來點兒冷飲什麼的。」我掏出一包三五。「洋菸，見過沒有？得顧礙點兒身分了，是罷？好歹是頭牌編劇家，不能不自愛點兒……」給他打熗了打火機送過去。

「對不對？人必自侮，然後人侮。進去坐坐，我請客——」

「我去給你們湊趣兒？」他說。雙手攏住打火機的火焰。

「操他！說你土嘛，搗著幹嗎？電子的，見識過沒有？頭一回是罷？颱風都吹不熄的。」

咱們就在樓下坐坐，BAR，啤酒，小談片刻。」

「要請客，改天，別這麼小兒科。」

「請客還不簡單！到哪兒隨你，當然改天。站這兒幹嗎？阻街？操他。」

「聽阿丁說，你還是猶太如故——有兩個比沒兩個還摳得緊……」

「操他！這個阿丁，嘴該生疔。」

「算了，別誤了你的生意。」小子，真的客氣起來了。

「你吃什麼緊！所以說你就差勁；該端的時候就端著點兒。走走走，遇上我這麼闊的老朋友，花錢如流水一般，你替誰省？」

扯住劉彥秋，一腳一枚古錢的踏過去。

「你怎麼也不來我新居觀光觀光？挺那麼回事兒嘞，來開開眼界嘛。」

「瞧你這麼風光，也會老老實實蹲在家裏？」

「先打個電話嘛，」地道的大亨的口氣，像不像，地道得很呢。「電話知道罷？五四七五八五。」

「五四七……五……」

「操他！你還筆記？我教你記在腦子裏：五四文藝節，七個人跳舞，然後，又有八個人跳舞——」

「他媽的，你真是長袖善舞！」

「夠闊罷？電話也裝起來了。劉彥秋，你一輩子只有跑上街去打救火車的野雞電話……」

自動門恭恭敬敬的分向兩旁走開。

唯一的得人心之處，自動門，一視同仁。有些大飯店的司閽，穿著馬戲團小禮服的所謂僕歐，硬是衣冠取人，像劉彥秋這副落魄相，你自己開門罷。

「你瞧我這套上衣，夠帥的罷？」自盼一下寬寬整整的肩，木雕一樣的挺。葡萄紫從肩上滑過，橘紅跟著漫上來。兩個爬蟲。

「萬華的貨。」

「紐約也有個萬華，是罷？」

肩上有街樹灑落的水珠，閃著苔綠苔綠的晶瑩。而劉彥秋的肩上，圓環夜市的貨色，水珠吃進去，一朵朵黛綠的斑。「瞧瞧，不怕不識貨，服了罷？」肩抗肩，讓你劉彥秋憑良心比比看。

「你那些臭文章還是少寫。」我說。再讓他抽枝三五。

「我還要靠它吃陽春麵呢——只嫌寫少了，還少寫！」

仿古太師椅，團鶴暗紫的織錦緞椅墊，坐下去，就感覺到肉墩墩的泡沫海棉。劉彥秋那雙死招髒的翻毛皮鞋，扠開三尺寬，蹬在充絲絨的紫紅尼龍地毯上。

「要什麼？」我問。

燈罩是捉蝦子的竹籠，裏頭跳著蠟燭焰子。劉彥秋湊近去取火。土啊，土啊，但願香菸點不著，先燒一把頭髮看看。

「統統的，統統的，襍交！」眼鏡上有從外而帶進來的雨滴，可能被蠟燭烤霧了，他取下來擦拭。

怎麼沒有人發明在眼鏡上安上雨刷，像汽車那樣？

「統統的襍交文明，襍交的時代……」他這樣一面念念有詞，戴上眼鏡，一面四處巡望。「集中外古今文明襍交之大成，蔚為壯觀。」

我還要再說一遍：「你那些狗屁文章，還是少寫。陽春麵毫無營養可言，你要知道。」

「哈，張琦成，你戒掉陽春麵才幾個大天！」

「問題不在戒不戒；你何必一定要惹人討厭呢？——問你要什麼，劉彥秋？」提醒他注意，一身橘黃的女侍已經不耐煩，臉色在變化中。

「為了營養，你是不是說——」

這個木頭！只好踢踢他那隻正在拍節器那樣打著拍子的翻毛皮鞋。「問你要什麼——別叫人家小姐老等……」

「要什麼，我們要什麼？」

這個要命的劉彥秋，真好像不知道要他幹嗎，茫然的望著馬蜂腰的女侍。確實很信守，他注著女侍的胸脯。連家畜都懂得，看人要看臉，才算數兒，但是他不。叫人想起一幅漫畫。眼睛還盯在他所謂的起點上。真擔心他會像漫畫上那個點菜的孩子。漫畫畫著女侍拿著菜單侍候一個小不點兒的點菜。孩子直指女侍特大號的乳房：「我要吃這個！」劉彥秋活活就是那副神態。想不到他還能點出「冰咖啡」。

「這次饒了你這個以色列。下回可別想有這麼便宜的了。」

「沒關係。人不死，債不爛。」

不知是以色列大戰阿聯，出盡風頭，還是改改口，味道比較新鮮，聽來就不似猶太那麼刺耳而帶有侮辱性。

「哎，說是鹽女那部片子，你花了多少心血，抵不過女主角的大腿，有這回事罷？」

「你是沒看是罷？」我說。「操他！老子寫的戲你不捧場？沒道理。」

「你得了。聽阿丁說，你寫那部戲，讓老闆一改再改，有被雞姦之感。倒找我錢，我也不忍心去看你受的罪……」

阿丁這個混蛋，跟我扯扯蛋也罷了，到處去宣揚，不是玩意。我怎麼說呢？那個劇本從寫大綱開始，光是大綱期間，就開了七次會，每次都是下午一兩點開始，開到下半夜。誰要說國片粗製濫造，我得撕他嘴巴。不過話說回來，開七次會，是否就能證明劇本完美呢？整相反。出錢的大老闆，愛怎麼玩你，就怎麼玩你，大綱不過說個故事梗概而已，但是大老闆能像改作文一樣，逐字逐句的收拾你，臭得你不揑著鼻子往下嚥也不行。

「大綱吶，大綱就搞了七次會，劇本還用說！我也記不清多少次了。」

「那真是等於被雞姦一樣。」他倒笑得好開心。

「操他！你說那個劇本裏，還會有百分之幾的張琦成？說你不信，試片我都沒看。」

「那算你聰明；不然的話，看自己演的小電影，敢情不是滋味。來，抽我的新樂園——也讓你知道一下民間疾苦。」

這算什麼？跟他秋仔吐這個苦水幹嗎？「你不抽菸斗了？」這樣的苦水，豈不徒然給他的臭文章又提供了一大堆新鮮資料！

「其實什麼……早晚的，我也是找你那些報屁股看看的，讓自己慚愧一番，回味回味當初那點傻勁兒。過了，再去騙我的錢去。」

「倒還天良未泯。」

「唏！」什麼鬼話，還蒙你劉彥秋瞧得起！

「劇本已經不是你的了，你還管他攝影師的鏡頭老在女主角的大腿上轉！」那麼淺的襠，事實上也不雅觀。

「可是片頭上，張、琦、成，這麼三個大字，你賴得掉？」腦門上還有些隱痛。也算車禍。

「好歹得獎了不是？捱那麼一回，雙份兒的遮羞費，可以啦；名利雙收——」

「你別土了罷，操他！」把他翻過來掉過去不知該怎麼打的打火機奪過來，打熖了交給他。

「所以後來這部臭片子，人家問我怎麼樣，只好說，彩色還不錯……」我說。

劉彥秋臭傢伙，不知想著什麼，兩眼直望著我，根本沒聽我的。管他！整天牢騷，那些報屁股還不是沒有人看他的。

「現在，根本我就懷疑，電影這玩意算不算藝術，還大有問題。首先，製片人的觀念裏頭——」

「小子，你可也找到理由了。你就巴不得有人站出來宣布，電影不是藝術。張琦成，沒有那好的事兒，至少，我不上你的當。就憑一杯冰咖啡——」

「扯哪兒去了？」

「還不錯，」想起來他又說：「早晚還知道要慚愧一番。」

「我操他！擺點兒低姿勢，安慰安慰你小子的，你倒當真了？」我扭過頭去，笑向那邊牆上莫名其妙的一堆假浮雕。「小子，居然當真了！」指頭點著身旁的劉彥秋，我昂過頭去，跟那堆浮雕說。「有這種傢伙，你說，給兩分顏色，拿去開染坊了，操他的……」

他是一再把我指著他的手往下按，幫助他的爭辯。「你別強顏歡笑，你心裏什麼滋味，我再清楚不過……」

「當真了，笑話不笑話，有這種經不住賞臉的小人……」我不理他，仍然跟那堆假浮雕笑得抽筋的說。

我是只管說我的。我看現在都是不分青紅皂白的在趕時髦；鬼的浮雕！木頭片子窮鋸出來的，一窩風的猛學體育館的那幾個浮雕。「你別以為我真的被幾個臭錢打倒了，跟你客氣客氣而已。有幾個能像我張琦成這麼朝氣，這麼勃勃！你知道罷，操他，本人夜間部讀起來了，挺是那麼回事的，知道罷？這是個拚知識的時代，優勝劣敗，物競天擇。誰像你這樣頹廢、孤絕、暮氣沉沉！頭髮不男不女，鬍子也不刮刮，簡直是違反優美的傳統文化……」

「我早就知道。而且上個學期有兩門課不及格，還要重修，是罷？」

他索性把一條腿掛到太師椅的扶手上，一面不知有多逍遙的邋著。一副哀莫大於心死的臭勁兒。

「又是阿丁這小子嘴上生疔！」但我想起另一件趣事，「哎，要不要聽件妙事？別提兩門不及格，早已帕司了，找找教授嘛，懂罷？」跟他噘噘下巴，盡在不言中，「你懂罷？這麼這麼的，啊？這一套，咱們，操他，也不是生手了，你懂得罷？……」

兩人都笑得挺開心。不過，劉彥秋，一枝接一枝猛抽他的新樂園，笑得分明有點應付。

「就這妙事？」

「這算什麼妙！你聽我說——」這真有點可樂的，「你知道罷，進去頭一天，不是還來個交誼會，自我介紹不是？都是生臉，誰也認不識誰。其實誰也沒那麼好的記性，幾個女生又沒一個打眼兒的。有那麼回事就是了，知道罷？無聊。一個接一個，起來，上台去，我叫劉彥秋，台下禮禮貌貌的賞你三擊掌，回到位子上，坐下。窮折騰，小學生的玩意，操他！」

「你還不是上去耍油嘴了？」

「哪兒不好耍，去跟那些小毛頭去耍，不管怎麼說，君子不重則不威，好歹咱們是有社會地位的人，你知道罷？操他，我看全班最數我大了——這是誇張，懂罷，當然還有還大的。你聽我說——」

「敢情很轟動罷，張琦成，大名鼎鼎的紅編劇——」

「媽的，你這麼聰明，會短壽的。」

「我就猜準了嘛。」劉彥秋扭過頭去，表示他六百年前就猜準了的熊樣子。

你得了罷，自作聰明，毫無幽默感。「去你的，邊也沒沾上。你猜怎麼著？——我也是自以為必然轟動，來個滿堂彩，是罷？跟第一流的金像獎編劇家同起學來，修幾世才修得的？你猜——」

「結果人家根本不知道你是老幾。」

「操他，這個打擊不輕，居然一樣的不多不少，拍、拍、拍，鼓掌三聲，冷冷清清的打講台上下來。真的，太傷害自尊心了，一個大打擊。打那以後，老老實實做個老學生……」

「報應。」這才他笑得不那麼應付了。

「你對這個有什麼覺悟？」他說。媽的，你跟我忽然來什麼正經！

「惻隱之心，人皆有之。我是仰天長嘆，憐憫這輩大學生，貧乏，蒼白的一代……」我說。

「幸而如此！」

「不幸而如此！」我說。「身為高級智識分子，張琦成，如雷貫耳，不知道張琦成？怎麼可以孤陋寡聞而至如此！」

「這樣看來，咱們的藝術還有希望，大學裏倒有一片淨土。國家幸甚！民族幸甚！……」

去你劉彥秋的罷，食古不化！「照你一說，那今天出了不少民族罪人？操他，輪得到寫報屁股的來做國家棟梁嗎？還太早了罷？」

我操他，這一號的棟梁之材似乎還不少呢，頂多不過叫人慚愧一下，於人無補，於事無濟，好像唯一的貢獻，叫自己窮得吃陽春麵，幸個鬼！

可是誰又曾把藝術良心泯滅到他秋仔閉門造車所幻想的那個地步呢？

「藝術勇氣我可還是有的。」給你留點自慰罷，我這個人還肯於為老朋友而委屈自己一些的，其實何止是勇氣！

把檯子上的冰咖啡、冰毛巾等等，往一旁挪挪，〇〇七平放下來，「你知道罷？清高比不過你，可是比你實際多了，」一面說著，打開〇〇七，找我的劇本──今天這是最後一次所謂研究了。「為藝術力爭，可比你實際得多。你那一套比起來，只等於手淫。你等我找出來給你看，血跡斑斑哪。操他，你戰鬥什麼啦……」

「武俠片？」

「一類的；不過──」

「武俠片還有劇本？」

「什麼？」我翻著劇本，找我那幾處得意的地方。「你什麼時候學來的，這麼糟蹋人？

——雖然武俠一類的，不過，文藝武俠，你也不能小看了。你瞧這一段，從這到……到這，沒有多少，知道罷，你看一遍。看過了我給你講。」

「真沒想到啊。有一天也看起這種熊玩意來了……」

「操他，小電影你都照看不誤，跩的什麼！」

自然，我還不至於賤到去合那樣的稀泥。可是承蒙那位港貨導演抬愛，情面難卻，而且酬勞高過所謂的文藝片。

「那不是問題！」關於我連武俠小說都不曾看過的這一點，港貨導演好似聽到一個荒唐的笑話，連連的說，那不是問題，「別管什麼招數、路數、拳法、兵器，用不著你勞那些神，一開打起來，什麼鬥法啦、武功啦，都由我來，你劇本上只須寫明白誰個贏、誰個輸、誰個受傷、誰個嗚呼哀哉（說到這裏，這位港貨導演似乎自以為很幽默，抖動了幾下肚子），連大打小打，都無須你去費心，易如反掌折枝……」

這是叫人難以置信的；錢難賺，屎難吃，有這麼方便麼？那不是只等於用道白湊出個故事，交給他就行了麼？我是很沒有心眼的說出我的認為。

「對——對對，完全是你說的這樣。憑你第一流的腦筋，發揮你的奇想，越離奇、越有勁道……」

而我心想，那樣的話，一個劇本寫下來，能把體重增加三公斤。

但是實際上，湊故事哪是那麼易如反掌折枝！所謂奇想，沒把人瘦掉三公斤，已算我這個人生有異稟。而唯一令人不太感到被辱弄的是，反而比什麼王八蛋的文藝片劇本省卻多少麻煩；故事大綱簡直沒有改動，本連最後一回也只不過三次。而其中一次，還是為了能否把我的那些奇想拍得出來，才找來攝影師、布景師逼著他們幾個想辦法；否則的話，連這樣的一次會商也可以省掉。

從老闆和導演那樣逼著他們搞攝影的、搞布景的，逼得下不出蛋來的那種光景，這才我有些幡然；人既為財可死，鳥既為食可亡，還有什麼不可以豁著出去的呢？也算一種頓悟罷？敢情我也想像得出，老闆到了主管電影檢查的那裏，還不是一樣的被雞姦，一樣的搖搖尾巴佯作愉快狀，沒有什麼差異的。

在我也想，怕真辦不到，像賊船上鬥法的一場戲，雙方分據船頭船尾，對施掌心雷，勝負難分的膠著著。力敵到了最後，把那麼一條皇舸船從中央一斷為二，雙方跟著便履海而戰……

「咱們心腸還是太軟，看不得幾個傢伙捱老闆操成那副龜孫相。」

「同病相憐嘛，什麼心腸軟！」

猜準他秋仔會來這麼一句。「操他，你還不知道我有多神經過敏；會是開到下半夜才回家。老闆的車子繞一段路，送我到我們家街口下車。你猜怎麼樣？攝影師他幾個也跟著下車了。憑什麼跟我一個行動？又不是住我附近——當然了，也許怕讓老闆為他幾個再繞路，索性下車，叫部塔庫西算了。可是我倒不由人的疑神疑鬼起來。為了我這個臭劇本，害他幾個又受罪、又受辱，一路之上誰都不講話，空氣好像不大對。下了車，眾寡懸殊，又是夜靜無人，要是真的把我宰在大街上，然後就近丟到瑠公圳裏去，三比一，我還真的不成對手——」

「掌心雷哪去了？」

我沒理他，就像裝作沒看見他用來譏誚人的軟當當蜷在太師椅子裏的那副妖怠相；最佳的抗拒是你能表現若無其事。我看著周圍的人，連女侍們，似乎都有這種本領。國際性的邋遢鬼，所謂西痞，大飯店也不得不買帳，聽由一雙雙的泥靴子蹂躪在那麼華麗的地毯上。

「真的，小半條街，轉進不怎麼深的巷子，從來也沒覺得要走上那麼久，老覺著有人在跟蹤。轉彎時，往這邊拐，猜怎麼著？操他，跟真的一樣，先探半個臉窺窺——什麼玩意！神經病，迫害狂……」

「不過，這也看是怎麼說，」想想，我說：「時勢不同了，身價也不比當年了，不能不為自身安危多當心一些，懂罷？……」你不要老把那嘴角挑在一邊咧著，我不看你。你要譏誚就譏誚你自己。

「看過啦這一段？給劃掉了不是，總共這麼一本厚厚的，鬼話連篇，天地良心，就這一段用了點心血。但是，操他，不如豬血。到老闆手上，這一大段要它做什麼用？考慮都不考慮，抓過紅簽名筆，噌噌兩下子，就給劃掉了。你說多棒呀，像這一段，不是第一流的大手筆，寫得出？」

「那才對呀；不操到心血，你也不會叫痛。」

「小子，你別這麼幸災樂禍。沒有人性你簡直是！」

「你不是自討沒趣！這種臭玩意，你根本就把心血用錯了地方。」

這要怎麼說？是呀，臭玩意，用不著心血，「可是製片人和導演，怎樣也不肯同意我用假名字。既然堂堂張琦成這麼響亮的大名要上片頭，操他，不能不愛惜點兒羽毛是罷？想想，不管怎麼樣，不要叫影迷太失望，人家是衝著你張琦成編劇來看的；看過了片子，總要讓人說一聲：到底不同凡響，有一兩段戲，還是看得出張琦成的才氣跟功力的——說良心話，這一段戲有說的沒有？叫你劉彥秋來過，你行嗎，亮得出這一手嗎？不是吹的……」

「可以了罷？幾點鐘了？」

「忙什麼！」

「別叫你老闆硬在那兒等你。」知道他又沒有好話。我還是不理他楂兒。「所以說，不但藝術良心尚存——光是良心有什麼用，像你這樣不能致良知，還不是白費！——並且還有了不起的藝術勇氣。等會兒，你瞧著，我還要跟製片人力爭被劃掉的這兩段的……」

原當作隨便吹吹而已，苦惱苦惱劉彥秋。可是經這麼一強調，對於那一兩處心血的疼惜感，忽而強烈起來。不能對他們的霸氣太低頭、太屈膝，為藝術奮戰，那是唬鬼，說老實話，張琦成在這上面所將遭受的名譽損失，那是賠不起的……趁著跟秋仔瞎吹瞎吹的一番餘勇，深深的覺著頗有作為似的，我連電梯都不要搭，那不夠氣勢，我要臉紅脖子粗的一口氣衝上四樓，以挑戰者姿態，出現在他們驚異的眼前。不行的話，不行就拉倒，操他！

差不多是客滿，有這麼多的人不在自己家裏吃飯，而且鬧嚷得問女侍的話，要把聲量拔高三倍才行。

穿梭在擠擠挨挨的座位夾縫裏尋找他們。一口氣爬了四層樓樓梯的喘息，一時平息不下來，好像真是氣急敗壞要去找人幹架。居然有怯懼的眼睛看過來，多笑話！

台上有個老洋人在幹嗎，這才我注意到，一個老牛仔裝束的洋老頭，六十歲是有了。也許沒有。西方人總是顯得比年齡老上許多歲的。

老牛仔在表演甩繩扣。一個繩圈拋過去，一個繩圈拋過去。舞台另一邊台口上，挺立一個著比基尼裝的東方女人，面向台下。身上——那是說，從頸子到胸脯、腰、臀、大腿和腳腕，都被一圈圈的繩子綑住，勒進肉裏。女人職業的笑著。老牛仔的繩扣，還在繼續的一圈、一圈的拋過來，一圈都不落空的套上女人的身體。

給人一種暴虐著肉的那樣酸淫淫的感覺。

女人如果表弄得苦楚一些，我想，效果可能會更佳。

我在找他們，以製片人禿得反光的腦袋作為獵取目標。印地安人剝白人頭皮，是否也有暴虐著肉的那樣酸淫淫的滿足？

場子裏的燈光是暗暗的，所有的光亮都被那一方舞台收集了過去。那顆禿腦袋，找起來似乎有困難。

女人面向著台下，向前平舉起的一雙合攏的手臂上，已被另一邊台口的老牛仔不斷拋過來的繩圈，綑了好幾道箍。女人合十的雙手，扎煞開每一對手指。老牛仔仍在從側面甩過繩扣來，開始順著拇指、食指……這樣次序，套她每一對手指……。

胖活活的女人——一定可以順利通過劉彥秋的初試——始終保持著時裝模特兒的笑容，一排木木的牙齒，使人為她感到嘴巴咧得很疼。

表演似已達到高潮，原來的鬧嚷被熱烈的掌聲遮下去……

而就在眾多閃動的手掌裏，我看到了他們——顯然，我以製片人禿頭作為獵取目標的主意是失敗的，那是顆黯淡的腦袋。扎眼的還是女祕書雪白的長手套。

「抱歉抱歉……」禮貌還是必要的；態度強硬不一定非要橫鼻子豎眼不可，我勸導著自己。

然而，何等的令我驚異——

我發現我——這要怎麼說呢，那裏，四個人各據餐桌一面，製片人，港貨導演，製片人的女祕書，和我，正在進餐。

那個坐在製片人對面的我，在向製片人敬酒，雙手舉杯，人是半立著，那是說，兩腿不曾直立起來，那樣恭肅的前傾著身體，媚媚的注目著製片人……

我看著自己，看著那個向製片人敬酒的我，連服飾也完全一樣——剛才還被劉彥秋取笑「像個歌男」的裝扮，絲毫不差。

兩個我，可能麼？混蛋，你在那裏冒充著誰！

我大聲的呵罵，衝動著要把〇〇七打過去。這一聲會比老牛仔的表演更驚動人的。而一切如恆，好似誰也不曾注意到我這個人。那四個混蛋，包括那個可憎的我，若無其事，完全不被打擾的進行著一場小小的酒宴。

粉綠的女侍在上菜，我所熟悉的這家飯店的菜名——鮮嫩無比的中式牛排。彷彿一定要我嗅嗅那樣的美味，貼近我的鼻尖端過去，墊底的是翠綠得要命的豌豆苗……

兩女侍是和我交會的錯過去；應該相撞的，但一團粉綠從我半個身體裏頭通過，女侍若無其事。一如X光透過一個實體……我是鬼魂嗎？

腦門上還在微微的隱痛呢。那麼，我是不存在的了。是這樣的嗎？操他！

一九七〇年十月

黃粱夢
朱西甯

將軍與我

中國新文學叢刊
朱西甯自選集
黎明文化事業股份有限公司

大火炬的愛
朱西甯著
重光文藝出版社印行

貳的完結篇

朱西甯（朱天文提供）

蛇（台北：大地，1974）

「讓開讓開，」我可沒有好聲氣的嚷著，拍拍冒充了我在和製片人勾搭的這個混蛋。「別坐在這兒人模人樣的！」

真絕，我跟自己說：有人冒充你。

操他，你這人不得勢，又不得志，居然還有混蛋來冒充你，演起真假李逵的雙胞案。你怎麼說去！

那麼，就算這混蛋是你的替身好了——不管你是希特勒、史大林一流的人物，或者是不會騎馬的男主角，找個騎師來替替中、遠景。

如果說，置身於夜總會這樣鬧嚷嚷的場合，會因這個膽大妄為的傢伙如此令人驚奇的酷似你，而你想到什麼成精的狐狸或黃鼠狼，即使燈光夠黯淡的，每張餐檯上僅賴一根插在蛋白色玻璃燈罩裏的蠟燭照明，有些邪祟的妖氣，但你仍然會感到這種聯想是文不對題的。不過這個混蛋太像你，確是事實。要就是頭髮可能比你黑一些——但也並非三四流的理髮店用硝酸銀燒成胎毛一般柔細的那種烏雲蓋雪式的黑。其實這也沒有什麼好稀奇。美國製的染髮劑比你用的日貨略勝一籌而已。沒有什麼，你大可不必因此而產生什麼自卑感。

去，我跟自己說，客氣幹嗎，對這種人！抓住他胳膊，來個螺絲起固定法，要他的好看。還沒忘罷——服役憲兵時學的那套擒拿法？試試看……

別忙，我跟自己講情的說，且看看這個混蛋，為的什麼好處，要這樣的冒充你也好。操他！

你先把袖子捲捲，作勢一下，給他一個警告。

不合適。我的意思是——不合身分。不比當年搞實驗電影那個時候，一個個窮得好無賴。如今你是走紅的名編劇家了，張琦成，自愛點，動不動出手來武的，有失身分。若被那幫跑影劇沒一個好東西的臭記者請你上報，打高空的來個「爭風吃醋，大打出手」等等——那是十分可能的，有製片人那位拿捏得要命的女祕書在座，你就逃不掉被人家想當然耳的捕風捉影。操他。況乎名編劇家之外，你還是×大夜間部的學生。羽毛是要愛惜些個的。君子動口不動手，是罷？你是有身分的人。

總之，稍安勿躁，且看看這個混蛋給製片人上香似的敬酒之後，緊接著怎麼進行下邊的。甚至，你也別叫他什麼讓開不讓開的。冷眼相看，這叫作「觀變」，懂罷？操他！不到萬不得已，不要張口。

混蛋連乾三杯，一臉奴顏，口口聲聲的媚著：「董事長隨意，董事長隨意……」

操！會有這種無恥之徒。

還是由他罷，有種就整打的灌，除了讓人傳出去「張琦成是個酒鬼」，搞藝術的人又不是牧師，算不得什麼，名聲上毋寧更突出些。酒是製片人出錢，多損他製片人幾文倒是善行呢。反正編劇費一向衝不出全部製片費的百分之一，多耗他一點紹興酒，等於把編劇本的價錢提高到百分之一點幾——別瞧不起小數點後面的數字不打眼。

「關於董事長上次指示的幾點，」算是吞吞吐吐的拉到正題上來了，且聽這個混蛋下面如何分解。「您不滿意的那幾點，像二十四場，白俠的兩段道白，這裏——」混蛋翻到疊了角的一面，雙手捧靈牌一樣的敬獻到製片人的面前，「已經完全遵照董事長的高見，一一改過，董事長的慧眼——」

我可忍不下去了；本子是我張某人的心血，「混蛋，你算老幾？強姦民意嘛，你是誰的代言人，經紀人？你憑什麼做我的主！操他……」

但是推不動這個混蛋；穩若泰山，好像他連感覺都不曾感覺到。這個鬼東西，大約是唯一的水做的男人。推搡他一把，真像是你在水裏推搡了一把，力氣穿過去了，他這傢伙連水還不如，一個波紋都不生。「滾開滾開！」我可不客氣了，「張琦成來也！你這冒名頂替的混蛋，老子要告你偽造文書——不，告你……」告他什麼呢？什麼罪名？……沒想到我的法律常識這個樣子的貧乏，平常不覺得的。

「還有，第二十七場這裏——」混蛋又翻到另一頁摺角的地方，「上次我還愚昧的跟董事長力爭了一番，回去之後，反覆的研究，才什麼……」

「混蛋，你是什麼玩意！」我是忍無可忍的大喝了一聲：「你偷去了我的劇本，已經該判死刑，你——」

以為這一聲大喝，必然是語驚四座，把整個場子鬧一個翻江倒海，只是嚷著嚷著，很不是那麼一回事；混蛋是故作不知，不必說了，但港貨大導演、製片人、拿捏要命的女祕書，操他，一個個都裝聾裝瞎，視若無睹，聽若罔聞，什麼東西，你們這樣可鄙的勾結！火透了，不管，先照準你這個美國貨染出來的腦袋瓜兒一、二、三，狠狠來上三個爆栗。

依然，我操；就算你這個混蛋練就了鐵頭功，我不信你是死人！——除非你是活死人。

「這個問題不大，琦成，」光腦袋的製片老闆冷冷然的掃了劇本一眼，「既改了就行。我們今天另外還有要事相商，等一等。我是向來尊重你們寫劇本的作家的，放心好了，借重你的地方還多得是……」

「請董事長多多栽培，多多提攜……」

什麼鬼話！操他，你把我這張臉放在腳底下踐踏了。不行，一、二、三、四——賞你四個爆栗，不信你痲木到這樣子的冷感。

然而每一顆爆栗約合六磅的打擊力，仍然，完全無效。

你們四個男盜女娼！

「乾這一杯！」港貨大導演，擎起那種小口式的威士忌酒杯，在餐桌上空旋了一轉。他是聲明在先，喝不習慣中國酒的。操他的什麼港貨，還不是倒流貨，一臉的奴相！

出於反射，「乾！」我附議著，伸手去端混蛋臉前不適合紹興酒的小酒杯。但混蛋眼明手快，先我半秒鐘——似乎還要快一些——該說他是近水樓台，空間上占了便宜。離他近嘛，所謂地利。

「要不要再打個電話哪？」

女祕書拿捏的翻著蘭花指，完全不表示任何一種具象意義的手勢。人只有在蘸了一手的油漆，找不著什麼指手，才會那樣子。我操！

老闆咬著牙籤，採取一種含著體溫計的式樣，叼在嘴角上。「免。」短鬍子蠕了一下。「幾點？」

另外三個，同時看錶，同時報時。

「噢。」牙籤不很顯明的翹了翹。

我敢說，茫然的那副豬頭三的傻相，根本就沒有聽進去此刻到底幾點幾分了。

三個人報出三個時間，有十分鐘以上的出入。地球不知是照著誰的時間在那裏自轉運行。

「馬上該到了。」製片人嗡嗡的說。大致類似這個意思罷；由於猛起的一陣喝采，把他那嗡嗡的聲量壓下去。

製片人的無心答理，使得那三個男盜女娼忙著會診。察言觀色的結果，製片人的興致被舞台上的表演吸引了過去。

台子上的老牛仔，開始了另個節目，玩槍，射擊比基尼裝的女郎頭上頂著的蘋果。新威廉泰爾。淪落的威廉泰爾。

一陣鼓掌，加上一陣喝采和鼓號。

彷彿所有的燈光都被聚集到了那一方舞台上。就整個夜總會這個大廳來看，所謂的鳳凰廳，客滿著不在自家吃飯的這些人，可都是在黯淡中海吃海喝，帶著一種原始本性的隨著攫取之後自衛過當的恐懼，似乎適好藉著黯淡而有了保護的安全感。

場子裏統統沉落在寒色的煙霧之中。而舞台彷彿一面窗，窗裏薈集著熱烘烘的壁爐的調子。

血紅血紅的比基尼泳裝，不留心的猛一看，會令人吃個驚嚇；活活的在那三塊要地上挖出三個洞，欲滴的那種血紅。我操，那麼多不在自家吃飯的欲之漂流者，一個個相親似的那副眼力，都有力透什麼背的慧根，眾志成城的那麼集中著火力。

蘋果應聲滾落到地上，跌出空洞的滾動的響聲。蘋果想必是獵槍彈打不穿的某種質料，不然不會那樣。然而這已不在話下。從喝采舉發前的剎那間的靜寂，起碼，我這個敏感的泛性論者，操他，我當然自知是泛到不可救藥的地步，別人是怎樣那是不用我管的，只要我在剎那間的靜寂中有那樣的欲念和感覺就行了；真的，莫名其妙，毋寧要那位比基尼會因老牛仔的失常而被虐殺。屬於少年的性抽芽期，欲望著虐殺女性所預感的酸楚的快感，蠢蠢的騷擾起人來。你能說這不是莫名其妙麼？性可以還童不能呢？說不出口的。

好罷，叫好還是叫得出口的，大家都喝采好了。起碼，在我來說——這算什麼，又不比誰退板，犯不著糟蹋自己——右手把左手當作比基尼，一下下狠狠的拍打，所謂鼓掌。公然的拍打，隨你把左手視為比基尼身體的哪個部分。

妙的是淪落為丑的威廉泰爾，我操，滿以為看官們喝的是他老人家的采呢，受到鼓勵的輕佻了起來；扭著屁股，低級透了。那真是一種可憐的湊趣；你想，腰桿都硬了，還扭！磨白了的牛仔褲，可以斷言不是馬鞍磨白了的，夠慘的了。他是那樣的扭過去，抓住比基尼的手，用啄食的滑稽速度，連連的在手背上啄了幾吻，低級得無以復加，使你偏過臉去，不堪卒睹，彷彿是你自己在那裏表演，不勝羞恥。

老牛仔並且又拾起蘋果，放在比基尼頭上，再來。可嘆這些番邦跑江湖的，操他，就是不懂得中國人的適可而止。真拿他沒辦法。

製片老闆回過頭來，從港貨導演手上三五牌盒口裏抽出一支菸。

無論如何，說製片老闆再銅臭、再愚昧，總還算中國人；如果對於老牛仔沒有感到索然，大概也注意不到敬到臉前來了的洋菸。

打火機長得好囂張的火苗，送到製片老闆的鼻尖。真把你活活的氣個半死；你知道罷，老闆的三五還不會啣穩，那個冒充我的鬼傢伙，忙著便把打火機打燈了伺候過去。

憑我張琦成，幹得出這種下三爛的行當麼？怎麼這樣不擇手段的糟蹋人！真把你活活氣個半死。而且，你聽著，還有另一半，也活活的把人氣死——操他，你猜怎樣，一樣的打火機，完全一個牌子，一個型。他能冒充你而至如此徹底，你還想怎樣！

這也是不可忍受的，揮手過去揍掉他的打火機；豈有此理，給他一點顏色看，叫他混不得。

操他！打火機沒打落，這且不說——可能打得不夠準，暫且饒這一次——但是那一掌搧過去，簡直等於零；暴發戶那麼招搖的長長火苗，那一掌根本不曾搧著它，連稍稍搖曳一下都沒有。

完蛋，算你再也沒有絲毫作用了。難道我命已休，只賸這一縷幽魂找上門來？也許，人在死後——我是說，乍乍的剛嚥下最後一口氣，很可能，還沒有辦法知道自己已經死了。那就如同一件太意外的事，不管好事歹事，突然臨到你，弄得人不能置信一樣，需要一回一回的反覆勸導自己去相信才行。

真是笑話，勸說自己相信自己已經死了，會有這種事體！

然而人是把死亡視為意外的。

然而另一方面，人活著又是無時無刻都在十分肯定的朝著死亡勇往邁進的。

滑稽死了，操他！

那麼，不管怎麼說，果真吾命已休，也該有個痕跡可尋，不能硬派我已如何如何；我的意思是說，那該是什麼時刻死去的，有什麼可能的時刻，或可能的事件，撞車還是腦充血，總該有點兒形跡可疑。但是，實在想不起來會有那樣的機會。至於猜想人在死後，也許不可能頓時有自知之明，那不過夢話而已。

不管怎樣，像眼前這般光景，芸芸眾生都在用盡一切官能的吃喝玩樂，像我這麼樣失魂的孤單，無人理睬，等於沒有我這個人存在。操他的，不管怎樣，我得設法證實我堂堂張琦成不曾死。證實的方法一定很多，疑真疑夢的時候，總是咬咬手指痛不痛。那也不大靠得住，我覺得；人的靈魂還是會有痛感的，要不然，十殿閻羅那裏的百般酷刑都是白設了。

想想這又從何說起，操他哥的，無端的攀扯上死不死的這檔子事來，痴人一樣。

老牛仔二度射擊蘋果。蘋果放在比基尼裝的女人顱門兒上。又是給人酸淫淫的那種童稺期的性感覺。莫名其妙！而且，威廉泰爾愈是瞄準的久，愈是助長這樣的感覺。甚至於全無心肝的欲望著馳出的彈丸穿進女人的身體才最好。虐殺，然而是不求致死的虐殺。令人慚羞，我操。完全是童稺期那種不明就理的衝動，潛伏著的虐待女子的欲望。怎麼我這個人又過回頭了，負數的成長？豈有此理。

看那邊又來了一個小子。

剛才就已注意到他了，料定他是個有事的人；雖然穿梭在許多卡座和檯座中間，提著〇〇七，仍好似火車行駛在鐵軌上那樣的，一點不曾猶豫或繞彎的直向我們這個檯座這邊疾走而來。

行色分明看出那是有所為而來的。操他，一眼就看得出是那個樣子，賴不掉。

氣得人難受的，又是〇〇七，難道就非要賣〇〇七箱子裏的東西才多值些錢！

看這小子做什麼來。操他，多半是同行罷。也許是要包什麼工程罷，照明、布景、服裝什麼的。

演反派角色的一流人物，誇張的巧言令色著，活活就是鬼的電視劇那些令人生厭的角色。

但聽著口氣，他們是認得的；韶公韶公的奉承著製片老闆。港貨導演和冒充我的那個鬼東西，也如同法門寺的桂兒小太監，水漲船高的跟著老闆浮升起來，大導演、大編劇的唱喏著。加上這個的「大」字，似乎賦予了先生、老爺之類的新定義。我操他，不要臉的小奸小壞，馬屁拍得把人噁心死。

「小姐好，」他說，「小姐今天特別光豔照人……」

他這樣的恭維，挑的真是時候；正當我這人一旁冷眼相看，快活的惋惜他——女祕書的馬屁多要緊，豈可不拍！心裏剛這麼悲觀其敗，他便這麼恭維起來了，真是懂得時令，刁鑽的很。

這幾個勉強的回喊他龔先生。操他，聰明得剔透的這傢伙，不信他聽不出勉強的味道。那也算他的大本事罷，新添的椅座搬過來，他抱著〇〇七坐下，一副恭謹唯是的陪笑。我知道，我會為受到那樣勉強的口氣而窘著，僵著。他則不然，那是他的大本事，能夠笑得好真心的樣子。我操他，看來真是身受了「龔先生」的味道，樂意而略帶些不敢當的謙遜，笑臉迎人的把你的假意都能轉變成了真心。化干戈為玉帛，是要一套工夫的。

有一種人生來就是這等樣子，不見張牙舞爪，也不似冒充我的那個鬼東西，那麼露骨的奴顏婢膝；他卻只管捧出一張文文靜靜的笑臉就行了，並且適當間隔的呈現一絲兒似羞又似激情的顏色，好比一種靠著鎢絲的離合而做間歇性明滅的聖誕樹的燈串。

有道是「急火魚，慢火肉」，操他，這個小子是燒肉的火候。我這人比不上去，差得遠遠的。

製片老闆是不大搭理的，讓港貨導演去交道。猜的沒錯，「我們目前——不拍古裝片。」

導演彈彈菸灰。就這麼打發了。就像從香菸上彈掉菸灰一樣，把那小子的所謂古裝片給彈掉了。

猜的不錯，果然是來推銷劇本的。操他，哪裏冒出來的小猴頭，也不打探一下行情，硬碰硬的想搶這行飯吃，不自量力！

「沒關係，沒關係，」小猴頭好似認錯的連聲道著不是。「我這裏還有時裝的文藝愛情劇本……」

抱在懷裏像抱著什麼百寶箱的○○七，平放在腿上，向著他自己打開一點點縫隙，好似一個考試作弊的中學生，偷偷藏藏打裏面澀澀的抽出一個本子。

「大導演，保證這個劇本能使你滿意，哀豔纏綿，曲折緊湊——」

「悲劇？」祕書小組插嘴進來。

「不不，悲喜劇。」

小子惶恐的仰望著祕書小姐，又轉身仰望著港貨導演。那種仰望，操他的，給你的感覺很怪很怪，既不見祕書小姐和大導演的高，也不見這小子是坐在矮板凳上；一樣的座位，但是就是給你一種仰望的感覺。

港貨導演瞪著他，用一對天生的凌厲的三角眼。

「大團圓——結尾大團圓。」這個推銷員，敢情被瞪得難受，趕緊用這個搪一搪。

「那太俗套。」

「不不，保證太空式的大團圓。」劇本推銷員神經質的挪挪身體。

「哈，太空式！」大導演把腦袋轉了半個圓周，用後腦勻向著那小子。

「哎，是，最新式的。大導演若果覺得不合意，改過一下看看。」

「不是改不改的問題——」

「拍什麼文藝片！觸楣頭。」製片老闆冷過來一聲，幾乎帶著咆哮。

「所以，問題不在改不改。」港貨導演咬著洋菸的濾嘴說。握著高腳杯的手，無名指戴著一顆老大的紅寶石戒指，乍看像顆老是不收口的膿瘡子。

「文藝片也沒有市場——再說。」冒充我的那個鬼傢伙，乘勢跟著火上加油。我操，你懂得個屁！你講得出什麼叫作文藝嗎？——所謂的言情片，加些文藝腔進去。

「那我這裏……還有武俠劇本，很精采的——」

「好了好了，」製片人煩躁的搓著肥臉，直望著台上老牛仔在耍牧鞭。臉上整垛整垛的肥肉被推過來，推過去。「你跟邢先生說，我不是不幫你忙，目前，劇本不缺，日後有機會，給你留意就是了。」

卻原來還是有面子的人推薦的。嘿，走關係。你這小子！我操。

「哎哎，是的是的，日後有機會再留意……」姓龔的這小子沒屁放的樣子，只好跟自己喃喃的念著。層山裏的回聲似的，和著製片老闆的話尾。

「那還是多拜託……」看情形要撤退了。

製片人回他一眼，一點也沒有動心，重又觀賞起台上炸著火花般的一聲聲響鞭。失敗的推銷員，依然一副固定的文文靜靜的笑，開始收攤子，仔細的把兩個本子收回〇〇七，嘎崩嘎崩兩聲，扣上了箱鎖。

老牛仔的長鞭耍得很火鬧；揮過去一鞭，就切掉一截啣在比基尼嘴上的香菸，一揮又是一截切掉下來，令人擔心的是女人的鼻子。

失敗的劇本推銷員，仍舊坐著不動，沒有求去之意。他坐得很仔細，用半個屁股掛著椅子的一個角角，幾乎是懸空在那裏。我敢說，若是誰捉狹的走背後偷偷抽掉椅子，也害不到這小子跌倒。他是運著氣功的那副謹慎樣子。

操他，什麼意思！想用這個恭謹的鬼相補救一點什麼？那才笑話；製片老闆才沒生著那樣的仁心仁術，別討慈悲罷，小子！

老牛仔的節目結束，樂隊等不及的露臉，猛打猛吹起來，好像急忙慶幸比基尼的鼻頭沒有被老牛仔的牧鞭失手抽掉半個。

「那我告辭了，以後還要……」小子坐不住，含含糊糊的說了些什麼，被樂隊不分青紅皂白的打下去。

比基尼跟老牛仔攜手謝幕。鼻頭確證無恙。女的笑口裏含著白得失真的牙齒，白得意外，好像打拳擊的人含著護牙的那種套子。

不管怎麼說，那雙腿還是給人一種亭亭玉立的美感，東方女性少見能達到那樣的比例。

令人發嘲的是，我操，併攏那麼緊，嚴絲合縫，做貞潔狀。跟洋賣藝的合作，有什麼好說的，操他哥！

「好啦，談談我們的罷。」老闆目送比基尼進了後台，好像也跟著收了心。

「方才董事長已經恩准了這個本子——」

愈來愈不像話了，鬼東西，把我這張臉按到地上蹉了。

「不關劇本的事；董事長不是說了嗎？另外還有借重之處。」港貨——其實是倒流貨的大導演說。

「那這個劇本就不要再動啦？」

動個鳥！我大聲吼叫，像個什麼大會指揮官叫的口令，有張翼德喝斷當陽橋的那股雄勁兒。可是，沒有一個人理會。這些鬼東西，耳鼓都是水泥做的？氣死你。

「老兄，」港貨導演說。「已經CAST了，還劇本呢？」

「噉——?!」冒充我的那個鬼東西，呼出長長的一聲，尾音往上挑著彎子。

瞧那德性，操他的，有什麼好大驚小怪的？也值得這樣嗎？馬屁相！

「那——關於CAST，我是說，幾個主要的角色，不知道能否賜告一二……」

嘿，賜告一二？怎麼不乾脆聖旨一二？CAST關你鬼東西哪根兒毛！

且看這個倒流貨的港貨導演怎麼為我的劇本CAST。

「男主角嘛，當然非尤沼莫屬，這是你老兄想得到的。第二男主角嘛，還在考慮，大概不出郗游仔、郗諢仔他們兩兄弟。至於第一女主角，老闆已經親自安排——老闆的慧眼，大膽用新人——麥茹小姐。怎麼？這樣的陣容，你老兄應該滿意吧。老實說，公司方面，算是夠重視這個戲的了……」

「那還有什麼可說的呢，一流的，一流的……」

去你的一流，操他，下流可不可以？你知道屁！

真是臭對臭，對上了；一是大膽用新人，一是什麼一流不一流的。怎麼人世所有的渣滓，都集薈到這裏來了！

用所謂的新人麥茹，說是想不到的，其實還是意料得到的；起碼是可以理解的。正如回死亡之於人生，人雖有生必有死，但是人仍然把死亡視作意外。麥茹這個半生不熟的丫丫，居然一躍而挑起大梁，操他。其實沒有什麼居然不居然；說穿了，還不是那回事，意料外的，也是意料中的。該這麼說。

可是前一回碰見那樁事情之後，我操，還曾仁慈的感慨繫之呢，覺得替她憐憫，好好一個女孩，演什麼混帳電影來著，犯得著受那樣的屈辱！

那事情，操他，我太清楚了。

也算奇巧。上回他們公司去台中出外景，我這個十年也不住一次大飯店的窮酸，想不到和他們同住在一家觀光旅館五樓，緊挨在一起的兩個房間，而且居然住了兩天，這港貨導演也不知道我在隔壁，我也不知道他在隔壁。要不是發生那事，操他，彼此永遠也不知道。

快交半夜了，讀一本叫自己慚愧慚愧的正經書，被隔壁的動靜擾到。若在家裏，那樣的動靜是不容易惹人在意的。可是一個人單身住旅館，心裏就難得平靜。縱使你決然守身如玉，也免不了左右隔壁的草木皆兵。操他，臭男人沒有不是那樣蠢蠢欲動的蠢的。冷氣的聲息，維持著一種永遠的隱痛那麼的嗡嗡呻吟著。但稍久過後，習慣了，那聲息便告遠去，對你的聽覺好像已不復存在。所以那是十分沉寂的。

旅館而有如此沉寂，多少令人有些感到異樣。也許難得住一回這樣的旅館，不了解行情，兩天住下來，反而生出敬意，自動的律己起來；以致睡前倒想起看看正經的書。似乎旅館的高不高級，就決定在這種聲音的紀律上。

彷彿是門鎖吱吱的轉動。沉寂中一響起那麼微弱的聲音，便憑空的觸目驚心起來，以為是自己房間的門鎖——我操他，去你的高級，上門來兜攬了——心上迅速掠過這個念頭，無來由的騷亂。所謂的心旌搖動，大約就是指此。

很可笑的，原來稍一辨別，便聽出是起自隔壁。

然而怎麼會老是在擰著轉著的響？若不是鎖子發生故障，難道這個時候還有遲睡的孩子這麼貪玩？就在此刻，門以很大的動靜，忽地衝開，走廊上響起高跟鞋倉卒的磕響。

門外走廊上，分明鋪著墨綠的尼龍地毯，既發出那樣清脆的磕響，想必是急不擇路，磕在地毯兩邊的磨石地上了——

「哎哎哎，這點面子都不賞，小姐？……」

怎麼，好耳熟的口音。

「不要啦，好晚了……」女的是感冒似的有些瘂瘂的聲帶。似乎又走回地毯上來，不再有高跟鞋的響聲。

顯然有爭執，聲音低下去，嘁嘁嚓嚓的聽不很清楚，間有細微的騷擾……

那男的會是誰，努力的尋思，略帶些粵腔——介點面子都不響呼……

下了床，已經輕輕的搶到門邊——但還是不要開門的好，萬一真是熟人熟臉，都不方便。操他，你管人家的鳥事？我站在那裏，靜默的樣子，垂視著門下沿，從外面投射進來的窄窄一條燈光，垂視著自己的一雙赤腳。

然後沒有什麼動靜，似乎女的還是回心轉意，乖乖回房去賞面子了。門是提防著發出響聲的輕輕闔上。

回味著那樣感冒期間的瘂瘂的嗓子，略有些鼻音，滿有叫人憐香惜玉的味道。隔著一面牆，好叫人替人著想的騷擾不安，幾乎就要伸手去按床頭燈底下的對話機開關。操他！

這事一直在心裏作怪，第二天寧可遲搭一班車，也要專事等著隔壁門響——有這種無聊鬼。但還是等到了，一個是倒流貨的香港來的大導演，一個是被介紹為「麥茹小姐」，好眼熟，必定在哪裏見過。當然，不旋踵便記起來，拍《赤面俠》時的一位場記。記得當時並不怎麼打眼兒，乾巴巴的一個女娃子，生著適合西方人味口，而在我們看來要嫌大了一些的兩片寬唇。操他，早知是她，用不著折騰半夜的反覆著那些無聊的替人著想。

這個混蛋港貨，真是生冷不忌，我操他。在他們圈子裏——你這個下賤的編劇壓格兒是在圈子外——似乎把這個叫作蓋章罷；好惡劣卑俗而無動於衷的玩耍。

如今，這其間似還不曾隔過一部戲，便從場記躍登上第一女主角。操他，必定又經過製片老闆蓋章了。這個肚皮膘油足有三寸厚的蛋頭老闆，一樣的也是生冷不忌的亂蓋章的。亂斯濫矣。

我叫起來，極盡嘲笑的嚷著，好個CAST！把個女娃子當作銀行傳票——這挖苦，他們敢情還不大懂；雖然他們壓根兒不要聽，裝作聽不見的種種鬼樣子，依舊乾杯和海吃海喝，而把聽覺交給大吹大擂的洋琴鬼子們。

怎麼不是銀行的傳票呢。我操他，從辦事員一路蓋章蓋上去，股長、課長、主任、襄理、總經理……那個混蛋的倒流貨，也不必沾沾自喜，不定是第幾顆圖章，了不起蓋在老闆前面而已。

當初還曾憐憫過這個女孩，替她覺得受了屈辱。我操，張琦成呀，你悲天憫人已到了可憎惡的地步。少揮霍你概念性的慈悲罷，如果照你他媽的那些道不道，德不德的來，那個叫麥茹的，至今——而且永遠，只是一名小小的場記，休想翻過身來。

侍女上了甲魚，還送上高杯的甲魚血，用作驗明正身。之外，操他的，對進酒裏才是大補呢。

這些亨字號的傢伙，打觀眾那裏騙來的錢，便是這麼死做活做的。

對了，你喝罷，甲魚血。我是指著冒充我的那個鬼東西譏誚。滋陰壯陽的大補品，補得你陰陽怪氣，可惜你比不得老闆和導演他們賊夥，你往哪裏去蓋章！

那麼還在等什麼？神祕兮兮的，女祕書要打電話，老闆吝嗇的回個「免」，還在等誰來麼？等來的倒是個脫衣舞娘——真是「娘」，操他，開始中年胖的徐娘。

報幕的用四川口音的洋涇濱英語，介紹那個舞娘來自TOKYO。又胖又矮，地道的日本人身材。我是不安好心眼，連忙把場子裏一席一席的看過去，巴不得發現一眼就看得出來的日商日僑們也在座，看看你們自命強國大國，操他的，還是一樣的讓你們的娘子出來賣肉賺外匯。丟臉丟到了外國來。

瞧那副饞相！我說的是我們這位鴨蛋頭製片人。真應了那句俗話「越吃越饞」。製片人用眼睛看不算。主要的，我看他還是用張得好大的嘴巴看。很實用的那種欣賞眼光。你會擔心那嘴巴裏的眼淚隨時掉下來。

令人非常好感，脫衣舞脫得乾脆，披風一甩掉，便簡單明瞭，進入佳境。但要說明那一身的衣裝，竟不是三兩句話可以透澈。

那你先假當這個日本徐娘——操他，你總不能侮辱人的把徐娘解作徐福之娘罷——穿的是一襲玄色的無袖旗袍（或說它是長馬甲也可以）。但卻有分教；旗袍太瘦，人又太胖，使兩側的脅下縫，從上到下都撐得綻線，裂有半尺寬也不止。怎麼辦呢？真是窮湊合，就用串球鞋帶子的辦法，長長的黑帶子，從脅下一路串下來，串到膝頭那兒打一個活結。這樣便把前襟後襟串聯起來，算得上很巧妙。只是仍然很寬的縫子，合不攏，兩側便都露出半尺那麼寬的肉。那肉被串來串去的帶子勒得一道道深溝，看來便是豆腐族類裏的素雞，或者廣東味的豬腳臘腸。

問題是穿的單掛號，這日本徐娘裏面不曾襯什麼褻衣。這且不言，眼看這根豬腳臘腸在發瘋的鼓號聲裏扭著，擰著，就情不自禁的把兩側結在膝頭那兒的活扣子解開來……

就照著這個路數表演下去了……

叫你說說，我操，你叫我們這位剛飲下甲魚血的製片家，焉得不用嘴巴來欣賞！瞧那副癡癡的虛脫狀態，無論你怎樣拒絕去想，仍然要聯想到火燒羅馬城的尼羅王，和他那隻眼淚瓶。想著該把它拿來，等在我們這位老闆嘴角底下接眼淚。

又來了一個人，給製片人折著腰見禮。事先沒有看到這個人怎樣穿過亂糟糟的桌椅之間走來的，使人覺得很唐突，好像這人一直是躲在桌子底下，瞅準機會一下子冒了出來。

老闆的臉色很不悅，瞌睡的樣子斜了那人一眼，目光又回到舞台上。

遭到這樣冷落，不知是來遲了，還是這人所瞅準的機會並非良機，只是仍還不識相的折腰侍候在那兒，聲聲的叫著先生先生的。

「素雞舞——妳看這叫素雞舞好是不好？」冒充我的那個鬼東西，在跟女祕書搭訕，自以為挺幽默的輕佻著。

素雞舞，哏，你倒也「素雞」起來，分明又是從我這裏偷去的，氣炸了人。盡打我這裏偷一把、摸一把，拿去諂媚。

女祕書對他的「素雞舞」，造作的淺笑了笑——只等於露露牙齒而已——立刻就又隨著閉口而把笑意收斂得乾乾淨淨，以保持她那種在老闆之外任何人面前的冰點。操他，這樣的被一個女人應付，你難道不覺得恥辱！想用幽默——低級——取悅取悅女祕書，討老闆的歡心？得啦，笨蛋，別惹出老闆的酸勁罷。再說同這種不解幽默的石女亮什麼鳥的幽默，操他，你是取辱；哪裏是取悅。

就如同素雞非雞，脫衣舞那樣煞費周章的作狀了半天，壓根兒沒脫，就那麼失信的收場了，算是吊足了飲甲魚血的人的胃口。

「一定是——」才來的那個人，湊近老闆的耳根兒體貼著。「信不信，姑丈？一定因為有警察在場……」

才來的那個人——操他，還把他看作等閒之輩呢，原來有這樣的瓜葛。來頭不小。

「那太煞風景了，我操。」冒充我的傢伙，忙著附和上去。

聽聽他這口氣，不活活就是口裏不乾不淨的我張琦成？難為他能摹倣你摹倣到這麼亂真的地步，也算可以了。操他，認了！你算是被這個無賴雞姦式的把你出賣了——死劉彥秋，我操，是他鬼謅的什麼雞姦不雞姦的。

「又到哪兒泡去了？」老闆看看錶。

「追這個劇本不是嗎？」

「追他幹嗎，不按時改出來，正好甩掉他。」

「姑丈也是點過頭的——」

「我們不興再搖搖頭！」

「當然，」做內姪的把個厚厚的本子送過來，等著老姑爺接下。「都是照姑丈的意思改的啦……」

我看這已是製片老闆不可藥救的毛病了，動不動就是改呀，改呀，別人都是要改的，單他做老闆的不用改。操他。

「怎樣，琦成，要借重你一下……」老闆抖著腿，輕鬆的說。

聽著，這口氣夠多不外。出自那張勢利的厚得好貪的嘴唇，簡單嗎？操他。我張琦成若不是一流的紅編劇家，他買你這個帳？沒門兒。

「承您瞧得起，嘻嘻……」瞧那小子脅肩媚笑的皺相，把你活活氣死。犯得著這麼奉迎麼，下賤！

「這個本子，是部好戲，只不過編劇的名氣不夠，所以嘛……」

「請問是哪一位？」現在都是他小子代言了，我是喊破嗓子也不作用的。

「這你也不必過問了——不過還是要署名的，白海，你不認識的——」

當然，豈止不認識，我操他，聞所未聞。

「所以嘛，要借重你一流編劇的名聲——張琦成，白海，合編，這樣就有號召力了。你的意思……？」

荒唐！分明這是拿我與張琦成去給無名小卒抬轎子，豈有此理！你小子要冒充我答應了，我可要你的狗命。

「公司當然不會白白借重你的名義。琦成，這個數——」豎起四根短短粗粗的手指。「買你在這個本子上簽個名。」

「天下沒有比這個更貴的名字了，」港貨導演幫著腔說。「真正的——貴姓大名。」

混蛋，我咆哮起來。我張琦成，不錯，賣的是這個名，但不是這個賣法……

「如何，琦成？」老闆從祕書小姐手裏接過筆和支票簿。操他，這是什麼鬼買賣！

「這是你閣下創了史無前例的……所謂……所謂……」

這個該死的倒流貨導演，幫兇，助紂為虐，把臭本子推到我——不，正確的說，推到冒充我的那位鬼東西面前。「破個紀錄罷，再光榮不過的。」一面這麼催著。

「不可以，不可以，不可以……」我狂叫著。

然而多麼微弱的呼聲；沒有誰理睬你發瘋。

「不過，劇本我是要看看的，好罷？」

這還像句人話。操他哥的。

「不必了，馬上開鏡。照著你閣下的人生速度，我們就別想活命了。」

豈有此理！嘿，夥計，你冒充我，怎樣都沒關係，這樣子像袁世凱被日本人強迫簽訂二十一條件的勾當，絕不可以。

老闆的派克筆，好似裝上餌的魚鉤，停在支票簿上打著轉轉等在那兒。

操他，你敢去接鬼導演手上的筆！我要你的狗命。你不信邪，就簽嘛——

「人，誰還跟錢有仇麼？」冒充我的那個鬼東西，居然說出這種鬼話。「分期付款的豪華公寓，正好還欠的這麼多呢，嘻嘻……」

你居然就簽了，我操，簽就簽罷，你幹嗎拿這樣的鬼話解嘲，出賣我張琦成到這種置之死地的地步，操你親哥！

一九七一年九月

破曉
時分
朱西寧

朱西甯隨筆
朱西甯 著
水牛文庫 33
水牛出版社印行

微言篇
朱西甯隨筆

曲理篇
朱西寧 著
慧龍文化公司

昨日・白六角

朱西甯（朱天文提供）

春城無處不飛花（台北：遠景，1976）

雙手捧著我的頭在胸前，我向前走著。

我謹慎的向前走，宛如進行著一種什麼禮儀。

母親，我回來了。妳所痛惜的亡女復活了。

頭捧在胸前，好像一種過了時的老式相機；從胸前我覘視我悲慟欲絕的母親。母親妳見我這樣回來，妳的驚異與恐懼，是在我的意料中。然而母親，妳不是痛切的絕望於無法以妳的餘年贖我生還麼？我回來了，妳也用不著償付任何贖價。因這是白白的恩典。

母親，收回妳的悲慟，因為什麼也沒有發生。並不是一切都成了過去；沒有，一切重又回來了，甚至一切放在前面，等著我們從頭來過。

母親，請妳不要那樣說，妳不能說我沒有頭。我有的，這裏就是，我的頭不過捧在手上而已。就像首巾是為了要戴在頭上而才縫製的，但是首巾拿在手上仍然是首巾。我隨時都可以把我的頭安裝回去。母親，請不要這樣；還要怎樣才能使妳相信呢？我隨時可以把我的頭安裝到妳所認為滿意的位置上。可是現在不行；母親，必須等妳信了，我方可那樣。我也並非像妳所心愛的白六角茶花那樣，堅持玉全，不願瓦碎。母親妳知道，茶花凋謝時，總是完完全全的整個朵子落下的，並不是一片片的花瓣飄散。我的頭，鐵不是輕賤的落花；即使妳所心愛的高貴的白六角茶花，也不是。

母親，妳曾悔恨過；妳發誓說只要女兒能再回到世間，妳一定萬事依我，甚至折妳十年陽壽都心甘情願。從昨天到此刻，妳口裏說過百遍，我全都知道。母親，用不到妳貼上十年的壽命，因為天主要恩上加恩，賜妳比十年壽命還更寶貴的永生的福氣。

我回來了，母親，妳還不信復活麼？我回到世間來，是為了天主賞賜了妳在世上永不能復得的一個昨天。妳一直所拒絕接受的恩寵，正就是妳所不能理解的時光倒流。人因不能重再獲得昨天，人才有了後悔。現在萬物的主宰把昨天賞賜給妳，凡事重新來過，這等恩寵不是未奉事天主的人所能獲得的。母親，求妳珍惜。天主一手把昨天給妳，一手把妳無益的後悔收回，再沒有比這更深重的恩寵了。

母親，請來罷，到昨天來。像修改一段文章一樣，讓我們重寫昨天。妳後悔把昨天寫錯了，甘願以妳的餘生來作贖金，切望塗改昨天而不可得。母親，妳是這樣的絕望著。但是天主體恤妳愛女兒的心雖然愚昧，卻是純真；聖母瑪利亞及一切天朝神聖的代求，免因我的被揀選而陷我母親於不義，天主便這樣亙古所未曾有的開恩了。

來罷，母親，現在我們又回到昨天的修院裏來。母親，不用擔心我的頭，我這樣捧在手上很好。我真喜樂，妳肯於領受天主的慈恩了，妳已不是那個錯誤了的昨天那樣，怒氣不息的衝進修院裏來。

母親妳看，這裏多美哪；一遍君臨著懸崖的白六角茶花。妳曾付了多少代價和心血，買了花匠那一棵，下心的栽培，終沒有活。可是這裏，母親妳看，怕沒有一百株麼。母親，只因妳不由分說，強要我回家，不然妳就要去跳白六角花叢後面的懸崖。母親，妳不曾容許我說一句話，我還沒有來得及告訴妳，我已在修院裏，就是大樓背後的花棚下面的一角，請了讀過園藝的何修女指導我，用一口裝砂的木箱，為妳插枝了十棵上品的白六角茶花。從七月間到現在已快五個月，活了六株，這已是何修女所驚喜的極高的成活率。母親，再過一個月，就可以移植到家中的庭院裏。我知道這會比孝敬妳什麼都更使妳歡喜。我必須感謝天主，如果他不賞賜妳這第二個昨天，我將永遠失去向妳盡這一點小小孝心的機會，母親妳也永遠得不到妳所夢寐思之的這種上品的白茶花，且是勃勃生氣的六株呢。

母親，等彌撒過後，我會領妳去看好像六位小修女的新苗。母親妳看，也許妳不曾留意，那懸崖邊口的一遍白茶花，在第一個昨天比現在稍晚一些的時候，被妳和我碰落的，以及自然凋謝的，落在地上整朵整朵的千層白六角，重又回到各自的枝梢上了。天主要時光倒流，那是從日月星辰到每一朵凋謝的白茶花，都必須回返第一個昨天的原位的。母親，妳會領悟這奇妙罷。主說：他將撇下九十九隻羊，去尋找那一隻迷途的羊。天主動上這麼大的一場工程，只為著免得揀選了女兒，而陷母親於不義。

母親，請妳不必那樣歉疚，妳不用再為那樣的事自責，妳走近來看看，一點點我從這裏跌落下去的痕跡也沒有。第一個昨天已然根本不存在了。

母親，我們站在這裏，可以看到修院的全景。母親妳看，何等的清靜和聖潔。縱然用世俗的眼睛來看，母親，妳要有多大的福氣才能把妳的么女嫁到這樣闊綽、美滿、祥和、這樣靠得住的好人家。母親妳該完全放心的，這個好人家裏，沒有更年期的婆婆折磨人，沒有likely心鬥角的妯娌和搬弄是非的小姑。妳請聽院長修女在誠誠懇懇的跟妳說，妳並沒有失去一個女兒，反而憑空得到這許多好乖好孝順的女兒。妳看，這麼多的修女姊妹，全都是妳的愛女，都會盡心盡性的孝敬妳。母親，請千萬不要再提第一個昨天妳說的那些氣話。母親，請容我跟妳說，妳怨我與其要做修女，當初還何必花費妳那麼多的心血和金錢去讀大學。是的母親，妳怨的對；然而我不是一覺醒來就做修女的。那是一種長期的釀造，我寫畢業論文的時候，也還不曾確切的立定什麼志願。而且，母親，妳供濟我讀完了大學沒有什麼不好。在這裏，大學文憑不是嫁妝，不是飯票，不是可以比高中生、高職生多拿一些俸給的資格。母親，妳是開明的一代女性，妳不是也曾慨嘆女孩兒家縱有多大的學問，也給廚房的煙火燒做灰燼了麼。母親，在這裏，學問就是學問，就是貢獻，多大的學問，就給人群服多大的務。不必說這一點點淺薄的學問了，母親，我若想奉獻出更有意義和價值的服務，我會靠著修會再去讀更多的書，受更高的教育的。

好啦，母親，我們進去罷，我還要去那邊樓上準備準備，為我發初願，我還有一些事要做，母親，文修女會照顧妳，所有這些妳的女兒，都會來伺候妳，一點也不要見外。真的，親愛的好母親。

我太歡喜了，母親妳已完全不是第一個昨天的那樣憂傷和憤恨。母親妳太好了，妳竟真的和女兒同沐主恩了。我這就把我的頭安放妥當，我要先戴上發初願前的白首巾。母親，請幫一幫我，讓我重回到還不會自己穿衣的童年，母親請幫我把白首巾戴好，後面的三片摺痕要調理整齊。我多喜樂啊，母親妳終於諒解了女兒。我要去了，我要去改戴發初願的灰首巾，就像新婦戴上披紗一樣。今天是我二度——不的；第一個昨天已不存在。確實的說，根本沒有過第一個昨天。母親，今天是個大喜的新日子，女兒發初願的一天，我將戴上託以終身的戒指——雖然這初願只以一年為限，一年屆滿還可以另做選擇，但我無法想像一年之後會退出修院，除非發瘋。我多麼信得過這一年不啻是一生。我要終此一生的奉事無始無終的全能者天主；且是在慈母的愛裏，母親將心甘情願的從她慈懷裏把她的么女獻出，天主必更悅納這樣完美的獻祭。

至於我的頭，母親，安放回來與否，並沒有什麼分別；因為奉事天主，不是用我們的頭，是用我們的心。沒有頭的順服，方是徹底的順服。母親，生命的奧祕，豈是用我們的頭可以撞開的？人要追索生命的源頭，豈能不從肚臍開始哪，豈能無視於肚腹的原始需求哪。人的頭從不曾給自己造出雙至的福，卻徒然貽下從不單行的禍。母親，妳是始終用頭來理解天主國的，那是徒勞的，緣木求魚的。母親，單是這無常的禍福，妳能理解嗎？

我從樓上窗口，看到聖堂的落地玻璃門口裏母親的一點點背影。那是母親，再也熟悉不過的影像如同我極易敏感到天主的榮光一般，我是極易敏感到母親的存在。想想，一個襁褓中的小小生命，眼瞳還不曾聚光到辨識母親的容貌時，便已在混沌裏去捕捉那給他以安適、飽足、愛悅等種種美感的一團團暈染的色彩。不會思不會想的乳嬰，混沌未開，還不曾懂得母親的意義，便已從那個天地玄黃的遠古開始癡癡的追尋那些色彩的動靜，癡癡的凝注那個影像，即便是一絲氣息也不放過……那就是母親。

願聖堂裏的靜謐，給妳撫慰，母親。

我在讓今天也要和我發初願的同時，一道舉行穿會衣入會的小姊妹幫我檢肅衣飾。一面我在練習著等一刻就要在主教面前道出初願獻詞。原已很熟練了的，卻又顯得有些口生了。真是奇妙的新事；第一個昨天既不存在了，便連那已很熟練的默誦也被收回。

真的，很生口了，我×××修女，茲願依照聖奧斯定規章，及本會會憲，在童貞聖母瑪利亞台前……我默誦著。我知道我可以把這張寫著獻詞的單子帶著，讀是被允許的。但我不要那麼偷懶，只有一百多個字罷，我要用最自然的，最能表現出我的真誠的日常語氣背訴出來。第一個昨天，我就曾好流暢，好溫柔的背出過。我要數一數到底多少字……

母親，妳卻不知道我們這位小姊妹，她和她的一家人倒有多麼幸福。她不過是入會而已，僅僅初學的一個起步，母親妳將看到，她的父親，母親，她的四對哥哥嫂嫂，甚至她的舅舅夫婦，她的表親和姪兒，全都來了，真像赴喜宴一樣。她不僅是和我一樣的么女，且是獨生女，真如成語所說的——掌上明珠。第一個昨天，妳不曾看到罷，妳不願進到聖堂裏面。母親，這第二個昨天，妳將會在家屬席上，看到她們差不多占了五張長椅。母親，他們——除了那一對舅父夫婦，他們原都不信天主的，可是他們樂意接受他們並不懂得的恩寵。母親，福氣給妳時，是不要妳去懂得的。妳將在家屬席上，看到他們並不如信徒一樣的跪拜。但他們這個家族，會很樂意的從善如流，把他們的頭取下；因為他們謙卑。他們只懂得一點，人，實在沒有什麼可足自恃的，可足驕傲的。那是個看來土土的家族。

然而我們從外觀上能得到什麼呢。也許我們從根底上就欠缺一種穿刺外觀的能力。

母親妳將看到這個家族。他們是個中產階級的家庭，一個小鎮上被多少鎮民所愛所羨的望族，可是他們仍是周身的殘缺；至少在他們的下一代的孩子身上，反應出這種殘缺。我們這位就要穿上會衣的小姊妹，真是從不知玻璃暖房外什麼風雨的滋味。可是隔著一層透明的四壁和房頂，外間的風雨並瞞不過她。為何我不能投身到那風雨裏去？那就是她的殘缺之一。母親，別瞧不起她小小的年紀，她從一次一次的避靜裏，得到的真的是驚人的豐碩。我有什麼是我自己可以做主的呢？她有千百個反省。已經是大學學院的學生了，還必須接受父母重託的親戚像領一個幼稚園小班的孩童一般的親送她到修女會創辦的學生寄宿舍裏，宿費由親戚代繳，行囊由親戚代提著送進寢室，面盆和漱口杯和衛生紙種種，由親戚往返的去採購了送來。親戚要為她向管理事務的修女問清楚，然後領著她看飯廳在哪裏，浴室、廁所、洗衣台等等在哪裏。真的是不能再嚴密的周到了。嚴密的玻璃暖房時時被細心的檢查著，不可有一絲絲的裂紋，破損，嚴防著一絲絲的風雨掃進來。

真的是天之驕子啊，中國的孩子們。就是那麼嬌生慣養的被無窮無盡的造福著。

這和我們用筷子有關係。

我們曾為此認真的討論過。母親，真的是好，我們在一點點的去禪悟。不能夠有我們自己，這是所有的中國孩子共享的殘缺。我們一切都被包辦了。

請繼續發言，說透一點妳的筷子文化論。

我想，使用筷子的年齡要比使用刀叉的年齡遲得多。這也是說，中國兒童使用餐具，在發育上是晚熟的。我再進一步的說清楚些，中國兒童在會使用筷子之前，必須仰靠大人來照顧他進餐。中國兒童被照顧的時間久，自然而然的就養成了倚賴。

如妳所說，妳可曾想到還有其他使用筷子的民族？

我想到的，還有日本，還有韓國、越南、一些南亞民族。他們當中且也有比我們稍具獨立性的，那是因為我們愛熱食，愛湯食，在我們學會使用筷子之前，我們沒有辦法徒手進餐，獨立生活不起來。無論如何，筷子民族總是比刀叉民族的兒童缺乏獨立人格。這種殘缺延伸到少年、青年，甚至於成年。

是否我們有餐具革命的必要呢？

不是那樣。我只想說明，我們不能夠擁有完整的自己，早在開蒙之前就已經開始接受一種軟體教育，我只是做一個說明，希望不要節外生枝，把問題分散了。如果現在我還繼續下去我的家庭生活，必定我還在被包辦著，囊括我所有的飲食、交友、服裝、旅行、看病，乃至我的讀書、職業、擇偶，一連串下去的終身大事……

母親請聽這個比我還小的女孩的；那樣美滿的家，給她那麼無微不至的照顧，卻毫無辦法救平她的心靈上的殘缺。她要把心事訴說給母親，但她非常清楚那是跟一個盲人去討教怎樣挑選衣料花色。她曾多次去努力，實驗，結果總是歷歷不爽的討來了沒趣。父親則是一顆遠天的星，和女兒之間要用光年去計算。對她的心事而言，父親是個聾子。好一個美滿的家，好一個殘缺的女兒。實在那不是奢求，只想有一個完完整整的自己。母親，真的，實在不需要妳怎樣為難，就像我們做孩子時，妳很忙的時候就順手拿起一個物件，不一定是玩具，塞進我們小手裏，自己去玩！我們就不再鬧妳。母親，妳要操心的事體太多了，再說一聲，自己去玩！真的無須妳為難，我們就會快快樂樂的跑去我們自己的世界裏去。

我繼續背誦我的獻詞……

我數了，獻詞，不過七十二個字，我一定要重新把它背熟。雖然我曾背熟過，但那個能力已隨著第一個昨天也取消而不復存在。不過我想，我仍然要感謝的，如果不是這樣，我將永遠不知道我的初願獻詞到底多少個字。

可珍貴的時間到了。我們下樓，我心中默默的背誦，在可敬的主教面前，於聖潔的修女會總會長手中，敬向全能天主，誓發貞潔、守貧、聽命、聖願，以一年為限……我們下得樓來，我們兩個輕輕的走進聖堂，一步，一步，走在肅靜裏。

彷佛這是一條永遠走不完的路……是否沿途承受了太多太多的祝福，使我們如同超載的車輛，任重道遠的不知所終。母親，我聽見了妳的祝福——也許我該說，我是相信妳在為我祝福。我們一步步緩緩的向前走著，我想到母親妳的抱怨；我說過我不是一覺醒來，突然的要做修女。在靈修的長途上，母親，我是這樣一步一步走來的。我不能預期什麼時辰方始聽到天主的召喚，但我終於親耳聽到，在臨畢業的時候。那麼，我的腳步加快了，我真是飢渴啊，彷佛剛剛斷奶的幼兒又發現母親心軟的解懷了，就那麼喜出望外，跌跌衝衝的奔向前去。但我知道，母親，妳現在坐在家屬席上，妳不會再抱怨了。

母親，妳已看到我們這位小姊妹了罷。妳看她乍乍的穿上會衣，她多美呀。妳也看到她土土的，龐大的家族了——那仍只是她整個家族的一小部分呢。不管怎樣，那是令人羡愛的。

然而母親，我不用再像第一個昨天那樣，不用羨愛人家。我已夠滿足和感恩的了。母親妳既肯進到聖堂裏來，同享這樣新得發光的日子，我已一無殘缺。而且我要落淚了，因我瞥見妳拿起詩本，妳在翻閱。我知妳是在找十七首聖詩，是我不敢夢想的那麼美好，我為我豐盈欲滴的幸福，我要落淚了。

母親妳聽這聖詩多麼和悅，萬有之主，聖心憂傷；萬物皆是他的，獨還缺我這隻羔羊，主在呼喚，主在尋找；只因憐我沉淪，獨我是主所愛珍寶……這是天使的頌讚，迴響著天主綸音，妳必會動心的。母親，妳不用開口，妳靜靜的聆聽就好。

這是我生命中的良辰，母親請看妳的愛女，妳在取消了的第一個昨天所不曾親睹的，看我走向祭壇，看我跪至主教的腳前，母親，實在的說，這是母親妳的奉獻，妳把妳的愛女做了燔祭，獻給無始無終全能者天主。我要發一年為限的初願——雖然在我，總覺得這期限未免太過謹慎。在我，似和終身之願沒有什麼差異。我不能想像一年後會有什麼樣發瘋了的反悔。

我低誦著獻詞，我被自己溫柔的聲音深深感動著。母親，我知妳一定會被感動的……

我的眼前好似被蒙住一樣的，只見著主教繡金的白緞袍襟，我的視界裏別無他物，我在準備著一顆虔敬的心，等候那一枚戒子。那是駱駝要穿過的針孔。母親，我等待得夠久了；不管那駱駝是否希臘的繩子，抑或那針孔是否伯利恆的一個窄小的會堂門，但我知道欲戴上這枚戒指總不容易。那個取消了的昨日，我便不曾戴成。母親，請不用介意；那個昨天已不存在。此刻，重要的這個良辰，母親妳已看到神父取來了戒指，他交給了主教，我的手伸向主教。啊我飢渴的手指，就將大有福氣的得以飽足。母親妳看見了嗎？戒指套上我的指尖，怎麼會有這樣的緣分哪，我——哎呀，母親，妳為何忽然這樣的尖叫……

主教——不，天主，我怎麼辦？我的背後起了騷動，我母親厲聲高嚷，她要索還她的女兒。不成，母親，女兒只是妳的女兒，卻不是妳獨占的一個私物，母親，求妳，妳已經領受了這第二個昨天的恩寵，妳已經寬容了這麼許多，求妳忍耐……

可是母親已經奔出聖堂，我聽得出來。母親妳難道還要重複第一個昨天的那場悲劇麼？主教，請容許我去挽回我的母親，不然她將從那遍白茶花背後的懸崖跳下。但我不會以毀壞我的初願去和母親交換俗世的條件，我會求回我的母親而不給她任何保證。

主教給了我一個垂允的手勢。

感謝主教，感謝你的寬容，感謝天主的悲憫……

我轉回身來，我看見修女們擁住母親，在央求母親。我匆匆的把戴在第二指節的戒指撳到指根，我提起裙襟，快步的走去。母親，母親，我快步穿過長排椅間長長的甬道，母親，我泣傷的呼喚著。在聖堂門外，我抱住母親。

請聽我說，母親，不要，千萬不要。我們不能再有第三個昨天了。天主用第二個昨天，替我們贖去了後悔，母親，我們為何還要輪迴的再造後悔。

母親妳不能那樣說，天主不是一個獨裁者；他給妳機會，甚至將時光倒流，等待妳的自由選擇。妳曾經在第一個昨天，選擇了錯誤。這第二個昨天，母親，妳為何還要重複哪？母親妳豈不發誓過，甘願折妳的十年陽壽，贖我復活。妳的那些誓言，是否認定了我不可能復活，才那樣放心的發誓？我不敢說那是虛偽的誓言，但母親妳在第二個昨天裏，妳的反悔證明了誓言的虛偽。母親，妳不能夠食言，因妳說若是我回到世間來，我要怎樣，妳全都依我。不，母親，妳要以墜崖而死，來逼迫我退出修院，怎麼可能？我不認為這兩者之間能拉扯上什麼牽連。不，那是母親妳借來的說詞；天主不曾要妳折十年或更多的陽壽，我便已經回來了。他是白白的施捨給我們倒流的二十四小時的時光，絕不向妳索取一絲絲的代價。不，母親，請聽我說，天主既賦予我們與生俱來的自由，便絕不為任何堂皇的理由而收回。因此，他絕不逼迫妳選擇什麼，他只給妳機會。求妳，母親，求妳珍惜誰也不能侵犯的自由。

母親，母親，妳不能再後退，妳知道那裏的危險，妳已碰落了許多白六角的花朵。母親，妳再後退，就要退到第一個昨天裏去了。母親請看我的淚水，請看我天下最美的戒指，妳千萬不要再後退一步了，請看我為妳準備的六株上品的白茶花苗。何修女，文修女，請幫助我，還有院長修女，請妳們把我的母親留住，帶她離開這裏，我已經阻止不住我執拗的母親了。哎呀，我的腳站不住……

我腳下的崖頭鬆陷——不，它是坍塌了，完全是第一個昨天重演，啊，母親，我親愛的母親……

我從懸崖上失足落下，頭上腳下的滑翔……

風，飛迎著我。風成一股起起落落的流線，我在其上沉浮著滑行……

我的會衣化為蝶翼，噗噗的展翅飛升……

在我翱翔著的四周，我只見千萬朵如星辰，如雪花的白六角，繞行著我，繽紛著我……

我俯瞰下去，迷茫的紅塵裏，猶見我母親仰望的淚臉。母親，這總是莫可奈何的。我愛妳，母親；而我更愛完全歸屬我自己的這個羽化而去的我。我，得到了我自己的生命……

一九七三年九月八日

附錄一

畫夢紀

——朱西甯的小說藝術與歷史意識

王德威

傳道者專心尋求可喜悅的言語，是憑正直寫的誠實話。

《聖經》‧〈傳道書〉[1]

從一九五二年的短篇小說集《大火炬的愛》到二○○二年的《華太平家傳》，朱西甯先生共出版了二十部中短篇小說集，七部長篇小說，及六冊散文集。他的創作歷程長達半個世紀，每個階段無不見證台灣文學發展的轉折。他對文字事業的精心專注，他對生命信仰——美學的、政治的、神學的——的虔誠事奉，還有他所引領出的家族、門生創作隊伍，早已是文學史的一頁傳奇。

朱西甯的文學啟蒙早於一九四二年。抗戰烽火不能中斷一個少年的文學嚮往，而一冊張愛玲的《傳奇》儼然開啟了他以後數十年的緣法：「我開始戰慄如一個初臨戰場的新兵，拿起了我的筆。」[2]但在亂世中創作，談何容易？一九四九年朱西甯投筆從戎，隨軍來台，一直到七二年才提前退伍。他的盛年，多半投注在保衛台灣上。與此同時，他寫作不輟，而且頻創佳績。今天我們耳熟能詳的作品，如《鐵漿》、《破曉時分》等，都早在六〇年代初即已寫出。

在《華太平家傳》出版前，識者評論朱西甯的成就，基本著重他早期的作品。他的軍中體驗，鄉愁情懷，還有他的反共信念，為他贏來了諸如「軍中作家」、「懷鄉作家」、「反共作家」等稱號。這些稱號在彼時也許無傷大雅，然而時移時往，卻沾染了揶揄甚至負面的意識，久而久之，連作家本人也在乎起來了。[3]

為作家貼標籤、排座次當然是文學史等而下之的做法；朱西甯的成就也的確不必局限於此。弔詭的是，台灣當下的文學加政治如此粗暴專斷，乃至以自噬其身為代價。在朱西甯一輩的作家已被排擠到典律的邊緣之際，眼前無路想回頭，那些曾讓朱本人都敬謝不敏的稱號，反而成為我們進入文學史論辯的新據點。我以為，「軍中」、「懷鄉」、「反共」正是朱西甯小說藝術得以成其大的基礎，而這三個稱號所投射的一段台灣歷史及歷史想像的因緣，尤其值得我們深思。沒有戰亂，何來軍中？沒有流離遷徙，何來懷鄉之思？而國共（乃至獨共）的對立，更貫串了二十世紀中國政治、倫常義理的激烈思辨。所謂中國「現代性」的糾結，自此方才浮現。

本文將分為三個段落。第一，我以「軍中」、「懷鄉」、「反共」三題，對照朱西甯的寫作志業，並重新辯證其美學及歷史意義。第二，我就以往對朱西甯作品寫實主義／現代主義的觀察，提出個人看法。我以為儘管六、七〇年代之交，朱有意回應了方興未艾的現代主義實驗，他的「現代」感卻未必僅來自於斯。反而是他早期及晚期的「寫實」作品，才更值得一觀。第三，我以為朱西甯的歷史寄託，最終以極個人方式美學化、神學化為一創作——甚或創世——寓言。五十年倥傯，總成一夢。但對於像朱西甯這樣虔誠的基督徒而言，這「夢」卻不必是虛無之夢，而是參看現世，通往神恩的方便法門。早在一九七〇年朱即有《畫夢紀》問世；一九八六年又寫《黃粱夢》。但身後出版的《華太平家傳》才算是他的詳夢之作。《家傳》不妨就是一本夢書。

1

朱西甯以私淑張愛玲開啟創作事業；張參差對照，不事「飛揚」的美學，自始就深植在他的信念中。然而朱卻響應了時代號召，從軍入伍，之後竟以「軍中作家」行世。此中的張力，不言可喻。在講究一個口令、一個動作的環境裏，作家要如何「參差對照」？創作究竟是任務，還是「天才夢」？更重要的，國勢如此危疑不安，軍人枕戈待旦唯恐不及，何以有閒推敲紙上文章？[4]

時代的造化不由得我們不承認，五、六〇年代海峽形勢儘管劍拔弩張，殊死決戰的場面畢竟少見。在等待戰爭的空檔，一批年輕的作家應運而生，而且各顯神通。在那樣的時空裏，他們化不可能為可能，其實是台灣文學史應當引以為傲的現象。朱西甯是這一現象的部分。他在國家使命與個人藝術間的擺動，從最早的《大火炬的愛》（一九五二）到退役後才完成的《八二三注》（一九七九），歷歷可見。唯一不變的，是他對一種紀律的追求。他從事寫作的堅誠恆毅，不禁讓我們想起《八二三注》中，那個天天清晨跑五千公尺的「長人」營長；不急不徐，一以貫之，即使八二三砲火最猛烈的日子，也不例外。[5]

軍中作家的題材，毋須僅局限於軍中。正因為身處暴力與非理性生活的核心，作家反而對生命中「惘惘的威脅」，有了更深刻的體諒。一九六七年，張愛玲回應朱西甯致贈的《鐵漿》，饗以《張愛玲短篇小說集》，題記「給西甯——在我心目中永遠是沈從文『最好的故事』的小兵」。[6]張不愧慧眼獨具。她提到沈從文及其小兵故事，不啻將朱西甯的境界陡然放寬。沈從文十四歲至十九歲隨軍閥隊伍轉戰湘西。他雖然在離開軍隊後，才致力寫作，但六年的行伍經驗始終是他作品的重要母題，從《我的教育》到《邊城》到《長河》，莫不如是，謂沈為「軍中作家」，誰曰不宜？[7]

但朱西甯不同於沈從文。沈是在遍歷軍閥戰爭最殘酷的血腥後，轉而創造了自己靜定的世界。朱西甯卻是在漫長「等待」流血的過程中，琢磨（乃至消磨）對戰爭的感知。試看《大火炬的愛》，習作意味雖濃，但一股悲憤急切的情緒躍然紙上。二十八年後的《八二三注》，則可見相當不同的寫作策略。朱視這場一九五八年的戰爭為台灣生死存亡的保衛戰，但下筆卻有意避開制式寫法，轉而專注於「性情的真實」。張愛玲式的調教，依舊隱約可見，但胡蘭成那套把驚險化為驚豔的哲學，才更有以致之。八二三的漫天砲火於是成為一場「止戈為武」、「以戰練兵」的思想操練，一種滿天花雨的「自然」風光。[8]

就書論書，我不認為《八二三注》是朱西甯最好的作品。它呼應胡蘭成式的明豔「正氣」，反而架空，而非叩問，任何戰爭作品所不能不觸及的無明與殺戮。[9]但這本立意去掉火氣的戰爭小說，卻是台灣軍中文學的轉捩點。等待反共三十年了，等到領袖大去，美匪建交。當年熱血從軍的少年，都白了少年頭。這場聖戰最後的敵人竟是時間，是青春肉身的漸漸衰靡。《八二三注》的核心講的其實是個子承父業的故事。它的敘事不論多麼處變不驚，甚至多麼如朱所謂的「安穩」、「可愛」，揮之不去的是世代接棒的憂疑。朱西甯之後，我們所見的是眷村子弟文學，是老兵文學。三十功名塵與土，八千里路雲和月，軍中作家的感喟，可以若是。

即使在作為軍中作家的盛年，朱西甯最優以為之的是鄉土小說。他隨軍渡海來台，不能忘懷的正是去國離鄉之痛。發為文章，在在可見沉鬱睽違的深情。依此線索，晚年的《華太平家傳》仍然可以視為找尋救贖之作。

我在他處已曾論及，鄉土小說是現代中國文學最重要的課題之一。它不僅反映一代中國社會結構的變動，也坐實了一種文類——寫實／現實主義——的基礎信念。原鄉的渴望往往與原道的憧憬相隨而來，彷彿召喚了鄉愁，也就得以回歸那安身立命的真理與真實。但我也一再強調，所謂的原鄉，未必只是地理與籍貫的指涉，也有其想像欲望的層面：唯有歷經（或預見，擬想）鄉土的失去，才有了鄉愁的悵惘，才有書寫鄉土（以及回歸鄉土所投射的道統）的衝動。由家鄉到遐想，這一後設架構，可以謂之「想像的鄉愁」（imaginary nostalgia）。[10]

鄉土小說的寫作，由魯迅首開其端，至三、四〇年代成為文學大宗，作家如沈從文、蕭紅、吳組緗、沙汀等都各有所貢獻，而左翼作家藉用鄉土意象，號召「原初的激情」（primitive passions），也一樣引人側目。[11]朱西甯接續了此一傳統。他收於《鐵漿》中的小說，狀寫家鄉種種，細膩傳神，就算未曾親歷目睹，也烘托出濃郁的、理當如此的迫切感。而藉著懷鄉的姿態，朱更要一抒憂國感時的塊壘。這在他日後的自剖中，均一一托出。[12]

六〇年代以來，台灣以本土是尚的鄉土文學逐漸興起。在黃春明、王禎和等人崛起之前，朱西甯（和他的同儕如司馬中原、段彩華等）的位置已然確立。他在鄉土論述由「思故土」到「念本土」的轉換中，扮演了關鍵角色。但朱西甯對鄉土的興寄，顯然更有甚於地方、國族色彩的描摹。前此我已指出，朱西甯搬演鄉野景觀，使之成為人性掙扎、欲望消長的舞台。從《鐵漿》、《狼》到《旱魃》都可為例。「凋敝動盪的村鎮，固使朱常興天地不仁的浩嘆，但不能阻止他探勘人性深處的善惡風景。」[13]他的鄉土小說因此絕不止於懷念故土而已；它間接透露了小說家（及讀者）詮釋、超拔歷史環境的不同敘事手段。在這一方面，他的宗教信仰應發揮了重要的中介功能。

對於切切要以鄉土書寫來檢驗政治認同的評者而言，朱西甯的題材、風格也許不足為訓。這些評者就著鄉土指認國土，其姿態的僵硬跋扈，一如他們所要批判的三、四〇年代「中國」鄉土作家。我無意為朱西甯過分撇清；他的鄉土信念畢竟也其來有自，而在七〇年代鄉土文學論戰中，他也曾發聲表態助陣過。[14]但有鑑於《華太平家傳》的出版，我們終應了解，越到晚年，朱所在乎的豈只限於此岸彼岸的分野？文字才是他最後的原鄉。[15]《家傳》的寫作始於兩岸開放探親之後，那無可捉摸的鄉愁反而愈發似近實遠。朱西甯窮十年之力，數易其稿，為華族世家作傳，與其說是藉文學寫家史，不如說藉家史來「寫」文學。懷鄉作家的最後一程，是回到千百頁的紙上文章。朱西甯不必是批評家。但他的懷鄉寫作，出實入虛，反而直透前所謂的「想像的鄉愁」最深沉的一面。

朱西甯又嘗被稱為「反共作家」。這一稱號望之堂皇，卻不無貶意。原因無他，文學理應為自完自足的美學、倫理事業，何能與意識形態掛鉤？朱對此的不以為然，當然可以理解。但我曾辯論，「反共文學」雖有其歷史局限，卻不必總是淪為口號或應命文學。恰恰相反，正因政治及理念的前提如此勢不可遏，它反能驅使作家窮極生變，發展另類的創作方式。其極致處，可以肇生千言萬語，即用即棄的虛無八股；也可以肇生尖誚激切，捨此別無其他的血淚控訴。兩者都包含了一種詭異的，存在主義式的敘述姿態。[16]

朱西甯少小離家，歷經抗戰剿匪，他所懷抱的國仇家恨，自然使他下筆義無反顧。但朱的反共竟有一層審美思考，這就使他異於多數同儕了。而他的反共繆思不是別人，正是張愛玲。朱曾娓娓敘述初讀張愛玲的《秧歌》、《赤地之戀》的震撼。對他而言，張的反共，「遠遠的超越了單純的政治態度、仇恨態度……不唯愛著那些受苦的善良的農民，更給予那些一樣被迫害的共黨幹部們的悲劇命運以崇高的憐憫」。[17]不僅此也，朱更認為「『反共』毋寧是局限了她的境界」。張的悲憫，甚至讓朱聯想到「基督的人格」；被釘上了十字架猶自「呼求：『父啊、赦免他們，因為他們不曉得他們在做什麼。』」[18]

朱西甯就此揭露了他的反共心事。循著張愛玲的路數，他推出了反共不等同於愛國的結論——「用民族氣節之類來丈量她的境界，顯然是以小乘去界縮她的大乘」，所以張的《秧歌》與《赤地之戀》找不出「一般的習慣概念所期待的那種所謂的愛國情操」。[19]張的反共真諦，來自她的「民族愛心」，「那樣純純粹粹的中國」。[20]這是相當美學化的結論，細細研究，與彼時當令的官方反共論述貌似而實異。寫此文時的朱西甯（一九七一）應尚未親炙胡蘭成的學說，但我們已然看出張、胡兩人可能在他身上交鋒的痕跡。我以為張愛玲的反共文字之所以驚心動魄，其實來自於她刻意規避「民族愛心」。她的「缺乏愛心」，她的「自私」，反而參差對照出「那樣純純粹粹的中國」。[21]但朱西甯所心儀的張愛玲如此大中至正，似乎更趨近胡蘭成的理想，也無怪日後兩人一拍即合。

胡蘭成的反共願景以「文明劫毀，王道好還」為重心，遠遠超越，或逃避，國家論述。[22]有意無意間，他將朱西甯的想法更加審美化，形上化。但儘管胡的反共形上學如何明媚流轉，總予人託空之感。此無他，他信的是「大自然的五基本法則」，是靈通息感，或不客氣地說，是他自己。相形之下，朱西甯除了張愛玲（及胡蘭成）之外，更有堅實基督教教義為其反共辯證的後盾。前引「基督的人格」一例，可以為證。以有神論對抗無神論，朱的美學寄託最終導向一終極神恩皈依，他的反共也自然不能囿於狹隘意識形態的鬥爭，或神祕的胡派學說。他毋寧是以傳道人的姿態，由言語彰顯人心唯危，兼之祝願天啟。也因此，他的《華太平家傳》可以視為他回溯現代中國來時之路，總結——或預設——反共史觀及宗教信仰的最後表徵。

2

在近年有關朱西甯的論述中，常被涉及的話題是他創作中期風格上的轉移。閱讀朱的作品，尤其早期傑作如《鐵漿》、《破曉時分》等，我們不難看出他描寫世路人情的深刻與世故。他之被列為「寫實」作家，可謂良有以也。自六〇年代中起，朱的風格有了明顯變化。從《貓》（一九六六）到《春風不相識》（一九七六），約有十年左右，朱將他眼光轉注於現代社會的浮光掠影，筆鋒也顯得靈活多姿起來。創作者感時觀物，推陳出新，原是常態。朱西甯一向注意文字形式的錘鍊，他力圖超越現狀，並不令人意外。與此同時，台灣鄉土與現代文學之爭已漸浮上檯面。面對後起之秀的種種實驗，以及社會環境的變化，朱所做的回應，點明他不願缺席的心意。

於是有了像《貓》寫青春心事，《畫夢記》寫欲望與藝術糾結這樣的小說。在短篇作品裏，〈治金者〉探勘人性風景的險惡變幻；「羅生門」式的多觀點敘述，瓦解真實或真相的承諾。〈蛇〉以內心獨白方式，托出心象與物象間的差距。至於常被討論的〈現在幾點鐘？〉

則直指當下時間的焦慮，浮世男女的無所寄託。還有語言溝通的疲憊玩忽，更是不折不扣的現代主義風格。

近年力圖讓朱西甯趕上「現代」列車的努力，可以見諸張大春〈那個現在幾點鐘——朱西甯的新小說初探〉一文，以及朱天文為《朱西甯小說精品》所寫的〈導讀〉等。張認為朱西甯反寫傳統小說的情節、主題、人物的成規，激進處甚至早於王文興。「小說不是寫他的奇遇而是描述創作本身的奇遇。」[23]而朱天文以家人及同業的眼光，也驚異朱西甯能把「無聊寫到讀起來津津有味的地步，以致有這樣敏銳逼近當代的時候！」[24]這些評論當然言之成理，朱西甯的一番苦心孤詣，總算不被埋沒。但我以為比諸當時作者的百家爭鳴，朱的努力仍有其限制。以上所被表揚的幾部作品，到底還太容易讓我們看出「現代主義」的標籤痕跡。〈冶金者〉令張大春聯想到芥川龍之介的〈竹藪中〉，而〈現在幾點鐘？〉隱然與林懷民的《蟬》一類的作品呼應。大部頭的小說如《畫夢記》，意圖藉四個女性探討四種接觸欲望與藝術表現的方法與局限，則顯出力不從心之感。

朱西甯向現代敘事法則靠攏的例子，讓我想起了前已論及的沈從文。三〇年代中沈已憑《邊城》等作，成為鄉土文學大家。一九四一年沈任教於西南聯大時，寫出《看虹錄》。此作以一流動的敘述聲音，描寫主人翁如何在雪夜讀到一本奇書，如何因此進入一個浪漫（想像）情境，又如何在男女情挑中引出一則獵鹿的欲望寓言。故事結尾，敘事者發現所讀之書已化為灰燼。而一切不過是「一個人二十四點鐘內生命的一種形式」。[25]我們不難想見寫《看虹錄》

時期的沈從文，對生命現象的焦慮（戰爭只是其一），對理性主體的反動，以及對文字傳達欲望、意義的高度猶疑。沈未必有意識的與現代主義對話，但他顯然明白非大破無以大立。《看虹錄》之後數年的作品，如〈水雲〉、〈青色魘〉等，都是這類努力的結果。而《看虹錄》的情欲描寫，竟引來郭沫若「桃紅色作家」之譏（一九四八），間接導致沈四九年春天自殺未遂事件。[26]

但我仍以為沈的現代主義試驗淺嘗輒止，無以讓讀者看出他的潛力。這裏也許有識者所謂土法煉鋼，事倍功半的問題。我倒覺得，如果「現代」的基本定義是打破成規，自抒新機，自為的創造其實遠勝於對外來風格——又一種成規——的刻意追求。對此我在論晚清小說「被壓抑的現代性」中，已經有所申論。[27]但另一方面，「現代」之所以成為一種風格，甚或一種主義（！），必定有其歷史動機。對此創作者可以無所會心，但評論者則有義務再加以觀照。我以為沈從文的成就，並不取決於他是否曾寫過現代「主義」的作品，而更在於作為一位「現代」作家，他的現代意識如何顯現——即使在他運用看似安穩的寫實傳統時，他所流露的「歷史的不安」，[28]已經鬆動了那看似地久天長的現實基礎。[29]

沈從文的例子促使我們在更寬廣的架構中，重思朱西甯所具有的現代意義。他被籠統歸類為寫實小說——尤其是鄉土寫實小說——的作品，有許多精采片段遠遠超過「那個」〈現在幾點鐘？〉。如果現代性的要素之一，來自於對時間（歷史）順序崩裂的深刻體認，那麼試看

〈破曉時分〉，我們不禁要說這豈不是一個隱而不彰的〈現在幾點鐘〉的故事？這一故事有其原型，與宋話本〈錯斬崔寧〉、明擬話本〈十五貫戲言成巧禍〉一脈相承。故事裏的小商人因搭救一位唯恐被夫所賣，寅夜出逃的小妾，陷入陰錯陽差的冤獄。到了朱西甯手裏，古老的「說話人」聲音不復得見，代之以一初出茅廬的年輕衙役的敘述。在混沌不明的夜盡時分，在迫供喊冤的嘈雜聲中，年輕衙役見習了他官場的第一課。

我們可以把〈破曉時分〉當作一個啟蒙故事來讀，[30]也可以就角色的內心衝突，或故事所揭露的不公不義，論述此作的心理或社會寫實意義。但〈破曉時分〉之所以讓我們震撼，更在於朱西甯對人之所以為人，對人與荒涼也荒謬的命運間的糾結，所做的無情剖析。情欲、生殖、嗜血、死亡將人性降低到生物的本能層次，而另一方面，層層制度禮法又形成另一種人間存在的殘酷條件。破曉時分，天地幽冥，一場誤判生死的官非重演了最原始的代罪儀式。作為讀者，我們無言以對，「啟蒙」與否，正是不談也罷。只要比較此作宋、明的前身，朱西甯的「現代」位置，立刻跳脫而出：這個故事最終要追問的，是人在時間的一個模糊焦點上，對生命的有限領悟，以及隨之而來的無限惶惑。

循此我們重讀《鐵漿》裏，孟昭有喝下滾燙的鐵漿，以肉身作賭注，為兒孫爭得家業，就不能不惑於其中的勇氣與荒謬。柯慶明教授論〈鐵漿〉，謂其充滿了「血性人物」與「命定環境」的悲劇氣息，確是一針見血之論。[31]再往前推，我們則可見人作為一種經濟動物，與環境所鑄造的命運之輪（Wheel of Fortune）間，所做的種種交易。孟昭有為兒孫犧牲，未料千萬家財還是被兒孫輕易敗光。他機關算盡，逃不過生產模式的轉變（火車取代了人力運輸），也逃不過一種名叫「現代」的機器神（deus ex machina）吞噬。他的生飲鐵漿成了人與機器相爭，最尷尬的時代見證。

一九七〇年，就在朱西甯實驗現代主義文字同時，他推出了《旱魃》。這部小說講述了一則信仰與救贖的故事。小說的主人翁唐重生作惡多端，娶賣藝女子秋香後竟一改舊習，皈依基督。唐末幾遭暗算而亡。其時天旱不雨，村人疑唐已遭旱魃附身，鼓譟開棺驗屍。在前此的討論中，我強調此書的宗教啟悟意義，在於見證「沒有」神蹟的出現。[32]唐重生痛改前非，皈依基督，只是救贖的前奏。一直要到他身後曝屍示眾，弭平旱魃之說，他的謙卑與寬恕，才算完成。

只有參破有形的生命與消亡，還有人與神恩的有限交易，所謂神性才油然而生。朱西甯寫信仰的「誘惑」，以及信仰的荒謬堅持，每每近於存在主義式的辯證，他的宗教寓言因此極具前衛風格。除此，我以為《旱魃》也形成與同期〈冶金者〉、〈蛇〉一類作品的對話關係。小說的核心，包含一層有關現代「除魅」與「召魂」工程的弔詭辯證：光天化日，到底有沒有鬼，與到底有沒有神，一樣成為不能聞問的難題。相對於〈現在幾點鐘？〉式的虛無遊戲，《旱魃》裏鬼影幢幢，祛之不盡，似乎道出現代意識更為複雜的一端：因為歷史與記憶的陰魂不散，我們對現代的追逐——或現在幾點鐘？——才顯得更患得患失起來。

七〇年代以來，朱西甯與胡蘭成密切往還。胡吹出一股又一股的王道正氣，儼然要驅散歷史幽靈。在某一個意義上，胡蘭成的學說層層推疊，曲徑通幽。他所要遮蔽的，與他所要開示的，其實也已成為一種「現代」論述——而且是最頹廢的一種品牌。我所要強調的是，至此朱西甯已經顯出他是個有強烈現代意識的作家，至於他屬於哪個鐘點，或哪個派系，似乎已不是最重要的問題。

3

朱西甯創作生涯的後期雖寫了不少長短篇作品，但最重要的成績，當屬身後出版的《華太平家傳》。此書長達五十五萬字，在台灣文學一片輕薄短小的九〇年代，大約只有東方白的《浪淘沙》與李永平的《海東青》可堪比擬。有關朱如何創作此書的過程，包括數毀原稿，外加蟲蠹之災等，已經成為一則新的傳奇。然而我們應該記得，《華太平家傳》並非朱唯一的長篇鉅製。《家傳》最初開筆是一九八〇年，在此前一年朱推出了《八二三注》，更長達六十餘萬字。而《八二三注》寫作的過程也頗可觀。朱始於一九六六年，三易其稿，數次擱淺，方才完成。此書一九七九年付梓，從頭至尾，也是十三年的工程。[33]

我將《八二三注》與《華太平家傳》視為朱後期創作啟與闔的兩個座標，或要引來識者的不同意見。因為兩作在題材、風格、敘事結構等方面，看來都大相逕庭。《八二三注》寫的是台灣保衛戰，而《華太平家傳》則遙想大陸一段並不太平的太平盛世。但我以為此兩作間微妙的對應關係，可以再做考察。在《八二三注》的後記裏，朱西甯一再表明不欲重複戰爭小說的窠臼；他追求的是「意境」、是「自然而客觀」的呈現。[34]回顧共產黨的作為，朱直指其「峻急躁進、緊張造作」的弱點，而內省《八二三注》原稿廢棄的文字時，他「見出自己的浮躁火爆」；真正的戰爭小說，絕不以寫出槍林彈雨為能事，而是亂中有序，於平淡中見「自然」。[35]

我認為，《八二三注》正是《華太平家傳》創作的起點；前者所揭櫫的理念，由後者演繹完成。由戰爭到和平，由烽火連天到「一片安詳悠然，文風不動」，[36]朱西甯最後二十年所默默從事的，是建造這一美學及政治烏托邦。他要將「亂世」融為一更寬廣的「太平世」裏。那裏的戰爭，是止戈為武的戰爭；那裏的和平，是「怎樣大難臨頭，他自不驚」的和平。[37]唯其如此，共產黨「峻急躁進」的革命建國方式，才能自曝其短，消弭於無形。是在這個意義下，我們才能說朱始終是個自成一格的「反共」的、「軍中」的作家。

這裏為朱西甯做接引的關鍵，自然是胡蘭成。《八二三注》棄火氣，皈「自然」，已可見胡的點撥之功。至於《華太平家傳》裏《今生今世》的影子不斷浮現，已然被學者指出。[38]朱西甯相信，千劫如花，儘管大難將至，一股雍容之氣，充塞中國民間。但朱胡還是極有不同。黃錦樹在他的專論裏早已看出，胡蘭成的「禮樂革命新案」再怎麼清平堂皇，建立在一矛盾的殺心兵氣上。天地不仁，「不殺無辜是人道，多殺無辜是天道」；胡的著作中「總帶有一股召喚更大的劫毀的不祥的兵氣與妖氣」。[39]朱西甯如若有知，怕是要對黃搖頭苦笑。然而只要並讀《華太平家傳》與《今生今世》，我們不難發現，講反璞歸真，講氣定神閒，前者畢竟要勝一籌。而朱西甯以「家傳」入手，不事高來高去的「建國要義」，基本是回應了儒家那套以仁為本的，最安穩踏實的倫理基礎。

但我的用心不在批判胡蘭成而已。評估朱西甯後期作品的意義，應是將他放到一更寬闊的文學史的脈絡中做觀察。《華太平家傳》，甚至在其之前的《茶鄉》、《牛郎星宿》，所召喚的那種「意境」，可以連鎖到早期現代中國文學的抒情傳統。這一傳統至少包括了許地山的宗教啟悟小說（〈玉官〉、〈商人婦〉尤其可以為例）、葉紹鈞的童蒙教育小說、周作人有關地域風格的小品、廢名的田園小說，卞之琳、何其芳早期的詩歌、蕭紅的飄流敘事，當然，還有沈從文大量的鄉土傳奇及札記。將這一傳統開得更大，胡蘭成的散文及論述，以及中共建國後，孫犁、劉紹棠等曇花一現的鄉土小說，也應羅列在內。這些作品的文類、風格相當不同，但對照五四以來寫實、啟蒙、革命的主流論述，它們展現了「非主流」視野。我以抒情名之，並不只意味著這些作者輕描淡寫，好自為之的姿態。我認為在他們最好的作品裏，這些作者對他們所追隨，或所反對的現實／真理，提出了有情觀照，恰與那「峻急躁進，緊張造作」的主流論述相反。在看似此路必通，或此路不通，的歷史單行道上，他們停頓下來，或張望，或岔出，或回頭，而他們賴以表達立場的方式無他，文字的琢磨而已。他們的興趣駁雜，對文字的執著卻始終如一。在一片「文學反映人生」的口號中，這些作家回到「詩」以言志的根本。「安閒」、「安穩」的鄉野、民間、日常生活是他們常訴求的時空造像，徜徉其中的，卻總有一個並不乏批判意識的抒情主體。這是他們對抗現代性的方法。與此同時，他們也必成為現代性辯證的一部分。[40]

我不認為朱西甯必得有意的操作這一抒情抱負。然而即使在其早期作品中，我們已得見他對形式的追求，遠遠超過模擬「寫實」初衷。藉著張愛玲與胡蘭成的接駁，他意外的在台灣賡續了一個五四的「反」傳統，而且是慢功細活，大器晚成。世紀末的台灣一片喧嘩騷動，日新又新，朱西甯的孤軍奮鬥，絕不「峻急躁進」，果然是個異數。放眼彼岸，汪曾祺以後，鍾阿城及筆記小說派的作者如何立偉等也曾致力抒情敘事，卻未必有朱西甯所蘊積的那樣的常識和從容，以構築一個革命時間表以外的中國。[41]往回看去，朱西甯是以《華太平家傳》來注他心嚮往之的八二三精神，來注他的文學夢土，那「純純粹粹的中國」。

在本文篇首，我稱《華太平家傳》為一本夢書。藉著書寫，朱西甯回顧家族及國族來時之路，並將平生的文學感悟，化作筆下的有情天地。無巧不巧的，他在世出版的最後一部重要作品，正名為《黃粱夢》（一九八七）。《黃粱夢》寫一個老兵探親故事。故事中的主人翁早年從軍，來台三十六年落地生根，白髮還鄉，這才發現不但當年髮妻猶自守節盼望，自己竟已兒孫滿堂。然而很奇怪的，在彼時一片探親文學熱潮中，此作非但不催人淚下，而且冗長累贅，宛如喃喃自語。

我對《黃粱夢》卻情有獨鍾。在故事的中心，分離多年的老倆口一見如故。他們知情守禮，彷彿時間的殘暴，不能摧折人間倫理親情：「到得晚上，久別三十六年的生分，兩人又熟得很，親得很了……居然一如昨夜。」[42]不僅如此，環顧家鄉人事，朱的主人翁更驚喜於所見「民性的別來無恙，那倒不必小氣的局限在什麼民心項背上頭，有得元氣就是人心不死，猶如花木琳瑯，儘管各有性情，莫不向上，向陽，向善」。[43]

乍看之下，《黃粱夢》是八股得可以。朱西甯有意藉探親故事印證胡蘭成的禮樂中國想像，尤其令人側目。他越是以小觀大，閒話家常，越流露了自己的一廂情願。硬要把雞毛蒜皮看成「花木琳琅」，他畢竟缺乏胡的修為；他太實在。但他的絮絮叨叨，不厭其詳，卻寫出了另一種可能。在極其寫實的風格下，這本書是有意為之的夢囈。朱以《黃粱夢》名之，已經不乏自知之明。剩下的工作，是怎樣為這個夢自圓其說。小說一場，夢境一遭，朱緊扣所本的唐傳奇，連烹煮黃粱／小米粥的細節都不放過。所有探親返鄉的「好天氣好情懷」，盡被化作尚未成行的假寐，或不堪回首的臆想而已。時間錯置，記憶解放，山河歲月，今生今世，看來只宜夢中取景。《黃粱夢》所隱伏的虛妄與悵惘，不言可喻。[44]

我認為《黃粱夢》是朱由《八二三注》過渡到《華太平家傳》的重要作品。戰爭遠去，老兵不死，只是——返鄉權作台胞（而且暗裏猶從事胡蘭成式的反統戰工作）。原來反共革命還有這等尷尬曖昧的時刻。胡蘭成好談人間煙火，但這未必是他願意觸及的層面了。如何克服不請自來的時間斷裂，人事已非的問題，朱必得另闢蹊徑。因此我更認為《黃粱夢》的結尾不帶來驚夢，而是由夢入夢，回到更幽渺（或更清明？）的欲望／記憶原鄉。這是一項大工程。《黃粱夢》一夢之後十年，朱西甯全力寫作《華太平家傳》；島上一切的喧鬧蠢動，包括他的兩個作家女兒如何沉浸在大廢不起的荒人哲學，或如何口乾舌燥的呼喚眷村兄弟，似乎都可淡然以對了。

夢從八〇年代倒回至清末民初。《華太平家傳》中的主人翁華寶善與沈大美質樸無文，但各憑一己的「大信」與「貞觀」，引領我們進入華家家史。朱西甯的敘事典雅細膩；他喚停時序，轉而娓娓道出人事剎那風景，每有舊小說的筆意。他的敘事者——五歲的小孩華太平——又能穿過時空及記憶的限制，追記未得親歷的往事，則為全書帶來淡淡奇幻色彩。在現代開始的彼端，朱西甯儼然有意回到時間的原點，重新來過。恍惚之中，《黃粱夢》中的老夫老妻好似在世紀初始，找到他們的前身。歲月靜好，韶華勝極，回首一切，即幻即真，可正是浮生若夢。

有關《華太平家傳》的優點缺點，方家已紛紛論及。[45]文本分析，不是本文的重點。作為一本夢書，華太平或朱西甯到底要寫什麼夢，我們則仍可稍置數辭。在他迤邐展開的原鄉長卷裏，朱藉心中典範人物，點染理想歷史圖式。他的一片民國江山，最後落實在鄉野、民間、日常生活的實踐上。這是他抒情的極致了。而這抒情的極致，借用沈從文式的話來說，就是生命「神性」的顯現。[46]

十九世紀末的文康眼見禮崩樂壞，寫下了《兒女英雄傳》。小說講的是止戈息武，妻賢子孝，宜室宜家的故事。文康力倡儒家親仁愛物的真諦，終極意義則落在「蘋蘩日用」、「道統倫理」上。[47]又一個世紀末，朱西甯回首家國煙塵，寫出他的家傳。「兒女」與「英雄」如華寶善與沈大美者，只出落得更平凡，更謙卑。文康或是朱西甯這樣的作者都有一肚子的不合時宜，卻都苦口婆心，無時或已。他們的小說不只言情，更在說理，更在詳夢。而夢最後的歸宿，就朱西甯的宗教背景而論，是西體中用，耶儒合一。

一九八一年，何其芳（一九一二—一九七七）當年膾炙人口的散文集《畫夢錄》（一九三六）重被印行出版。何在題記寫道：

> 舊式繪畫小說的畫夢者，大抵都是這樣一套筆墨，頭倚在枕上，從那裏引出兩根繚繞的線，像輕煙向上開展形成另一幅景色。作者自謙的說：他畫夢的手法不外如此，一個一個的夢，有時像一朵白色的花輕盈的飄滿地上，有時又像一滴雨幽深的滴進夢鄉。或則鬱結苦悶，如大江之岸的蘆葦，空對東去的怒濤，或則宏亮，彷彿從夢裏驚醒了的鐘聲，思索著人的命運。[48]

何其芳的文字，不脫三〇年代的美文風格。但如果明白他在《畫夢錄》後一年即轉向左翼，逕赴延安，浮沉紅潮四十年，我們對他晚年的再版題記，就必須另眼相看。何其芳曾嚴厲批評自己早年的抒情詩文，謂之反動墮落。多年以後，他卻要以幽幽的筆調，回顧前塵，有若畫夢：左傾以前的夢？還是左傾以後的夢？

朱西甯也許讀過，也許沒有讀過《畫夢錄》。在七〇年代初他兀自寫下了《畫夢紀》，藉此他有意藉繪畫及文字符號來寫一則人與夢想的寓言。如前所述，這部小說不算成功，然而朱西甯的畫夢之志，未曾或已。三十年後，《華太平家傳》問世。朱似乎正像何其芳筆下的畫夢者，引出「繚繞的線，像輕煙向上開展形成另一幅景色……一個一個的夢」。朱天心則把《家傳》比作「一幅緩緩展開的清明上河圖」。[49]但朱西甯的看法要比這些深邃。他曾經「畫」過大火炬的夢，春城無處不飛花的夢，獵狼獵狐的夢，冶金者的夢，破曉時分的夢，黃粱夢的夢，千迴百轉，盡皆歸於華太平的夢……。在各種「夢的解析」之間，我們回看《畫夢紀》的題記，或許會赫然發現，早在當年，朱西甯已為他自己的美學及歷史信念，寫下了最適合的註解，宜乎作為本文的結語：

> 上帝是光。這光在黑的底子上驅色，屈於印刷術上的翻陰，屬於底片，在黑的底子上顯形出來。
>
> 而人的繪畫根性於叛逆，恰與上帝的繪畫相反；人在白色的宣紙上潑墨。
>
> 而無論這是誰的繪畫，黑向白的層次，或者白向黑的層次，兩者之間總是長程，須用光年丈量，何止墨分五色！而夢，便就沉浮於這迢遞無際的長程。

太極太初，無始之始，而至萬代，而至永世……50

1《聖經》，〈傳道書〉，第十二章，十節。

2朱西甯〈一朝風月二十八年——記啟蒙我和提升我的張愛玲先生〉，《微言集》（台北：三三，一九八一），頁一二。

3朱西甯〈豈與夏蟲語冰？〉，《從四〇年代到九〇年代：兩岸三邊華文小說研討會論文集》，楊澤主編（台北：時報文化，一九九四），頁九三—九八。亦見我的回應，〈一隻夏蟲的告白〉，《從四〇年代到九〇年代》，頁九九—一〇四。

4見我的討論，〈一種逝去的文學？——反共小說新論〉，《如何現代，怎樣文學？：十九、二十世紀中文小說新論》（台北：麥田，一九九八），頁一四一—五八。

5朱西甯《八二三注》（台北：三三，一九七九），頁四四五—五一。

6朱西甯〈一朝風月二十八年〉，頁一九。

7有關沈從文的創作經驗，見拙著*Fictional Realism in Twentieth-century China: Mao Dun, Lao She, Shen Congwen*(New York : Columbia University Press, 1992), chapters 6, 7。

8朱西甯〈後記〉，《八二三注》，頁八九二—九四。

9有關胡蘭成思想的解析及批判，見黃錦樹〈胡蘭成與新儒家——債務關係，護法招魂與禮樂革命新舊案〉，《中山人文學報》第一四期（二〇〇二年四月），頁八七—一〇九；〈世俗的救贖？——論張派作家胡蘭成的超越之路〉，《中山人文學報》第一三期（二〇〇一年十月），頁六三—八三。

10Wang, *Fictional Realism in Twentieth-century China*, chapter 7.

11 Rey Chow, *Primitive Passions: Visuality, Sexuality, Ethnography, and Contemporary Chinese Cinema* (New York : Columbia University Press, 1995), p.26.

12 朱西甯〈豈與夏蟲語冰？〉。這裏朱將他的鄉土小說完全解釋為微言大義的寓言之作。

13 王德威〈鄉愁的超越與困境——司馬中原與朱西甯的鄉土小說〉，《小說中國：晚清到當代的中文小說》（台北：麥田，一九九三），頁二八〇。

14 回應葉石濤於一九七七年〈台灣鄉土文學史導論〉以台灣為中心的立論，朱西甯於〈回歸何處，如何回歸〉文中抗議：「這片曾被日本占領經營了半個世紀的鄉土，其對民族文化的忠誠度和精純度如何？」見尉天驄編《鄉土文學討論集》（台北：遠景，一九八一），頁二一九。亦見我的討論，〈國族論述與鄉土修辭〉，《如何現代，怎樣文學？》，頁一五九—八〇。

15 當然，作為虔誠基督徒，朱西甯必視文字為天啟的媒介，通達神恩的方式。

16 見拙作，〈一種逝去的文學？〉。

17 朱西甯〈一朝風月二十八年〉，頁一七。

18 同前註，頁一八。

19 同前註，頁一一。

20 同前註。

21 見拙作，〈三個饑餓的女人〉中的討論，《如何現代，怎樣文學？》，頁二二六—二七。

22 見黃錦樹的討論，〈胡蘭成與新儒家〉，〈世俗的救贖？〉。

23 張大春〈那個現在幾點鐘——朱西甯的新小說初探〉，《張大春的文學意見》（台北：遠流，一九九一）。

24 朱天文〈導讀〉，朱西甯《朱西甯小說精品》（台北：駱駝，一九九七），頁四。

25 沈從文《看虹錄》，《百年中國文學經典》卷三，謝冕，錢理群主編（北京：北京大學，一九九六），頁二八六；也見錢理群的討論，《對話與漫遊：四十年代小說研究》（上海：上海文藝，一九九九），頁一四六—五三。

26 有關沈從文的自殺，見凌宇《沈從文傳》（北京：北京十月文藝，一九八八），頁四一六—二五。

27 王德威〈沒有晚清，何來五四？——被壓抑的現代性〉，《如何現代，怎樣文學？》，頁二三—四二。

28 Harry D. Harootunian, *History's Disquiet: Modernity, Cultural Practice, and the Question of Everyday life* (New York : Columbia University Press, 2000).

29 張愛玲的「寫實」小說，也是極好的例子。

30 侯健〈朱西甯的破曉時分〉，《中國現代作家論》，葉維廉編（台北：聯經，一九七九），頁三〇七—二九。

31 柯慶明〈附錄：論朱西甯的《鐵漿》〉，朱西甯《鐵漿》（台北：三三，一九八九），頁二四六。

32 見拙作，〈鄉愁的超越與困境〉，頁二九五。

33 見〈後記〉，《八二三注》，頁八九一—九六。

34 同前註，頁八九三。

35 同前註。

36 同前註，頁八九四。

37 同前註。

38 張瑞芬〈以父之名——朱西甯《華太平家傳》評介〉，《聯合文學》一八卷七期（二〇〇二年五月），頁一五四。

39 黃錦樹〈胡蘭成與新儒家〉，頁一〇六。

40 Wang, *Fictional Realism in Twentieth-century China*, chapter 6.

41 高行健的《靈山》則代表了現代中國文學另一種敘寫遊蕩的抒情主體的形式。這一傳統可以上溯至《老殘遊記》，郁達夫及艾蕪的小說。李永平的《海東青》亦可以就這一傳統觀之。

42 朱西甯《黃粱夢》（台北：三三，一九八七），頁二八。

43 同前註，頁四八。

44 朱天文的故事〈帶我去吧，月光〉，也寫了探親與夢的關係，因此可與此作做對照閱讀。

45 見如李奭學〈千年一嘆——《華太平家傳》〉，《聯合報．讀書人》，二〇〇二年四月二日；廖炳惠〈家庭或國家的傳說〉，《中國時報．開卷週報》，二〇〇二年三月十二日。

46 Wang, *Fictional Realism in Twentieth-century China*, chapter 6.

47 見胡曉真的討論〈蘋蘩日用與道統倫理——論《兒女英雄傳》〉，「明清文學與思想中之主體意識與社會」國際學術研討會宣讀論文，中央研究院中國文哲研究所主辦，二〇〇二年十月二十二—二十四日。

48何其芳〈再版題記〉，《畫夢錄》，摘自何銳、呂進、翟大炳《畫夢與釋夢：何其芳創作的心路歷程》（貴陽：貴州人民，一九九五），頁二〇。

49朱天心，〈《華太平家傳》的作者與我〉，失西甯《華太平家傳》，（台北：聯合文學，二〇〇二），頁一四。

50朱西甯〈題記〉，《畫夢紀》（台北：遠流，一九九〇），頁六。

附錄二

那個現在幾點鐘

——朱西甯的新小說初探

張大春

〈現在幾點鐘〉是朱西甯在一九六九年十月完成的一篇小說，敘述一對維持著索然情欲關係的表兄妹在一間斗室裏拌嘴、調笑、打鬧和鬥智的過程。它的結尾是這樣的：

「現在幾點鐘？」我問。我的錶到現在還沒有對時。

「二十世紀，七十年代……」她喘吁著回答。

時至九〇年代，才回過頭來討論朱西甯二十多年前的作品，使我不免有遲到的歉然之感。在這二十多年之間，從報紙副刊到論文學報等文學媒體上幾乎看不到任何有關朱西甯作品的重要研究或評論；即使有，也泰半著眼於《狼》、《鐵漿》（一九六三）、《旱魃》（一九六七）等早期的作品。朱西甯受到文學批評家的冷落卻不能使他免於被貼上顯著的「路線標籤」，他和司馬中原、段彩華向例給冠上「軍中小說三劍客」的諢號，他的作品被編入「戰鬥文藝」、「反共文學」之林，他的活動（如創辦《三三集刊》、與文藝青年的接觸、傳習和聚會，以及和那個被很多人稱為「漢奸」的胡蘭成的交往……）也被泛政治化地披染上一層集團性色彩。凡此種種，都使六〇到八〇年代之間朱西甯的創作失去接受進一步墾掘的可能。

二十世紀七〇年代的台灣文學界籠罩在一種「本土自覺」的氛圍之下。「台灣社會的諸般現實」非但是大量敘事性文學作品的真正主角，也成為各種不同意識形態的爭議焦點。無論是出於一種對長期以來的「政治／文化」體制之反動，或是意圖尋求某一族群價值之認同，「台灣」都不再只是一個地理名詞。在使「台灣」一詞富有更複雜的歷史意義和社會活力的過程中，寫實主義的美學觀點和小說這一門藝術形式得到了相互寄託以迅速發展的機會。從技術層面看，這「共存共榮」的兩者為七〇年代以降的台灣文學作品帶來了積極的刺激或影響：廣泛地「取材於社會現況」似乎為台灣小說找到了植入十九世紀中葉以後歐洲文學主流傳統的介質——在那個偉大的傳統裏，狄更斯、福樓拜、屠格涅夫和托爾斯泰「示範」了小說此一體制的藝術性必須築基於其社會性之上。於是「豐富作品題材」便擁有了非止於技術層面的美學價值，而同時蘊涵著「關切社會」、「暴露社會問題」等道德和政治的理念。倘若作品不能明顯地呈現這些理念，抑或明顯地抗拒這些理念，則往往錯失了批評家的青睞。朱西甯在四十歲（一九六五）之後所寫的許多長、短篇小說就是在這樣一個氛圍之下被「遺忘」的。

一九六五年發表於《聯合報》副刊的〈屠狗記〉大約是《狼》、《鐵漿》兩個集子出版（一九六三）之後最具代表性的新作。內容敘述一個瞎了一隻眼的拾荒老人「十不全兒」試圖誘殺一條三度前來投奔的熱情黃狗的過程。這是一部典型的現代主義小說——通篇大量的意識流技法和結尾處黃狗「又活過來了，衝他搖尾巴，那麼友好的搖著，……」而讓「十不全兒」得到了感悟（epiphany）以至於放下屠刀；十足展現了有如喬艾斯（James Joyce）的凝練敘述風格。然而，〈屠狗記〉中也有破意識流之格的筆觸，這些破格的筆觸可以視為朱西甯日後許多新小說之作的先期演練。在下面所舉的幾個例子裏，朱西甯刻意度越了意識流手法所經常寄寓的敘事觀點——雖然這些部分在整個文本結構之中並不顯眼；毋寧以為朱西甯反而是在這一類破壞所謂敘事觀點的細節中「發掘」了不同於傳統小說的敘述魅力，並且在日後的作品中展現了這種魅力。

河摟著這個都市，箍這個都市成島。

河岸上這一式的碉堡，說不上像雨後乍晴的菌子那樣盛；總也是菌子形狀，而且也眞的夠多。

戰機不在河的對岸，在海的對岸。

構築這些工事的那個時期，戰機就好像是在河對岸一樣近。十多年下來，戰機一直遠在海的對岸罷？現在則已從人們的感覺裏滑向一個遠方了。

遠去了，可以發誓的說，眞的遠去了。

而在人們的感覺上，人們的夢裏，僅僅散發著、飄落著麻痺之菌——而不是菌子。

夾在違章建築中間彎彎曲曲的小街上，塞著炊煙和板車、和三輪兒、和追逐的孩子們、和蹲在屋簷下不要動的勞工們。盡都是違章建築物，年年淹水淹不走這些菌一樣高度繁殖的人口，只有十不全兒住在國庫撥款營造的不違章建築物裏面。

能看出那兩片紙角，雖已暮色很沉，一片似是某一號候選人發表政見的招貼，另一片則係過時的廢報，兩行二宋正題，單行三號方體的副題，是說幾號的太空火箭升空了，大約便是那個意思。

第一個片段的感傷語調、第二個片段的抽離視野以及第三個片段中絕不可能出自「十不全兒」其人理解之「兩行二宋正題，單行三號方體的副題」者流之夾議，都足以顯示朱西甯破壞敘事觀點以展現敘述魅力的企圖。一旦這種企圖強烈到某一個程度，傳統小說中慣常講究的許多元素都將退居次要的地位——戲劇性的動作或情感衝突、寫實性細節的描摹準確與否、角色個性和性格的統一性、情節布局是否緊湊嚴密……等等，都可以不再是作家關心的問題。

〈屠狗記〉完成之後整整一年半，朱西甯寫了〈三千年的深〉。這似乎是一個比〈屠狗記〉更「簡單」的故事。在軍醫院擔任藥師的年輕人梁某病重，等待騰空的床位，當某「重要軍職將校」病故讓出床位給他之後，他又渴望著回到單身宿舍去。朱西甯並沒有像那些浸潤於心理分析科學而後舞弄意識流技法的小說家一樣讓這位其實很可以在病榻上「回憶往事」以暴露其「身世背景」的「梁司藥」提供給讀者太多的「生活經歷」或「內心世界」。相反地，讀者非但不知道「梁司藥」屬於哪一個「現實社會」、擁有什麼樣的「身家歷史」，甚至連他的面目、病情都不清楚。我們甚至可以因之指責朱西甯「沒有深入處理一個人物」——然而事實上這也是朱西甯曲折微妙的用意所在：「梁（諧音涼，死人屍體的溫度）司藥」從來就不是一個雷同於一般小說主角的活人。他只是作者借來展示「不甘就死」之意志的一具軀體而已。也正因為「梁司藥」只是所謂「生之意志」的表徵，而非「鮮活的生命」，作者也就更方便地擺脫了諸般關於「人物塑造」的創作規範，從而展現了「敘述」本身的活力。例如：

> 誰個放在窗口沒倒掉的洗臉水，反射一團光暈貼在沒有天花板的屋脊。太陽的靈魂掉落在那兒。那光暈可以浮動的；日蝕過去了，眼睛忽然寂寞，便搖晃面盆，看整團的光暈反射在屋脊上合久必分，分久必合的撕扯不清。屬於兒童的趣味。遠去了。
>
> 屬於病人的趣味，挺在單身宿舍裏的病人，眼睛敢情比日蝕過去更寂寞。而且更饞。來個什麼人罷，不要開水，豆漿，或者實習大夫的注射。燒是退不了了，要什麼都抵不上用，誰來幫忙動一動那窗台上的臉盆罷，手在滾燙的身體上尋找，手尋找到沒繫帶子的短褲裏。但是太陽的魂靈死定在那兒，寂寞死定在那兒。不知道是誰殉葬誰。
>
> 熱潮湧來時，多少急驟的螺旋，向左急旋，向右急旋，然後許多急驟的螺旋擁擠而來，各不相讓，也是分久必合，合久必分的撕扯不清，卻已不是趣味。不是兒童的趣

味，不是病人的趣味。

又如：

認命的倒下來，身子下面有一灘害怕沾上來的什麼，小護士臉上一朵又一朵的嘲弄，然後是他閉上眼睛——關掉所有的不祥的漂白。他聽見自己呻吟著活不了了。死亡把他抓得很痛。

不再是業餘了，溫度計插進口裏來。沒有業餘的死亡，單身宿舍沒有通到太平間去的路，而這裏，每一間病房，每一張病床，條條道路都是專業的通到太平間去。床墊給他不習慣的軟，躺在那個將校軟軟的身上。

或許和大多數的小說家一樣，朱西甯也熟知那一個陳舊而有力的創作原則：「過於雕飾的散文式修辭對小說是一種傷害。」是以在一九六五年出版的《貓》、一九六七年出版的《旱魃》和一部分發表於這兩年間的短篇（如〈老虎鄉長〉、〈第一號隧道〉）諸作之中，朱西甯稍微收斂了他對敘述的衷情——然而這並不意味著他願意接受上述那個「小說創作修辭原則」的全面規範；相對地，朱西甯卻益發耐心地選擇「可以適度發揮修辭魅力」的題材、敘事觀點乃至於情節特色，使敘述本身得以在適當的故事和人物「襯托」之下發揮神采。一九六八年發表於《純文學雜誌》的〈哭之過程〉就是一個典型的範例。一個因戰亂離家數載的少年返鄉之後發現兒時孺慕單戀的對象（一個孤女）困於家計（或國難）而溷跡風塵，成為「守舊的人」（有著虔誠基督教信仰和傳統倫理情操的村民）口中的「母狗」。似乎沒有任何一種角色要比這樣一個少年更適於傾吐出下面這樣的語句：

> 癡癡的望著唱詩班裏的那個孤女，雪白的聖潔啊，她曾痛不欲生的哀傷。然而那樣的不幸會由著時間帶走而遠去了麼？失去父親的不幸是永遠存在著的。她是那樣的仰望著什麼，並不看著樂譜的在那裏高聲頌讚取走她父親的耶和華神。她似乎全然的平靜得不感覺到什麼不幸，什麼哀傷；一如她全然不知坐在遠遠的北區這邊的我，一個比她小並且全然陌生的孩子，正在思索著和關切著她的不幸，甚至感懷著哀傷，遠過於她此刻的心境——或者此刻的她一點也沒有意識到她的身世如何如何。
>
> 人是太寂寞，太隔絕了；爲什麼那麼癡傻的把情感傾注於一個人，這個人由於不曾知道，便會什麼感覺也沒有呢？她應該感覺到什麼地方被刺痛，至少是被觸動。母親不是常說嗎，「誰叨念我啦？耳朵這麼熱！」我是感到母親才最懂得人跟人應該怎麼樣彼此體恤的。

以及：

我望著大風琴後面的小拱門。那天她雙手托著盛無酵餅的橢圓大瓷盤，走在第三個，從那門裏出來；偌大的教堂彷彿立刻敲響一聲大鐃的光亮起來，多大的絕望啊一下子就安心了。在她普魯士藍的陰丹士林罩袍的襟前，佩著領聖餐的圓牌。那纏人的聖詩，「太遲，太遲，你們不能進來……」。便是那種普魯士藍，她就該生來便是那首聖詩。然而在那一刻之間，她剛出現，她卻遠去了；她已經到了領聖餐的年齡，一如她已經參加了唱詩班，而我呢？而我一個也不是。手裏還握著留下一截斷線，她是那美麗的風箏，飄落到城裏去，她屬於那座城，而我不是。她只留給我一截什麼也不當的斷線，唱不成聲的那兩句纏人的聖詩，苦惱人要死。七哥還不曾考聖餐呢，我是更差一大截子的路；聖餐和唱詩班都在她那座城裏，我沒有資格進去。

藉著「天真敘述者」（naive narrator）特殊的感性形式（如語調），來營造出一種柔膩婉約的散文敘述風格，使這篇原本可以流於「悼情」傳奇的作品延伸出另一層意義：小說中的「我」終於在接近文末的地方提出了當於辯證意味的質疑，還有解答；於是世故的讀者便可能倏爾發覺：俗透了的「孤女淪落故事」在作者感傷的敘述中包藏著深沉的思考課題：

我情不自禁的質問起來：「神就不照顧莊佩蘭那一家嗎？」不知是質問慈藹表姊還是

那至高之神。

「當然，」我說：「約伯的痛苦，也是一種恩典。」

這樣，對於慈藹表姊自覺和自認的幸福，也許是一種告誡，或是一種諷嘲。

這並不是朱西甯第一次運用「天真敘述者」來導引小說的讀者。早在一九五八年，發表於《自由中國》雜誌的〈騾車上〉就曾經成功地借助於故事中那個還不大識字的孩子的觀點來凸顯「老舅」的精明刁鑽、「馬絕後」的慳吝愚蠢。及至一九七一年發表於《聯合報》的〈那場嘎嘎兒〉，一九七四年發表於《幼獅文藝》的〈我的麥稭蝸螺〉，一九七五年發表於《中國時報》的〈夕顏再見〉等作品，更透過孩童、少年甚至被主人遺棄的家狗來展示朱西甯迷人的敘述能力。

朱西甯在運用「天真敘述者」的技法之時，似乎並不介意將許多「不符合該敘述者身分、教養、背景、認知和感情的」材料裝填到小說裏去（如〈夕顏再見〉裏的狗會有「我的小小香閨就在花架底下」之語）；一如他不介意在使用意識流技法時擴大了或度越了敘事觀點所能陳述的「內心活動」的範疇，因為朱西甯並不強調小說人物（角色）「再現」（或複製）現實人物（角色）的功能性，卻是透過那些細膩的、精確的描寫或摹擬筆觸來彰顯敘述本身的自由。換言之：故事、情節、人物……都是在為小說家的敘述效命的。

對於激進的寫實主義者或自然主義者而言：選擇那些「存活於現實社會陰暗角落」中卑

微的小人物及其「備受播弄的遭遇」自有其「典型」意義，此一「典型」的基本假設是：任何真實存在的人和事物都受到客觀科學的祕密制約。如果依照左拉一八八〇年《實驗小說》一書為自然主義所立的宣言中的看法：小說家已不再只是（像寫實主義者所曾經從事的那樣）蒐錄現實的觀察者，而是將作品中的人物放置於一套又一套的「處境」中加以實驗。這一類的實驗在十九、二十世紀之交往往要將小說人物的理智、情感諸元訴諸於「如何地吻合於牛頓的機械決定論、達爾文的生物決定論、馬克斯的經濟決定論，甚至佛洛伊德的本能與潛意識之決定論」。

朱西甯似乎並不全然服膺這些「決定論」的意識形態——而所謂「不全然」可以分為兩方面來看：一方面，朱西甯確曾處理過「備受播弄的人物及其遭遇」，也揭露過「社會底層小人物的卑屈、掙扎、抗辯或無奈」（如前述的〈騾車上〉、〈屠狗記〉、〈哭之過程〉、〈我的麥稭蝸螺〉和〈夕顏再見〉等）。另一方面，朱西甯卻並不強調那些自然主義小說家所預設的決定論前提。他和自然主義一派的小說之間比較「準確」的關係是：他也將小說視為一種「實驗」，而非「現實觀察的蒐錄」。自然主義以「實驗」取代「觀察紀錄」的論述宣告了它和寫實主義的決裂，爾後終於在諸般決定論的「典型」中步入虛脫的絕境。朱西甯則在繼承了自然主義「以小說為實驗」的精神之後擺脫了諸般決定論的預設前提，使小說中的人物成為小說敘述的傀儡或道具。

這樣說絲毫不意味著對朱西甯小說成就的非貶，相反地：也唯其在洞察朱西甯「以小說為實驗」（且不同於自然主義小說家者流之決定論實驗）的深刻底細，我們才有機會認識到朱西甯在二十世紀六〇和七〇年代之間許多「未入批評家法眼」而備受冷落的作品有著何等先驅的意義。

在本文曾經引錄的那些作品之中，朱西甯已經隱約透露出一種以敘述凌駕一切的企圖，然而，真正大膽的、以小說為一種「語言實驗」的嘗試大約始於一九六九年。朱西甯在這一年間發表的〈橋〉、〈治金者〉、〈現在幾點鐘〉等作品顯然已無視於傳統小說的敘述格局。

在〈橋〉的後記裏，朱西甯如此寫道：

> 在構思如何處理這篇小說的同時，想起曾經和黃春明在市營巴士討論過「雙式舞台」的可能性。他是個異想多於實踐的小說家，很熱情又很專橫的肯定了只要是一個不盲不聾的欣賞者，必可同時接受雙式舞台的演出。十多年前，傘兵的一個劇隊上演過《台北二十四小時》（不用說那是模仿《重慶屋簷下》的了），其中曾有一幕一分爲二的布景，不過並未做雙式演出，還不能算數。我不曾研究過戲劇史，不知可曾有過這種演出或劇作，好在我這篇作品仍屬小說，或可厚顏的自許爲小說的異種，變種。

〈橋〉是一篇「貌似劇本」的小說，其場景（舞台）和人物（左醫院的左大夫及其獨生女小左、右英觀的右道婆及其獨生子阿右）設計顯現了並不難解的政治寓意，其內容之要旨

——以小左和阿右之相戀、叛家和殉身來譴嘲積不相容的「左派／右派」兩個意識形態冥頑的對峙；似乎並沒有多少哲學上的深意，然而明知「我這篇作品仍屬小說」的朱西甯卻把黃春明的「異想」付諸「實踐」，而締造了台灣小說敘述的新形式。如：

> 人物姓氏係爲作者及讀者記憶方便而定，譬如代數符號。人物的原姓名應爲：麥大夫、白靈婆、麥小英、白信仕。讀者朋友中有記憶力特強者，可不受我的左右。

文中「可不受我的左右」之「左右」一語雙關：一方面仍呼應著「左派／右派」的對壘指涉，一方面請求讀者「不受我的左右」則顛覆了作者主控一切的論述地位。至於「雙式舞台的演出」，更是對傳統小說讀者閱讀習慣的空前挑戰。

> 右道婆和左大夫各自橋的兩端一路惡聲的追趕上去。
>
> 你給我滾回來，我怎麼生出這麼個不成器的兒子！
>
> 滾回去嗎？那邊是左大夫醫院，媽媽，妳回心轉意了。
>
> ---
>
> 回頭，回頭，妳還那麼執迷不悟的去上當麼？
>
> 回頭嗎？那邊是右英觀，爸爸，你眞太開明啦！
>
> 右道婆和左大夫火透了，惱死了，爲了弄錯了方向，又被自己的孩子這樣的調侃，取

笑。

站在某種較為「嚴苛」的立場上看，論者盡可以批評朱西甯的〈橋〉只是在「玩弄小說的新形式」。抗拒「小說新形式」的論調在表面上所呈現的「嚴苛」並不足以自明其本質上所蘊藏的「保守」——那個保守的論調其實只是在維護某一種或俗成、或約定而懶得改變的閱讀習慣。「不習慣」在小說紙頁中間讀到那分隔「雙式舞台」橫線的讀者可能不相信朱西甯所謂的「我這篇作品仍屬小說」，他反而寧願反問作者：「為什麼不乾脆去寫劇本？」要不就這樣勸說作者：「還是規規矩矩寫一個故事好了。」

不過，對於此一時期的朱西甯而言，即令是「說一個故事」，也必須出之以「不規規矩矩」的敘述。〈治金者〉就是絕佳的例子。

〈治金者〉有三個全然不同的「下半段」——作者甚至在「或然之三」結尾之後還添上這樣一筆「或然之四……」。在「或然之一」以前（也就是小說的「上半段」），朱西甯塑造了三個「並不完整」的人物，他們分別是為了爭一隻金戒指而大打出手的阿螺、阿塗以及勸架不成、反而一磚擂倒另外兩個人的檳榔仔。在接下來的「或然之一」裏，讀者似乎讀到了一個「完整的敘述」——阿塗已經療傷回家、阿螺住院接受觀察，檳榔仔於探病時將那枚在扭打之中從阿塗嘴裏挖來的戒指還給了阿螺，並以之勸阿螺和阿塗言歸於好。「或然之二」則推翻了「或然之一」（更重要的是也推翻了由「或然之一」所決定的小說的「上半段」）——阿塗死了，阿螺到停靈處去撬開死者的嘴（他沒找著金戒指，卻挖下了一排四顆金牙冠），殺人的真兇檳榔仔非但沒有受到法律的制裁，反而藉著歸還戒指而贏得阿螺的感激和友誼。在「或然之三」裏，朱西甯再度推翻「或然之二」（以及由「或然之二」所決定的小說的「上半段」）——檳榔仔「慷慨地」將戒指歸還阿塗（因為他早已經知道戒指是假的），並再度挑起阿螺和阿塗的口角和拳腳衝突。

〈冶金者〉或許不期然地使人想起芥川龍之介的〈竹藪中〉。然而朱西甯要比芥川更直接地挑戰了「小說的敘述」。對芥川而言，〈竹藪中〉揭發的是「不同觀點之下的不同真相」之間隱涵的人性衝突和價值矛盾。對朱西甯而言，卻是小說此一「敘述形式」本身的諸般問題……任何一個接受了「或然之一」（或者「之二」、「之三」）結局的讀者都會因為這個結局而「了解」（或「自以為了解」）了小說的「上半段」，倘若沒有「其他的」「或然結局」，則一篇小說便只容有一種「敘述形式」，遂也只容有一種「了解可能」。但是，當「接二連三」的「或然結局」出現之後（尤其是當第三個版本的結局顯示檳榔仔「曾經去銀樓驗出戒指是假貨」的時候），讀者不只讀到了不同的結局，也同時質疑起在前兩個「或然結局」中出現的檳榔仔之所以歸還戒指是否也出於相同的（只是未被敘述出來）緣故。從而，讀者也就有了另外一或二種新的「了解可能」。更深入一層看：朱西甯顯然洞悉傳統小說那種「唯一的敘述形式」極其僵固的「閱讀機制」：一篇擁有單一、封閉結局的小說只能喚醒一個單一且封閉的「了解可能」。當一篇小說「愈趨近結局」時並非使讀者「愈趨近真相」，而只是讓讀者「愈僵固其對整個閱讀過程的了解」。

〈冶金者〉對小說敘述形式的顛覆性實驗並不意味著朱西甯從此不再採取傳統小說的論述方式從事創作。我們只能這樣猜測：基於對小說敘述本身的獨特興趣，朱西甯在〈冶金者〉的實驗中證明了那些塑造小說傳統形式的元素（如人物、情節、結構等等）及其美學（如人物性格必須統一、情節布局必須完整、結構必須嚴密等等）事實上是非常脆弱的，它們非但可以被敘述之改變（或然之一、二、三……X）摧毀，也可以被自由度更大的敘述加以取代。

在〈現在幾點鐘〉裏，朱西甯幾近戲謔地把小說當成一個敘述語言的實驗場——他讓敘事觀點所寄寓的「我」馳騁其毫無節制的聯想或想像，使意識之流滲透、氾濫於大量且繁瑣的諸般生活細節之中——如果把這些看起來「無關宏旨」的「廢話」刪掉，我們可以毫不猶豫地說：於小說的情節、人物、結構甚或「主題」並無大礙。下面是幾個現成的例子：

窗上垂著的又是格子花色的窗簾，完全是她自己獨斷專行的主意。自然那並不是根據什麼室內布置圖樣製作的窗簾，也沒有用掛在橫軌上的那種小小的滑輪，而只是一串銅鋁合金的環子。每逢拉動窗簾，便發出環子刮在鐵絲上不甚悅耳的嘎聲，好像鋸到你牙根上，又酸又癢的難受。

……

有什麼辦法呢？尼龍的質料，總是不吃汗的，難免不有些不很正常的氣味。現在是捧著雙倍的錢，都買不到線襪。對於腳汗重的人，這是近乎鄉愁的一種懷念。對於我這個一次又一次不肯記取教訓，常因忘記隨身攜帶衛生紙，而眼睜睜瞪著被犧牲的襪子絞進抽水馬桶漩渦裏的人來說，尼龍質料的襪子，滑滑的不吃水，顯然也不是很稱心的一種衛生紙代用品。只不過價錢倒還算低廉公道。我是從來不穿十塊錢以上的襪子，從來沒有例外過。

……

跟阿金伯學放電影的那個期間，你就會爲所謂堂堂進入第三十天而倒盡胃口。那時你放完一本片子，便倒過一本片子，領票小姐電筒的電池也都充了電，而實在沒有什麼可做的了，你不得不無聊的找一找，迎著銀幕，或者在炭精光的餘暉裏，看看邊座或最後一排的觀眾裏有沒有嘴對嘴之類的剪影。

……

你不能順理成章的想像得出，她是去下班的途中，還是下課回來，有一天，想起要買一隻塑膠盆，有一頂帽子大，不是面盆，買來沖澡用。或者不止一天，每到洗澡時便想起這個需要。而每經過那條巷口，只要彎進去走上幾十步，蛇店的隔壁就是賣這種小盆子的商店。但走過那裏總是忘掉了；洗澡時再又想起來。或者只不過是到那家商店去買衛生紙，發現這種小盆子很可愛，可以沖澡，就買了它。後者可能比較合理，然而你總似乎想像不出她是那麼一個很家務的女人。她仍然是小女孩式的把指甲剪得很齊，甚至於剪到肉裏。

……

遠遠的望著四隻腳，雖然經過小小的摩擦，不似先前那樣站隊一般的整齊，但並不影響你覺得好像伏在地上，遙望著水平線那邊行著四輪帆船。莫名其妙的我發現有些不解，並且幼稚的好奇起來；爲什麼你跟她並排在一起，或者跟她臉對臉的時候，總都是你的右腳和她的左腳相接觸，或者她的右腳和你的左腳相接觸。問題是你的方向變了，你的腳仍然和她那隻腳在一邊。

但是，我們並不能隨心所欲地刪掉這些「廢話」，因為正是這些「廢話」之「無關宏旨」，使細讀此一小說並感受作者敘述趣味的讀者發現：小說也可以有其非關任何宏旨卻仍能帶給讀者閱讀喜悅的內容。當然，朱西甯在〈現在幾點鐘〉一文中帶給讀者的不只是一種插科打諢式的閱讀喜趣；更重要的是：這樣的作品徹底扭轉了讀者對於小說的期待。期待小說結局解決主人翁困境的讀者、期待小說人物因神悟而自某種渾沌中轉為清明的讀者、期待某一事件或內心衝突彰顯出某種道德、政治或情感論述的讀者……只有在讀完作品爾後發覺「有一點失望」的同時，才有機會明瞭：所謂「無關宏旨」，乃是由於那些「宏旨」原本就不必然和小說有關，小說的敘述也從此自那些「宏旨」的陳腔濫調中解放出來，得著了自由。

朱西甯的〈現在幾點鐘〉可以被看作是他個人以及台灣新小說的一部里程碑一般的作

品。此作脫稿之後整整一年，他完成了〈貳〉。在接下來的一九七一年中，〈蛇〉發表於《今日世界》畫刊、〈巷語〉發表於《中華日報》、〈貳的完結篇〉發表於《中國時報》。到一九七二年間，發表於《幼獅文藝》的〈方生未死〉和《中華文藝》的〈小說家者流〉也一直賡續著這種「縱意所如」、「逸趣橫生」之敘述風格，直到一九七五年，那部描述一個結了五次婚的無聊男子周旋於「一個接一個的女友和妻子之間」故事的長篇〈春風不相識〉問世，朱西甯的新小說時期才算告一段落。

新小說（The New Novel）在四〇年代末、五〇年代初崛起於法國文壇、到六〇年代蔚成一國際文學現象的整個發展隱隱然有一種相關於人文與社會環境的必然性。這個流派的作家從未像十九世紀末以降的自然主義者或二十世紀初以來的社會寫實主義者那樣或多或少包藏著為文學創作制訂一種規範的企圖。嚴格地說來：新小說並沒有那些封閉結構的文學流派所必備的理論和法則，然而新小說在創作上秉持開放性態度的傾向亦並非「文學的無政府主義」。在主張「作家退出小說」、「形式即內容」等看似激烈的理念的同時，這個流派的創作者的確將傳統小說中那些明明屬於「虛構」的人物塑造、情節布局、抽象主題等元素所支撐起來的「偽飾的現實」予以摒棄，然而，作家並沒有放棄敘述；同樣地，作家也未曾放棄語言。新小說家們也不乏在作品中陳設「人物」——只不過這「人物」形同道具。新小說也具備「情節」——只不過這「情節」往往不是為了推向結局而鋪陳，它甚且只是零亂地穿插錯落以干擾讀者那一分對結局的期待。新小說更未放棄那個從左拉開始就標榜的「以小說為實驗」的論述——只不過實驗的對象不再是人物，而是語言：在新小說的實驗裏，以類似立體主義畫派的繁瑣筆觸所鋪陳出來的語言世界充滿著意義並不確鑿的物象、意識、狀態和捉摸不定的情感。作者的敘述得以任意調配那些充塞於平凡人生活中支離破碎的經驗和現象，而且並不負責求得這一實驗的「結果」或「結論」。

朱西甯的新小說創作是否直接或間接得自法國新小說運動的啟發尚有待進一步的考證。不過，從前述的〈現在幾點鐘〉開始，至少在「人物」和「情節」的退居次要地位，以及與小說「宏旨」（主題）看似並無意義關聯的物象、意識、狀態和情感之陳述，乃至於假意識流技法而呈現的諸般支離破碎的經驗、現象等方面言之，朱西甯的確堪稱是台灣地區的第一位新小說家。

在「人物」的退居次要方面：讀者除了從外在條件上（如姓名、年齡、職業和明顯的經歷等）以分辨出〈現在幾點鐘〉、〈貳〉（以及〈貳的完結篇〉）、〈蛇〉、〈方生未死〉和〈春風不相識〉各篇的主人翁（兼敘事觀點）並非同一個人之外，恐怕很難就敘述本身分辨這幾個「人物」的差異。如：

> 老牛仔二度射擊蘋果。蘋果放在比基尼裝的女人顱門兒上。又是給人酸淫淫的那種童穉期的性感覺。莫名其妙！而且，威廉泰爾愈是瞄準的久，愈是助長這樣的感覺。甚至於全無心肝的欲望著馳出的彈丸穿進女人的身體才最好。虐殺，然而是不求致死的虐

殺。令人慚羞，我操。完全是童穉期那種不明就理的衝動，潛伏著的虐待女子的欲望。怎麼我這個人又過回頭了，負數的成長？豈有此理。

……

你會漸漸的發現，父親那一輩的男人怎麼能那樣的光彩而喪盡天良，可以養姘婦，討小，可以把下女的肚子弄大而處理得很得當，可以公然把酒女帶回家來叫兒子認乾媽而平安無事……總之，父親們是一片無往而不利的風光，但是到了你這一代，你完了，你只有自瀆的本領，即使這樣，也要受到良心的責備。

……

在這麼樣的深山裏，深夜裏，小客店，正是精靈們喬扮絕色女子出現，跟風流旅客性愛的良辰美景之時。問題是電燈，現代文明。還有，問題在肥仔，俗物！那樣子如雷貫耳的鼾聲，不解風流，什麼精靈敢來一結風月之緣！還有那個傳教士，今之法海，掃興如昔……

然而，聊齋時代遠矣。我們這一代的書生，即使明知是夢罷，也連一點點夢色都已褪落。無味的一代！無味來自無夢。只是煩惱依然；進京趕考，聯考，托福考，藥劑師特考，十年寒窗，其考雖一，卻是缺少一位小青陪你開夜車。陽春麵或吐司麵包的消夜……。

這三則分別摘自〈貳的完結篇〉、〈現在幾點鐘〉和〈蛇〉的內容都和性的態度與幻想有關，分別出自中年世故的電影編劇、聯考一再落榜的失業青年和困處於荒山野店誤以為褲子裏鑽進來一條小蛇的大學生。有趣的並不是這三個「人物」對性的「看法」或「解釋」是否相近或如何類似，而是「敘述」這三個人物意識活動的語言確乎是非常一致的。朱西甯似乎並不擔心這些分屬於不同小說中的人物在相同的敘述語言之下會呈現「彼此面目或個性相互重疊而顯得模糊」，因為「人物」在新小說中根本只是整個敘述語言實驗所使用的工具而已，而傳統小說向例所強調的、「個性分明／性格判然」的塑造才是徹底的「假說」。

在「情節」的退居次要方面：〈蛇〉、〈貳〉、〈貳的完結篇〉還有〈方生未死〉都不比〈現在幾點鐘〉更為複雜。朱西甯只消將他的「人物」放置在其一簡單的情境裏（如：「上山採標本的大學生誤以為褲子裏鑽進了一條蛇」、「紅編劇出賣名銜的交易過程」、「小公務員誤會老情人的丈夫胃癌去世」），「情節」即已完成，其餘絕大部分的篇幅完全交由敘述語言逞其「天馬行空」、「不假羈縻」的鋪衍予以補充。以〈蛇〉為例，當走廊上「又響起了腳步聲」之後，就會引出這一連串的敘述：

又是那塊壞地板。刺耳的響著，被踏得咬牙切齒的叫著痛。一定是個比肥仔噸位還重的巡洋艦。……

……

又進來兩個人，旅館裏的什麼人罷，胖女人，活活的是一艘航空母艦。幹嗎？看熱鬧來啦！……

哎呀，先生，航空母艦搶著插嘴進來。人心不足蛇吞象，有這句老話的。可能是旅館的老闆娘罷、要妳多嘴多舌的！何止大象，連妳這艘航空母艦也吞得下。……

請把門關上好嗎，很冷。我向那個一直躲在航空母艦背後的小拖船說。那是個似乎很害羞的大孩子，有點阿美族人的味道。不聲不響的，眞就是一條小拖船，沒有馬達和汽笛。……

恐怕不在裏頭了，早就溜掉。航空母艦說。

多嘴婆，妳不開口，人家不會派妳是啞巴的。他媽的。……

那個小拖船忙著把眼睛避開。原來他是一直在盯著我看。一對阿美族式的睛睛，有些深陷，總是那麼不安的閃閃躲躲。……

還算好，航空母艦還算知趣，向這邊站過來了一些。非禮勿視。不管怎樣，再醜再老的女人，任你怎麼樣也產生不了性別感的女人，仍然會不好意思——我是說，雙方都會有些尷尬的，像這樣的局面。……

……

唯一的聲息是航空母艦濁重的呼吸，使人同情的感到她站在那裏，肩上一直扛著兩百斤的米袋，好辛苦。等事情過去，我要問肥仔，一個胖子會不會時時感到自己的體重所加給自己的負擔。至少，部分的重量會不會清晰的感覺得到；譬如拖著二十台斤的屁股，總是要向後面頓挫，倒車比前進省力一些。……

上列引文是〈蛇〉中全部關於旅館主人（母子？）的敘述，這些敘述和夾住它們之間的「……」符號所節略的內容有一個共同之處：兩者都沒有使「誤以為褲子裏鑽進了一條小蛇」的「情節」更「豐富」，讀者倘若會由於上列這些段引文的「加入」而感覺有趣，也不會是基於「情節」上的考慮——畢竟這「航空母艦」和「小拖船」的登場並非「情節」之必需。擴大言之：由「……」符號所節略的內容未必全屬「情節」之必需——我們甚至可以這麼說：沒有什麼內容在〈蛇〉這篇小說裏要比「上山採標本的大學生誤以為褲子裏鑽進了一條小蛇」這句摘要更屬「情節」之必需了，因為「情節」在朱西甯的新小說之中輕微得無法提出它的任何需要。

「人物」、「情節」之退居次要地位最為明顯的一個例子是〈巷語〉。這篇小說由五段各自獨立的雙人對話組成。對話的內容大多是家常瑣事，話題唯一的交集是關於「崔衡」這個人物「寧可討妓女做妻子，不要討妻子去做妓女」的經歷。在這整篇小說之中，非但話題的焦點「崔衡」沒有登場，連這些傳遞著「閒話耳語」的人物都面目不彰；更無所謂「情節」云者。朱西甯卻讓「對話」（語言本身）成為這篇小說真正的「主角」：

我問你個人，你還記不記得？

誰？

崔衡。

哪個崔衡？

就只一個崔衡，還有幾個崔衡！

倒很耳熟；一時怎麼記不起來了。媽的，我這個腦子壞了。

你裝熊。

這要裝牠幹嗎？裝，是這個……

王八？

翻過來——佛手。

別糟蹋佛爺了。我問你，當年，咱們剛一入伍，那位排長，你不記得了？

排長？崔排長？——崔區隊長罷？

你這個豆腐腦子！後來改編教導總隊，才叫區腦子！——後來改編教導總隊，才叫區隊長。一入伍時，哪裏什麼——

對對對，那是後來的事。媽的，你看我這腦子，眞叫完蛋了。

和任何一位當代台灣小說家相較，朱西甯都有一個獨特的標記——他窮究語言而樂之不疲的興味；這種對語言的情有獨鍾不只讓他出入於〈狼〉、〈鐵漿〉、〈那場嘎嘎兒〉之類帶有濃厚地方色彩的作品而游有餘刃，同時也促使他對小說敘述本身的諸多課題產生關切。我有幸能在一次「大馬留華學生小說獎」的評審會議上親聆其教，曰：「『有事兒』的小說好寫；『沒事兒』的小說不好寫。」才大約體會出他擺脫傳統小說經營「有事兒」的種種手段——如人物塑造、情節布局、情景設計、主題象徵等等；是如何地暗合於新小說家者流刻意強調敘述形式的精神，也才逐漸得以了解：朱西甯勇於以「沒事兒」的破格創意，早在六〇和七〇年代之間已悄然完成了他自己的小說革命。到了九〇年代之初，後學的年輕小說作者如果仍著迷於所謂「後設小說」（meta fiction）之新奇可愕，便不該忘卻前輩作家曾經如何沉默又寂寞地挑戰過他的「那個現在」。

原載一九九一年四月二十七—二十九日，《中央日報・中央副刊》

國家圖書館出版品預行編目資料

現在幾點鐘：朱西甯短篇小說精選 / 朱西甯作.-- 初版. -- 台北市：麥田出版：家庭傳媒城邦分公司發行, 2004〔民93〕
面； 公分. -- (想像臺灣；4)
ISBN 986-7413-18-0(平裝)

857.63 93013511

想像臺灣 4

現在幾點鐘：朱西甯短篇小說精選

作　　者　朱西甯
編輯委員　陳芳明　王德威
責任編輯　胡金倫　林秀梅

國際版權　吳玲緯　蔡傳宜
行　　銷　艾青荷　蘇莞婷　黃家瑜
業　　務　李再星　陳玫潾　陳美燕　枡幸君
副總編輯　林秀梅
編輯總監　劉麗真
總 經 理　陳逸瑛
發 行 人　涂玉雲

出　　版　麥田出版
104台北市中山區民生東路二段141號5樓
電話：（886）2-2500-7696 傳真：（886）2-2500-1967
發　　行　英屬蓋曼群島商家庭傳媒股份有限公司城邦分公司
104台北市中山區民生東路二段141號11樓
書虫客服服務專線：(886)2-2500-7718；2500-7719
24小時傳真服務：(886)2-2500-1990；2500-1991
服務時間：週一至週五09:30-12:00；13:30-17:00
郵撥帳號：19863813　戶名：書虫股份有限公司
讀者服務信箱E-mail：service@readingclub.com.tw
麥田部落格：http://blog.pixnet.net/ryefield
麥田出版Facebook：https://www.facebook.com/RyeField.Cite/

香港發行所　城邦（香港）出版集團有限公司
香港灣仔駱克道193號東超商業中心1樓
電話：(852)2508-6231　傳真：(852)2578-9337
E-mail：hkcite@biznetvigator.com

馬新發行所　城邦(馬新)出版集團【Cite(M) Sdn. Bhd (458372U)】
41, Jalan Radin Anum, Bandar Baru Sri Petaling,
57000 Kuala Lumpur, Malaysia.
電話：(603)9057-8822　傳真：(603)9057-6622
E-mail:cite@cite.com.my

設　　計　王志弘
印　　刷　凌晨企業有限公司

初版一刷　2005年1月1日
初版三刷　2017年2月15日
定價／300元

ISBN：986-7413-18-0

感謝台南紡織社會福利基金會贊助